当代中国最具实力中青年作家书系

哲贵 著

我对这个时代有话要说

中国言实出版社

图书在版编目（CIP）数据

我对这个时代有话要说 / 哲贵著 . -- 北京：中国
言实出版社，2018.8
（当代中国最具实力中青年作家书系 / 付秀莹主编）
ISBN 978-7-5171-2885-4

Ⅰ . ①我… Ⅱ . ①哲… Ⅲ . ①中篇小说—小说集—中
国—当代②短篇小说—小说集—中国—当代 Ⅳ . ① I247.7

中国版本图书馆 CIP 数据核字（2018）第 176618 号

责任编辑：李　岩
责任校对：王丹誉
责任印制：佟贵兆
封面设计：仙　境

出版发行　中国言实出版社
　　　　　地　址：北京市朝阳区北苑路 180 号加利大厦 5 号楼 105 室
　　　　　邮　编：100101
　　　　　编辑部：北京市海淀区北太平庄路甲 1 号
　　　　　邮　编：100088
　　　　　电　话：64924853（总编室）　64924716（发行部）
　　　　　网　址：www.zgyscbs.cn
　　　　　E-mail：zgyscbs@263.net
经　　销　新华书店
印　　刷　三河市祥达印刷包装有限公司
版　　次　2018 年 10 月第 1 版　2018 年 10 月第 1 次印刷
规　　格　710 毫米 ×1000 毫米　1/16　15 印张
字　　数　170 千字
定　　价　42.00 元　　ISBN 978-7-5171-2885-4

猛虎嗅蔷薇，或者密林里那些身影

　　作为同行，当我面对这一套"当代中国最具实力中青年作家书系"的时候，心里既有感佩，亦有骄傲。这些当代作家中的佼佼者们，他们活跃在中国当代文学现场，以他们的文字，以他们对时代生活的深刻洞察、对复杂人性的执着追问，以他们对小说这门艺术的理想追求，抵达了这一代人所能够抵达的高度。作为女性作家，当我面对这些男性作家作品的时候，心里既有惊诧，更有震动。相较于女性，他们看待这个世界的眼光是如此的不同。在某种意义上，他们的视野更加宽阔，更加辽远。他们的姿态更加从容，更加镇定。有时候，他们也犹疑，彷徨，踌躇不定，他们在那些人性的罅隙里流连，张望，试图从习焉不察的细部，窥见外部世界的整体图景。然而更多的时候，他们是自信的，确定的。他们仿佛雄鹰，目光锐利，势如闪电，他们在高空翱翔，风从耳边呼啸而过。山河浩荡，岁月绵延，世界就在他们脚下。

　　在读者眼中，李浩或许属于那种有着强烈个性气质的作家，具有鲜明的个人标识。多年来，李浩近乎执拗地致力于小说艺术的探索，建构起独属于自己的艺术王国。他是谦逊的，又是孤高的，貌似温和家常，其实内心里饲养着野生的猛兽，凶猛而傲慢。

他是野心勃勃的小说家，不甘于通达却庸常的大路，深山密林的冒险于他有着更大的诱惑。

同为"河北四侠"，刘建东则属于藏在民间的高手，大隐于市，是另一种不轻易露相的"真人"。低调，内敛，甚至沉默。他深谙小说之道，是得以窥见小说堂奥的有幸的少数。以出道时间计，刘建东成名甚早。对于创作，他是严苛的，审慎的。他只肯留下那些精心打磨的宝贝，他绝不允许自己有半点闪失。从这个意义上，他是悲观的吧。时间如此无情，而又如此有情。大浪淘沙，总有一些东西终将远去。

骨子里面，或许叶舟更是一个诗人。他在文字里吟唱，醉酒，假仰啸歌，浪迹天涯。莫名其妙地，我总是在他的小说深处，隐约看见一个诗人的背影，月下舞剑，散发弄舟，立在群峰之巅，对着苍茫天地，高声唱出心中深藏的爱与哀愁，悲伤与痛楚。叶舟的小说有一种浓郁的诗性的气质，跳跃的，不羁的，沉迷的，有时候柔肠百转，有时候豪气干云。

从精神气质上，或许胡性能与刘建东有相通之处。他不张扬，不喧哗，在这个热闹的时代，他懂得沉默的珍贵。他的作品也并不算多，却几乎篇篇锦绣，字字留痕。大约，他是爱惜自己的羽毛的吧。他从不肯挥霍一个小说家的声名。生活中的胡性能是平和的，他只在小说里暴露他与世界的紧张关系。他是复杂的，正如他的小说，又温和又锋利，又驳杂又单纯。

刘玉栋则显然具有典型的山东人的精神特质，沉稳，有力，方正而素朴。他以悲悯之心，注视着大地上的万物。他的文字里饱含着深切的忧思，对故乡土地的深情，对前尘往事的追念，对人间情意的珍重，对世道人心的体察，他用文字构建了一个自足的精神世界，他在这世界里自由飞翔。小说家刘玉栋飞翔的姿势耐人寻味，不炫技，不夸耀，却自有动人心魄的力量。

广西作家群中，田耳和朱山坡是文学新势力的优秀代表，同为七〇后一代，田耳有一种与生俱来的小说家的敏感气质，外部世界的细微涟漪，都有可能在他内心深处掀起惊涛骇浪。他看着那浪潮起起落落，风吹过来，鸟群躁动不安，俗世尘土飞扬，一篇小说的种子或许由此慢慢发芽，生长。他期待着与灵感邂逅时的怦然心动，享受着一个小说家隐秘的不为人知的幸福时光。朱山坡则一直坚持在"南方"写作。他丝毫不掩饰自己的执拗，也不打算解释自己的"偏狭"。南方经验，南方记忆，南方气息，南方叙事，构成了丰富而独特的文学的"南方"。他执着地构建着自己的"南方"，也构建着自己的小说中国。这是一个小说家的自信，也是一个小说家的强悍。

江南多才俊。同为浙江作家，东君、海飞、哲贵却有着强烈的差异性。多年来，哲贵把温州作为自己的精神起源地，信河街温州系列成为他鲜明的文学地标。他写时代洪流中人心的俯仰不定，精神的颠沛流离。他在文字里仰天长啸，低眉叹息。生活中的哲贵，即便是酒后，也淡定而沉着。作为小说家的哲贵，他只在文字里喧哗与骚动。而海飞，文学成就之外，近年来更在影视领域高歌猛进，声名日炽。敏锐的艺术触角，细腻的感受能力，赋予了他独特的个人气息，黏稠的、忧郁的、汹涌的、丰富的暗示性，出人意料的想象力，看似波澜不惊，实则激情暗涌，成为独有的"这一个"。与海飞、哲贵不同，东君的写作，却是另一种风貌。他的文字浸染着典型的江南气质，流淌着浓郁的书卷味道，古典的，传统的，温雅的，醇正的，哀而不伤，含蓄蕴藉。东君深受中国传统文化浸润濡染，深得传统精髓之妙。从某种意义上，他既是传统的，又是现代的。在人们蜂拥"向外"的时候，他选择了"向内"。他是当代作家中优秀的异数。

在同代作家中，黄孝阳有着强烈的探索勇气和激情，他以自己充满野心的文本，努力拓展着小说的思想疆域和艺术边界。他是不甘平庸的写作者，永远对写作的难度心怀敬畏。他飞扬跋扈的想象力，一意孤行的先锋姿态，以及由此敞开的内部精神空间，新鲜的，陌生的，万物生长，充满勃勃生机，挑战着我们的审美惰性，也培育着我们的阅读趣味。

中国当代文学现场，藏龙卧虎，总有一些身影隐匿，有一些身影闪现。无论是显是隐，他们都是这个世界的在场者、亲历者和创造者。他们以斑斓的淋漓的笔墨，勾勒着我们这个时代复杂蜿蜒的精神地形图。或者高歌，或者低唱。或者微笑，或者流泪。他们在文字的密林里徜徉，奔跑。心有猛虎，细嗅蔷薇。

是为序。

戊戌年盛夏，时京城大热

（作者系当代作家，《长篇小说选刊》主编）

目录

雕塑

那天下午，唐小河觉得董娜丽把他身体里的某种东西叫醒了。

当时，唐小河正在楼上画室里做雕塑。他做的这个雕塑，是一个男人坐在抽水马桶上。抽水马桶张大了嘴巴，把男人的屁股和身体一口吞了下去。只留四肢和脑袋在外面"惊叹"。在唐小河的画室里，摆满了这样的雕塑，男人的下场都不怎么美好，他们有的是屁股被咬住了，有的是大腿被咬住了，有的是手臂被咬住了，也有的是脑袋和身体都被吞下去了，剩下两只脚在外面乱蹬。除了脑袋被吞的男人之外，其他男人的脸色都很严峻，瞪着眼，皱着眉，张着深不可测的嘴巴，一副呐喊的样子。

还有一点，这些男人的原型都是唐小河自己。

唐小河当然知道这些男人的原型就是自己。所以，他看这些雕塑时，心情就有点复杂。有时看着看着，就恍惚起来，不知道哪个是真的自己了。这个时候，他就会听见身体里有个部位爆炸开了，开始只是一个小洞，慢慢变大，好像整个身体都给炸得破碎，分成一块一块飘在空中。

董娜丽进来时，唐小河一开始还没有认出她来。因为她今天的外形发生了巨大变化：她原来一直扎在脑后的马尾辫不见了，被剪成一个杨梅头。涂上了紫得刺眼的唇膏。她原来是从不涂唇膏的，她还穿上了旗袍，是大红的，开叉一直开到大腿根上……唐小河也就是刚开始的刹那间恍惚了一下，有一种似是而非的感觉，这种感觉让他非常诧异，让他几乎"震惊"了一下，心里好像被烫了一下。也就是这一下，让唐小河身上有反应了。而这种反应，他陌生好几年了……

唐小河曾经是信河街博物馆的工作人员。

在信河街博物馆里，唐小河官拜博物馆书画库的组长。他的手下只有一个管理员，是个叫董娜丽的女孩子。董娜丽长着一张娃娃脸。身上有点瘦，特别是胸脯，约等于无。但董娜丽也不是毫无优点，她的优点是腿长。长得连屁股都快没有了。唐小河比较欣赏她的长腿。时常会遐想一下。

董娜丽每天只在书画库里露一下脸。她好像不太把唐小河这个"领导"放在眼里，平时看见唐小河，脸上总像铺满灰尘，更不用说跟唐小河打招呼了。唐小河心里因此不大痛快。胸脯都那么平，有什么可以骄傲的呢？

那天，唐小河正在书画库里做雕塑。他临摹的是汉代的一个罐。这个罐是从一个墓地里挖出来的，有人用五百元买来后，送给博物馆。后来根据专家鉴定，这个罐就是汉代的马桶。因为汉代以前，富人未去世，喜欢先把坟墓做好，坟墓就是按照自己家庭的形状建起来的，包括日常用品一应俱全。唐小河正在做的时候，董娜丽进来了。唐小河发现董娜丽今天有点反常，一进来就拿眼睛瞄他。唐小河心里想，有什么好瞄的呢？老子比你骄傲多了。他的脸上硬是把这种欣欣向荣的气氛压下去，只当没有看见。过了一会儿，董娜丽就慢慢地往唐小河这边挪过来了。但很快又从他身边走过去。董娜丽往门外走，走到门边时，突然又转过身来，快步走到唐小河身边，说，唐小河，我有一个好朋友，是我的高中同学，想跟你学雕塑，行不行？唐小河心里想，靠！原来是有求于我啊！怪不得很反常。这么想着，心里早就高兴起来了，他说，行啊！怎么不行？

第二天，董娜丽就把她的朋友带到书画库里来了。也是个女的。年龄跟董娜丽差不多。董娜丽对唐小河说，这是我的朋友，叫许娅。接着，她又对许娅说，这个就是我跟你说的唐小河。唐小河一听，心想，他妈的不对啊！你叫我唐小河也就罢了，你的朋友是来跟我学雕塑的，应该介绍她叫我唐老师才对啊！至少也要叫唐小河老师嘛！这么想着，他就扭头去看那个许娅。还好！许娅的样子比董娜丽鲜活多了。特别是她的眼睛，单眼皮，有点小，跟老鼠眼睛似的闪闪发光。许娅很大方地伸出手来跟唐小河握了一下，说，你好，唐小河。唐小河虽然老师没有当成，但他心里也没有不高兴的意思。

董娜丽介绍完之后，就出去了。

董娜丽走后，唐小河问许娅，你为什么要来学雕塑呢？

许娅说，其实我是想开一个陶瓷店，问董娜丽能不能给我介绍一个老师，让我学雕塑，打点基础。董娜丽说，我们博物馆新来的一个大学生，整天在书画库里做雕塑，人也跟雕塑似的，看样子蛮有本事，你不如就跟他学吧！

唐小河插嘴说，这个董娜丽真的在背后这么说我吗？

许娅哈哈一笑说，是的，董娜丽还跟我说，你也不用学什么雕塑了，直接把那个大学生拿下不就一举两得了吗？

唐小河嘴里不停地说，这个董娜丽，这个董娜丽，看我以后怎么收拾她。

许娅又哈哈哈地笑起来，说，还不一定是谁收拾谁呢！你别看董娜丽平时不怎么说话，其实她心里都是有数的。

许娅告诉唐小河，她在信河街的西山陶瓷厂上班。但是她说，这只是暂时的，机会一成熟，她就停薪留职出来开陶瓷店。

因为博物馆有规定，书画库不准外人随便进出。唐小河就让许娅休息日到他家里来学。所以，一到休息日，许娅就蹲在唐小河家里。

这样过了半年。

这半年来，董娜丽每次看见唐小河，两条长腿就拼命地划，飞快地逃离唐小河的视线。唐小河还发现，董娜丽最近来书画库的时间减少了。以前，她是每一天都会来的。上班的基本制度总是要遵守的。但是，近段时间以来，董娜丽有点摆老资格了，都是隔了好几天才来一趟。来了也没有好好做事，人影闪一下，还没有等唐小河开口，就不知闪到哪里去了。

因为大部分时间只有唐小河一个人在书画库里，他就有点胡作非为了，有时候把书画库里一些最珍贵的文物也翻出来偷看，这里面有书籍，有字画，有古玩。唐小河最感兴趣的还是雕塑。那一天，唐小河竟然在一个木箱里翻出一个男女行房事的雕塑，从那女人的体形和她头上高高绾起的头发看，应该是唐代的。这个雕塑，高有八十厘米左右，长有六十厘米左右。这么大的一个春宫雕塑，唐小河不要说没有见过，就是听都没有听过。唐小河知道自己挖到宝贝了，他想这样的东西，在全国也是罕见的，怎么就被自己撞上了呢？唐小河觉得身上一阵一阵地发烫，愣愣地看着这个雕塑。

也不知道过了多久，唐小河觉得脖子被什么东西暖暖地摸了一下，接着，又被摸了一下。他伸手去抓，什么也没有。他的手一缩回来，那个暖暖的东西又爬了上来。唐小河转过身去看，吓了一大跳，他的背后站着董娜丽。也不知道她是什么时候进来的。唐小河发现董娜丽很不对劲，她脸上的灰尘不见了，红得渗出了汗来，她呼出来的热气直接扑到他的脸上。两只眼睛一闪一闪的，好像盈满了水。唐小河叫了一声，董娜丽。唐小河本来想说"你怎么站在这里"，但话只说了一半就停住了，他发现董娜丽看看自己，又看看那个雕塑，脸变得更加红，凝聚起来的汗珠都快要滴下来了。唐小河突然觉得身体飘了起来，胆子没有理由地大了，一伸手就把董娜丽抱住。董娜丽也没有挣扎，她的身体只是硬了一下，就一头拱进唐小河的怀里，身体一起一伏。幅度很大。抱了一会儿，唐小河把董娜丽的头扶起来，把嘴伸过去，他发现，董娜丽闭着眼睛，嘴唇一颤一颤的……

事情的发展出乎了唐小河的意料。出不出董娜丽的意料他不清楚，但他看董娜丽的"过渡"还是挺自然的。最主要的是，从那以后，董娜丽一看见他，就像河里飞奔的龙舟一样向他驶来。不过，董娜丽再也不允许唐小河看那个雕塑了，她把雕塑锁进箱子里，钥匙她带着。唐小河向她要。她对唐小河说，你要是再看，我就去跟馆长说，说你看淫秽品。唐小河说，靠，我看是淫秽品，你看就不是了？董娜丽说，我们女人看没有关系的。唐小河说，我也去馆长那里告状。董娜丽说，你去告状好了，我就说你勾引我，故意拿这样的东西给我看。馆长肯定相信我的话。唐小河觉得她说得也对。

许娅知道这个事情后，她也学着唐小河的口气说，我靠，有这样的好事，怎么不让我也学习学习？唐小河果真带她来看。当然是跟董娜丽三个人一起看的。董娜丽一开始不想给她看，说，这样不好吧！这样不好吧！许娅说，有什么不好的，不就是看看嘛！又不是真做。许娅这么一说。董娜丽的脸刷的一下就红了。乖乖拿钥匙把箱子打开。许娅一看见那个东西，先是愣了一下，接着就哈哈哈地笑个不停。

一年后，唐小河和董娜丽结婚。

唐小河和董娜丽结婚以后没有多久，许娅就从陶瓷厂里停薪留职出来了。

许娅停薪留职以后就跑来对唐小河说，我要开一家专门做抽水马桶的工厂。

唐小河很奇怪，说，为什么要专门做抽水马桶呢？

许娅嘻嘻一笑，说，抽水马桶也属于雕塑的范畴！也算我没有跟你白学这么长时间嘛！

唐小河说，那倒是。

许娅笑完了说，我跟你说正经的，我有一个亲戚在市政府里当头头，他早些天跟我透露了一个信息，接下来，信河街要老城改建。我一听，就知道"机会"来了，你想想看，信河街的老房子，大家用的都是木马桶。建了新房子后，肯定都会装上抽水马桶。这得用多少个抽水马桶啊！这笔生意要是做成了，成个百万富翁应该没有问题吧？

唐小河以前一直听许娅说要出来做生意，以为她只是嘴上说说，只是对现在的工作不甚满意，发发牢骚而已。现在一听，知道她是真的用心了，而且，唐小河觉得她理论上分析得很有道理，主要是别人都还没有想到，而她想到了。这个时候，许娅的话锋一转，对唐小河说，我们合作怎么样？

唐小河本能地摇摇头说，不行，我做不来生意的。

许娅说，你也不用做生意，你只负责设计就行了，市场由我来做。

话是这么说，唐小河其实已经心动。应该说，唐小河的这个心已动了很长一段时间了。唐小河动了做生意的心思，原因有三个：第一个原因是唐小河认识的信河街的人里面，无论是同学还是朋友，百分之九十以上都在做生意，就是有工作单位的人，也在私下里偷偷地做，包括他们博物馆的馆长，他开了一家文物商店；第二个原因是唐小河发现，做生意的人日子过得普遍比他好，他的好多同学都已经开上本田王摩托车了，下班以后去菜场买菜，选的都是最好的对虾和最肥的红膏江蟹，有时候，他们会在菜场里碰到唐小河，就叫唐小河晚上到他们家里吃酒，说话的口气很大，说着，还把拎在手里的对虾和红膏江蟹提起来晃一晃。唐小河觉得自己就是他们手里的对虾和红膏江蟹；第三个原因最致命，董娜丽很想唐小河去做点生意，她觉得自己有点嫁错了，很不把唐小河的雕塑放在眼里，她说，会做雕塑有什么用呢？又不能拿出去换钱给我买化妆品？听了董娜丽的话后，唐小河虽然心里愤怒，更多的是悲伤。他想雕塑确实是没有用的，自己每个月领到的工资，比董娜丽接触过的所有人都少，所以，董娜丽有理由觉得她确实是嫁错了。所以，唐小河有时候就在心里恶狠狠地想，他妈的，老子也去找点生意做做嘛！可是，他能够做什么生意呢？

他心里一点也没数。所以，许娅这么一说后，唐小河就有点盲目地激动起来，觉得生活出现新的可能了。他说，这个事情很重大，你让我回头跟董娜丽商量一下好吗？

许娅说，董娜丽那边我已经跟她商量过了，她一听就同意了。你要是没有意见，这事就算是定下来了，算我们两人合股。

唐小河心里想，原来这两个女人早就串通好了啊！她们设了一个狗洞，等着自己来钻。但是，唐小河觉得自己相当乐意钻这个狗洞。

合作的事很快就定下来了。接下来要办的事情有很多，首先定下来的，是要建一个小工厂和办一个门市部。办工厂和门市部有很多关口要跑，工商、税务、卫生、街道，包括公安，都要一个印章一个印章地盖过来，缺一个都不行。还要建一个烧瓷的窑，还要购买做毛坯的机器，还要招工人，等等。总共加起来，整个投资要二十多万元。分摊开来，每股要出十万元。唐小河和董娜丽一听就吓住了，唐小河想，这么多钱，就是把董娜丽卖了也卖不出这么多钱啊！好在许娅想了一个办法，她从原来的西山陶瓷厂里租了一个"退休"的窑，请了一个同样已经退休的老师傅，这一下就省了十几万。剩下的每股还要出两万元。可是，唐小河就是两万也没有啊！许娅说，我也没有两万元。后来，许娅还是想出了一个办法，她和唐小河各自在亲戚朋友圈里组织了一个两万元的"抬会"，信河街也叫"经济互助会"。组织十一个人，自己当"会头"，其他十个人叫"会东"。一个季度收一次会钱，排在前面收会钱的"会东"每个季度出的钱要多一些，越到后面，出的钱就越少。"会头"负责收钱，收齐后，再把会钱如期地交到收钱的"会东"手里。如果某一期某个"会东"的钱收不齐，就要"会头"来垫付。这样，钱的问题也解决了。

工厂很快就办起来。说工厂有点严肃了，其实是个作坊，请了两个老师傅，招了五个小工，就干开了。门市部倒是花了大血本才租下来的，在信河街的丁字路口，是人流量最多的地方。这一点三个人很统一，只有人多的地方才能把抽水马桶卖出去，如果把抽水马桶摆在博物馆的书画库里，是无论如何也卖不出去的。

一切都在紧锣密鼓地进行着。许娅有许娅的分工，唐小河有唐小河的事做。

一直到了机器都调试好了，许娅给唐小河搬来了一个抽水马桶。

在这之前，唐小河负责到市场上做调查。市场基本上只有两个牌子的抽水马桶唱主角：一个叫美标。另一个叫托托。从唐小河的角度看来，这两个主角都有硬伤。美标线条过硬，给人的感觉很是"整齐"，却显得冷了，缺少家的温馨。托托的毛病恰恰相反，它过于柔和了，所有的线条都是平的，给人的感觉倒是"整洁"了，却有点精神不振的样子。唐小河觉得自己设计的抽水马桶应该突出一个"圆"字。要有雕塑感。体型应该比美标和托托小一些。这么做，一是考虑到信河街的人用了许多年的马桶，如果抽水马桶突然变了形状，可能拉不出来。那是要死人的。二是考虑到新建设的房子也不会特别大，卫生间也不可能跟足球场一样，抽水马桶就应该小一点，才符合信河街的实际。

但是，真正做起来的时候，唐小河才发现，自己小看了抽水马桶，它外表看起来简单，里面其实窍门不少。刚开始的时候，唐小河去市场上转了转，他觉得抽水马桶嘛，无非就是这样，回来就放开手脚做了。做好后，放在以前自己做雕塑用的小窑里烧，烧出来之后，他就开始做"临床"试验。唐小河很快就发现自己做的抽水马桶有问题，因为他对着抽水马桶尿尿，简直是"尿花四溅"。为什么会出现这样的问题呢？通过不同姿势和角度的试验，唐小河发现原来抽水马桶内壁的坡度有问题，他做得陡峭了一点，是六十度。后来他发现，最合适的坡度是四十五度，这样，无论从哪个角度把尿撒下去，它们也都会成四十五度的弧线折射出去，而它们这种第二次折射的结果，要么是自投罗网，乖乖地掉进出水口里，要么就是垂死挣扎，砸在抽水马桶的吊出的桶堤上，然后又悲伤地滑向出水口。坡度问题解决后，唐小河很快又发现了另一个问题，他发现自己做的抽水马桶的冲洗孔有问题，水从水箱里冲出来，通过一个个水孔射出来，形成一个有节奏的漩涡，这个漩涡一荡一荡地往下吸，可以把抽水马桶的内壁清洗干净。但唐小河发现自己的抽水马桶只能形成一个小漩涡，也就是说，水从水箱里冲下来后，只是在抽水马桶的底下打一个转儿，还没有形成气势，就泄了气似的溜走了。这个问题倒是比较好解决，唐小河发现主要是那些出水孔做得不够整齐，它们要大小统一，每一个孔的大小都在一个厘米左右，而且角度也要统一，角度越大，漩涡也就越大。但角度也不能太大了，如果大到一百七十度，里面的水就会被旋到抽水马桶外面来。通过多次的试验，唐小河认为一百二十度是最佳角度，能够把内壁的所有角落都冲洗到，而且漩涡打得又大又有力。对唐小河来说，最大的问题还是在出水口这个环节上。当抽水马桶储满水后，唐小河把开关一拉，抽水马桶里的水一部分发出咣咣咣的巨大声响往下冲，另一部分却噼里啪啦地从抽水马桶里跳了出来，溅了一地，把唐小河身上也溅了。唐小河不相信会发生这样的事情，他又到市场上去看，他甚至把头伸到抽水马桶里看。可能是他的看法太独特了，再说时间也太长了，引起了商家的怀疑，态度很不友好，说，这位同志，你这是干什么？难道要把我的抽水马桶吃下去不成？唐小河也觉得这种行为很可疑，心一横，干脆买了一个回来。买回来试了一下，很好，开关一拉，水就万箭齐发，顺着抽水马桶的内壁，打一个旋，然后，发出咯噜咯噜的声音，翻了一个跟斗后，欢快地钻进出水口，随即又从出水口吐一点点水回来。马桶里立即恢复了平静。但问题是唐小河还是没有看出来它的窍门在哪里，为什么自己做的抽水马桶就是出不了水。后来，他就把这个刚买来的抽水马桶敲开了。敲开底部后，唐小河才发现，原来抽水马桶出水口的正中央，有一块地方像金元宝一样隆了起来。这一看，唐小河就恍然大悟了，为什么自己做的抽水马桶冲水时会炸水，因为出水口是直通通的，水又多又冲，冲到这个小卡口时，突然就塞住了，有一部分性子急的水就从里面跳出来了。而有了这个隆起来的山头后，水到了这儿就有了一个缓冲，可以在这里翻一个跟斗，打一个旋，然后潇洒地冲下去，临了头了，还要甩一个漂亮的尾巴回来。

所有的问题都被唐小河解决了。他现在对抽水马桶的整个构造已经一目了然了，而且，经过一段时间的试验，他还练就了一种本事，只要听听冲水的声音，就能够描述出这只抽水马桶的结构。他现在对自己设计的抽水马桶充满了信心，觉得打遍天下无敌手。

许娅搬来的一个抽水马桶，是美标的牌子。

许娅一来，唐小河就把自己试验的成果展示给她看。许娅也很喜悦，说，唐小河，我就知道你这个家伙有想法，你一定能够设计出信河街人喜欢的抽水马桶。就按你的意思办。唐小河给她这么一表扬，尾巴翘起来了，说，我昨天还给我们的产品想了一个很有意思的名字，叫"痛快"，你想想，人生什么时候最痛快呢？我觉得是拉屎拉尿的时候最痛快，客户一看见这个产品的名字，会心一笑，笑过之后会干什么呢？那就是买我们的产品了。

但唐小河的这个建议没有被许娅采纳。她对唐小河说，我觉得我们的产品最好就用美标的名字。

唐小河说，这样不太好吧？

许娅说，我做过市场了解了，现在这个产品最好卖。

唐小河说，这样做是假冒别人的牌子啊！

许娅说，没关系，我们先做一批，等赚了钱以后，我们再做"痛快"也来得及。

唐小河说，这样行吗？

许娅说，你看看，信河街上的工厂谁不是这样？他们行，我们为什么不行？

唐小河还是很不放心，他心虚啊！这跟抄袭别人的作品有什么区别呢？如果让人知道了，名声就臭了，以后很难在业内做人了。但是，许娅的态度很坚决，就是要用美标的牌子。在这个事上，就连董娜丽也跟许娅站在一起。唐小河觉得甚是孤立。他见反对无效，只好选择了沉默。

那段时间，唐小河觉得理亏，走在路上，头都不敢抬起来。工厂和门市部更不敢去。倒是董娜丽去得很起劲。她对唐小河说，大家都是一样，有什么不好见人的。唐小河觉得董娜丽现在很是肆无忌惮了，每天只到博物馆签一个到，就去忙她的"事业"。有时甚至连签到也叫唐小河代。一副有恃无恐的样子。唐小河不给她代签她就说，你这是在拖我的后腿呢！但是，跟唐小河的担心相反的是，自己做的抽水马桶卖得相当好。他们做的抽水马桶形状小巧，从外形上就讨人喜欢，而价格呢，比正宗的整整便宜了一半！所以，门市部每天人来人往，有的是来零买的，也有很多是别的店家来批发的。

只用了三个月的时间，工人就从五人增加到了二十人，厂房也扩大了一倍。许娅就又招了一批工人，把工人分成三班倒。

这样做了两年。生意是越来越好。厂房一再地扩大，工人已经增加到一百多个了。这个繁荣景象的背后是，唐小河和董娜丽分到了很多钱。当然，许娅也分到很多钱。就唐小河的感觉来说，他现在已经体会到什么叫腰缠万贯了，什么叫富甲一方了，什么叫有料了。唐小河觉得自从有了钱后，自己脾气都变好了，连世界观都发生了一些变化，对于董娜丽不来博物馆签到的事，也是睁一只眼闭一只眼了。

最主要的是，唐小河觉得他的内心发生了一些变化。这时，市场上已经冒出很多抽水马桶的牌子了，也就是说，不单单是美标和托托一统天下了。这些牌子很快就出现在唐小河他们的门市部里了。说一句良心话，在这个事情上，许娅和董娜丽都没有逼唐小河，是唐小河主动要求做的。他首先做的是托托的牌子。他发现在做这件事的时候，心里一抽一抽的，都有点想把尿尿到裤子里了。他也不知道这到底是紧张还是兴奋。反正心里就是有做的冲动，做的时候，他还很想喊一嗓子啊！他现在已经养成了去市场上转一转的习惯了，一看到新的牌子，毫不犹豫就买一个回家，一到家，手也痒，心里也痒，迫不及待地就开始做了，他做出来的抽水马桶的样子都是他重新设计过的，当然是更胜一筹了，只是牌子用的是人家的。唐小河觉得几天不做一次就心痒手痒，坐也坐不住，觉得人生都有点空虚起来了。

有一天下午，门市部来了几个外地人，他们要进一大批的货，想先看看产品。近一年以来，慕名而来进货的人几乎每天都有。许娅和董娜丽就带他们去工厂看货，看完了货后，对方很满意，当场签了合同，约好第二天早上来提货。第二天早上他们来的时候，竟然带了许多工商的人来了。原来，那几个外地人是北京美标洁具公司打假办的人，他们接到举报信，专门来信河街调查，一查，证据确凿，他们就向信河街的工商举报了。

工商马上查封了工厂和门市部。把营业执照及账本都拿走。把许娅和董娜丽也带走。还派人来博物馆把唐小河带走。

对于发生这种事，许娅是有准备的。许娅早就做了两本账，一本放在门市部里，是假的，数额很小。而真正的账本早就被她藏起来了。那时，唐小河和董娜丽还不理解，问许娅这是干什么，许娅只是笑笑，说"以防万一"，没有想到，果然就派上用场了。但是，即使这样，包括跟北京美标洁具公司签的五万元合同算在内，整个金额也达到了十万元。工商罚了他们十八万元，销毁了他们还没有来得及卖出去的抽水马桶。这些都没有关系，问题的严重性是这个数目达到了刑事诉讼的标准，罚完了款后，因为营业执照上登记的是许娅和唐小河的名字，他们两个被移送到了公安局。

工商找唐小河谈话的时候，他还有侥幸心理，心想大不了就是罚款呗！罚到倾家荡产也行。大不了等于白干一场。等于做了一个美梦。等于给人生多了一次疯狂的体验。等于搞了一个恶作剧。但是一听说移送到公安机关，唐小河觉得眼前暗了一下。他隐隐约约地知道，这个事情超出预想的轨迹了。

法院宣判的时候，唐小河觉得整个法庭都转了起来，他拼命想站稳，但两条腿怎么也不听话，软软沉沉地要往下坠。过了一会儿，整个人又被掉了个头，好像要从很高的地方摔下来。这种状态一直持续到法官宣判了结果，他和许娅每人被判了六个月的有期徒刑。唐小河才觉得双脚是站在地上的，但他这时却觉得，法庭里的东西一下子疯狂地无限地在长高。

唐小河这时转头去看了许娅一眼。他发现许娅也正转头看着他，跟他相比，许娅就显得镇定多了。她几乎可以说是风度翩翩地站在法庭上。她还朝唐小河张了张嘴巴，唐小河没有听到声音，但他确信许娅是对他笑了。唐小河也想对她笑一笑。他想让两个嘴角往上翘一翘。它们不干。

然后，唐小河就直接被送到看守所里去了。

半年后，唐小河光着头从看守所里出来。一路上，唐小河没有说一句话。回到家后，也没有说一句话。洗了个澡，唐小河急吼吼地就把董娜丽推到眠床上。但是，唐小河汗流浃背了半天，居然一点进展也没有。越是这样，唐小河就越不甘心，越不甘心就越急，也就越不对路。越是不对路，他就更急，越是要埋头苦干。所以，效果就越差。最后，唐小河突然停住了，他盯着董娜丽的身体看了一会儿，很不甘心地给自己下了结论，靠，老子阳痿了。

此后的几天里，唐小河又做了若干次努力，结果都不理想。

一个礼拜之后，唐小河和董娜丽去了一趟博物馆，两个人都办了停薪留职的手续。唐小河知道，出了这种事后，已经没脸再在这个单位呆下去了。本来，董娜丽是可以留在单位里的，但董娜丽说，出事后，单位里的人老是在背后指指点点，这个破单位，她早就不想呆了。所以，离开的态度比唐小河还坚决。很有点破釜沉舟的意思。

从单位里出来后，唐小河决定还是去做抽水马桶的生意。

唐小河这么做起码有两个理由：一是虽然原来的工厂被封了，款也罚了，其实他们早就赚了钱了，董娜丽把钱存在一个亲戚那里，有好几十万。有了这个基础，也是唐小河和董娜丽能够那么潇洒就离开单位的一个原因。他们后背硬嘛！二是除了做抽水马桶的生意，唐小河不知道还可以做什么生意。董娜丽也不知道。话反过来说，做抽水马桶他们总还是熟悉的，起码上手比较快。即使有人想骗他们，也不是一下子就能骗得了的。

这一次，唐小河铁定要做自己的牌子了。这个决定也得到董娜丽的全力支持。董娜丽对六个月前的事情还是心有余悸，她对唐小河说，我一看见那么多工商进来，吓得两条腿跟面条一样直往下挂，脑子里白白的，心里只有一个念头，想给工商跪下来说：我下次再也不敢了，打死也不敢了。

所以，这一次，他们决定踏踏实实地从头做起。

在开始做之前，他们找过许娅。毕竟是患难朋友，希望许娅能够跟他们一起做。而且，许娅有他们都没有的优点，她能够把客人招呼过来。那不是等于做什么都能够赚钱了！但是，许娅拒绝了。许娅说，狗生的，罚点款也就算了，还关了我六个月。他们越是这样，我就越要做，看看他们还能不能再把我关起来？

唐小河知道，许娅拒绝他们还有一个理由。许娅以前跟他说过，做那种正经的牌子根本没有办法赚到钱，能不能把自己的牌子打响当然是个未知数。而且，即使打响了又能怎么样呢？政府的各种收费就能把你压垮。唐小河知道她是不会再跟自己合作了。找她说说也就是一个态度，如果她能合作，当然是好，如果不肯，也就不再勉强。

唐小河重新租了一个小厂房，买了设备，把原来的师傅和工人召集起来，他去工商和税务办了证，包括街道的卫生费也提前缴了。他把"痛快"牌设计成一个商标，拿去注册。一切手续都办妥当后，新工厂才开起来。

他们还是跟以前一样，在信河街的丁字路口开了一家门市部。

但是，生意的萧条还是出乎了唐小河的意料。每天倒是不断地有人进来问，什么牌子呀？一听说是"痛快"牌后，就摇头了，说，这个牌子以前从来没有听过的呀？董娜丽赶紧说，是个新开发的名牌，国家工商局批准的，质量非常好，比老名牌还要好，价格却只有老名牌的一半。来的人说，真的有你说的这么好？董娜丽说，真的真的，不信你买一个回去试试，保准好，不好你拿我这里来退钱。来人说，这个东西可不好试，屁股要是试坏了，赔再多的钱有什么用？说着就走了。

董娜丽有点泄气。她对唐小河说，我听说许娅还在偷偷地做美标和托托的牌子，也不开门市部了，做好直接批发到各个经销商手里，生意比以前还要好。实在不行，我们再偷偷做点美标和托托卖？

唐小河一听，脸就阴下来，说，他妈的董娜丽，你是狗改不了吃屎？

唐小河一骂，董娜丽就哭了，她一边哭，一边说，人家也就是说说嘛！又不是真的想做。你干吗这么凶地骂人家？

唐小河理解董娜丽的心情。其实，他的心情何尝不是这样呢？

他只能安慰董娜丽说，刚开始都是这样的，我们一定要坚持，我们产品的品质肯定没问题，样式也肯定是好的，只是大家接受起来有一个过程，只要大家接受了，生意马上就会上来的。董娜丽也不说话了，只在一边不断地点头。

就这样，第一年过去了，年终结了一下账，亏了二十来万。

第二年，唐小河节约了所有开支。董娜丽踏着三轮车，载着"痛快"牌抽水马桶，跑到一个个洁具店去推销，她对代销店说，你们可以先代销，卖出去后我再来结账，没有卖出去，到时候再还给我。这样的话，代销店就一点风险也没有了，有的店就开始进一点货试试，即使这样，代销店还是把折扣压得很低。让他们几乎没有利润。

第二年年终结算时，账面上还是亏了十多万，主要是一些代销的店没有把钱结清，有的干脆就不跟他们结，说，反正明年还代销，到了明年一起结吧。

到了第三年，情况才有了一点点起色。年终结算时，收支打了个平衡。账算出来时，董娜丽哭了，她一把抱住唐小河，把头拱进他怀里，说，老公，我们熬过来了，我们熬过来了。唐小河的身体被她拱得歪来歪去，但他发现自己心里却没有什么感想，他想这个时刻，应该是兴高采烈的呀！至少应该有苦尽甘来的感觉呀！可怎么一点要高兴起来的意思也没有呢？

从第四年起，唐小河的工厂就开始赚钱了，开始有人主动上门来进货了。

第五年，主动来进货的人多了起来，报的折扣也高了起来。这一年还出现了断货的现象。在这一年的下半年，唐小河扩大了工厂的规模。

接下来的日子里，工厂的发展越来越顺。在第七年的时候，他们在信河街的丁字路口买下了五间店面，正式注册成立了"痛快洁具有限公司"。也是在这一年，他们买了厂房。在装修厂房时，唐小河把最顶上的一层做成了画室。也就是从这一年开始，唐小河把公司交给董娜丽，他开始在画室里做各种男人和抽水马桶的雕塑。

这些年来，唐小河的阳痿一直没有起色。董娜丽不断地给唐小河找偏方，包括生吃泥鳅，喝禾花雀的血，吃未开眼的幼鼠，包括伟哥都试过。效果甚微。不过，董娜丽没有气馁。董娜丽有个中学同学，叫魏林，他们家专门做自慰器，在信河街名气很大，董娜丽偷偷地去买一个给唐小河试，结果还是不行。这样反复地试验过后，出现了另一个结果——董娜丽开始对自己没有信心了。有一次，她问唐小河说，是不是你对我的身体一点兴趣也没有了？唐小河想了想，说，我也说不清楚。唐小河不是敷衍董娜丽，他是真的说不清楚，说对董娜丽的身体没有兴趣吧，自己还是想着那个事的，说有兴趣吧，却又不行。董娜丽见他这么说，显得很伤心，说，那就是一定没有兴趣喽。

有一次，有人给董娜丽介绍了一个心理医师。这个医师治阳痿很有一套。董娜丽跟唐小河说，老公，我们去看看吧！唐小河说，我精神又没有问题，去看什么心理医师？董娜丽说，有人说，那个事不行，跟心理作用的关系非常大。唐小河还是不想去。董娜丽说，据说那个医师很厉害，很多病人都已经"痿"得跟鼻涕一样了，去看一两次后，就好了。唐小河看她这么说，心里也就有点活动了，想，真的有这么神奇吗？鼻涕都能够救活？

唐小河和董娜丽一大早就去了。是个很年轻很漂亮的女医师。

这有点出乎唐小河的意料。在他的想象里，应该是个花白胡须的老医师，那就无所谓了，反正老医师那个功能也不一定行，大家平起平坐，该怎么说就怎么说，但是，一个大男人，跟一个漂亮的女医师怎么好意思开那种口呢。所以，唐小河只站了一下，就走出去了，只留董娜丽一个人在里面跟那个漂亮的女医师说。过了一会儿，董娜丽满脸笑容地出来了。唐小河问她，那个漂亮的女医师跟你说了些什么？董娜丽笑得很神秘，说，她什么也没有说。

从医师那里出来后，董娜丽叫唐小河先回去，她去办点事。唐小河看她神秘兮兮的样子，也懒得问她，就先回画室了。

直到下午，董娜丽才回来。当董娜丽一步一摆，像个模特儿一样走进唐小河的画室时，唐小河愣得连话也不会说了。因为她头发变了，脸色变了，穿着也变了，整个神态也变了。董娜丽还朝他勾了勾眼睛，把旗袍的下摆一撩，一屁股坐在了唐小河的大腿上，嗲着声音说，嗯，没有见过美女啊？说着，用手指点了一下唐小河的额头，动作的幅度还相当地大。接着，董娜丽就势把自己的外套也脱了，上身只剩下一条红色的胸罩。她的手臂蛇一样地缠上唐小河的脖子。唐小河还是不敢相信眼前这个女人就是董娜丽。这个女人的做派跟董娜丽一点也不一样，董娜丽也不是这个形象。但是，这个女人又分明是董娜丽啊！这让唐小河也分不清了，觉得自己的心仿佛被什么东西刺了一下。这时，他低头看了一下自己，惊叫了一声，靠，老子行了。

事后，唐小河觉得很不真实，毕竟荒废了太久了，这样的事实显得不够真实。他心里想，莫非这次是瞎猫撞上死老鼠？莫非撞上了狗屎运了？所以，过了一会儿，他又试了一次。还是行。

这个时候，唐小河再看那些坐在抽水马桶上的男人时，觉得自己突然有了高度。他想，原来高度跟硬度是绑在一起的啊！

唐小河的这种感觉保持了三个月。

在这三个月里，唐小河又到工厂上班了。他干劲十足，身体里的肌肉一块一块地隆起来，好像随时要长到皮肤外面来一样。在这段时间里，他设计了很多新的模型。有空的时候，他也去公司帮帮董娜丽的忙。这三个月里，唐小河让董娜丽每天做完公司里的事后，就去美容院，让美容师每天给她设计一个新造型。

三个月后，唐小河惊恐地发现，自己对董娜丽的新造型也没有感觉了。

这三个月来，董娜丽每天都在扮演着好几个角色。在公司里，她是老板娘，是管理者，是庄重严肃的领导。在美容院里，她是有钱人的太太，是贵夫人，是风光优雅的少妇。可是，到了唐小河的画室，她突然变成了一个表演者，她一会儿演清纯少女，一会儿演荡妇，一会儿扮贤妻良母，一会儿扮卖笑女子。刚开始，唐小河也很不忍，他觉得这样做，对董娜丽不公平，这是作践董娜丽啊！但是，他控制不住，总是催董娜丽去美容院，如果哪一天董娜丽回来时还是老样子，他看她一眼后，整个心就沉下去了。唐小河这种表现，董娜丽都看在眼里，她非常沮丧地对唐小河说，现在你终于承认了吧？你对我的身体真的是一点兴趣也没有了。

也就在这个时候，市场上出现了假冒"痛快"牌的抽水马桶。因为有一个市民家里搞装修，听了朋友的介绍，买了"痛快"牌抽水马桶，用了没几天，马桶就裂了。差点把屁股都划破了呢。他就很生气地打电话向消协投诉。消协就到唐小河的公司来调查。一调查，发现这个抽水马桶是假冒的。董娜丽对消协的人说，即使是假冒的，也是假冒我们公司的牌子，为了让市民知道真相，我们公司愿意免费送这个市民一套抽水马桶。董娜丽的这种做法，得到消协很高的评价。说她有品牌意识。其实，董娜丽这么做是有原因的，消协的人来把这个事情一说，董娜丽马上就想到了许娅。消协的人走后，她马上派人去许娅的工厂调查，许娅果然在生产"痛快"牌抽水马桶。

董娜丽把这个消息告诉唐小河，说，唐小河你看看这个许娅，当初叫她跟我们一起做，她不肯，现在倒好，造假都做到我们头上来了。唐小河一听，就把手中正在做的雕塑停住了。他看了董娜丽一眼，又看了董娜丽一眼。董娜丽跺了一下脚，说，你老盯着我看干什么？赶快想个办法啊！唐小河还是这么定定地盯着她看。这时，唐小河突然很想给许娅打一个电话。他本来有许娅的电话的，这时却怎么也想不起来。他这么盯着董娜丽看，其实并没有看董娜丽，只是在心里想许娅的电话号码。过了好久，唐小河终于想起一个电话号码，他马上拿起了电话，他发现自己的手抖得跟鸡爪一样，号码老是摁错。最后终于接通了，里面传来许娅的声音。唐小河一听，觉得喉咙就粗了，在电话这头大喊起来，说，他妈的许娅，你做了好事都不告诉我，也不叫我到你的工厂看看。许娅一听他的声音就哈哈哈地笑，笑过了说，我的工厂又小又乱，路又不好走，没什么好看的。唐小河说，少废话，你快把地址给我，我今天一定要去看看。许娅听他这么说，就很爽快地说，既然你一定要来，我就开车去接你吧！唐小河却说，你不用开车来接我，我等不及了，只要给我地址，我马上就赶过去。许娅说，那好，我就给你地址。

挂了电话后，唐小河就要冲出画室。这时，董娜丽却拉住了他，董娜丽的口气突然温和了下来，她对唐小河说，你看看没有关系，有什么话跟许娅好好说，毕竟是朋友，而且还是她带我们出道的呢。唐小河很疑惑地看了董娜丽一眼。但他这个时候没有时间跟董娜丽论理，他只说了一句，我有数的。就出去了。

唐小河一刻不停地赶到许娅的工厂。他在去的路上，发现不时有人站在路边探望。见到许娅的时候，唐小河问她，那些人是不是你派出去的？许娅说，是的，如果有政府的人来查，我这里很快就会得到消息，会把所有的产品藏起来。但唐小河最关心的还是他的"痛快"牌抽水马桶，他迫不及待地对许娅说，快快快，你赶紧带我去车间看看，我要看看你们生产的"痛快"牌抽水马桶。

许娅说，不要急，你既然来了，我会让你看个够的，反正对你也不隐瞒，你爱怎么看就怎么看。

说着，许娅就带着唐小河去车间，他们从原料车间、设计车间、毛坯车间、窑、成品车间一路看过来，唐小河看得很仔细，他一路上都没有说话。看完之后，他对许娅说，我给你提点建议好不好？

许娅说，好啊！是不是叫我不要假冒你的牌子？但是，我告诉你，没有用的，无论你怎么说，我不会停的。

唐小河说，我不是让你停下来，我是希望你多多假冒我的牌子。

许娅看着唐小河说，你不是跟我开玩笑吧？我可没有心思跟你开这种玩笑。

唐小河说，我不跟你开玩笑，我觉得你的抽水马桶的样式太简单了，我帮你设计几款新的好不好？就是我自己公司也没有的那种。

许娅将信将疑地说，如果你是真心的，那当然好了。

唐小河说，我当然是真心的了。

说完之后，唐小河就回去了。

一个星期后，他又去了一趟许娅的工厂，给她送去四个新的模型。唐小河对许娅说，你一定要把这四个新模型做好啊！一定要多多生产，过几天我再来看。

许娅说，好的好的，我一定会多多生产的。

唐小河又说，你如果还要新的模型，就跟我说，我马上给你做。

许娅有点疑惑地看看唐小河，但她嘴上还是说，好的好的，我一定会跟你要的。

唐小河说，我是说真的，不是跟你开玩笑的。

许娅听了就笑了起来，说，我知道，我知道。

把四个新模型送给许娅后，那天晚上，唐小河回到画室，董娜丽已经在里面了。其实，这一个星期以来，董娜丽几乎都呆在画室里。她每天只是去公司看了一下，就跟梭子一样飞回来了。回来之后，什么事也没干，什么话也没说。只是坐在唐小河的背后，看着他给许娅做新模型，看着看着，眼泪就流出来了。看着看着，眼泪又流出来了。每天都这样。

一个星期前，也就是唐小河刚从许娅工厂回来时。董娜丽曾经问过唐小河，说，许娅那边怎么样？唐小河说，很好。董娜丽说，很好是什么意思？唐小河说，很好的意思就是我要帮助许娅设计新模型。董娜丽说，许娅也要做自己的牌子吗？唐小河说，不是，许娅还做我们的牌子，但我要帮她设计模型。董娜丽一听就不吭声了。

董娜丽就这样在画室里，看了一个星期唐小河的后背，也流了一个星期的眼泪。一个星期后，她突然站起来，把眼泪擦了擦，一声不响地走了。

董娜丽再踏进画室，已经是一个月之后的一个晚上了。进来之后，她叫了一声，唐小河。唐小河抬头看了她一眼。又看了她一眼。唐小河多看一眼，是因为发现董娜丽突然有点不一样了，具体哪里不一样了，唐小河又说不出来。董娜丽在唐小河面前站了一会儿，说，唐小河，你觉得今天我有什么不同吗？唐小河吃了一惊，心里想，一段时间没见，董娜丽怎么变得这么厉害，自己心里想的事情她都知道。而且，唐小河也抓到规律了，只要董娜丽直呼自己的名字，接下来肯定会有什么事发生，也就是说，问题严重了。唐小河又隆重地把董娜丽看了一遍。还是没有看出来。董娜丽把身子挺了挺，说，现在还没有看出来吗？唐小河摇了摇头，说，还是没有看出来。董娜丽的脸红了一下，她慢慢地把外衣脱了，慢慢地把内衣也脱了，上身只剩下一件胸罩。慢慢地，她把手伸到背后去，把胸罩也解了。刚开始时，唐小河不知道董娜丽要搞什么名堂，当她把胸罩解开时，唐小河就豁然开朗了，他就知道今天董娜丽为什么有点不一样了，也知道今天董娜丽为什么直呼他"唐小河"了。因为她的胸变大了。董娜丽这时斜了唐小河一眼，把唐小河的手拉过去，唐小河的手犹豫了一下，就抓住了。这真是翻天覆地的变化啊！以前，董娜丽的胸是约等于无的，一把抓下来，感觉手很紧。现在，唐小河一只手都握不过来了，而且，唐小河觉得它们握在手里的时候，手感很好，硬硬的，却又滑滑的。唐小河真是惊奇不小，他说，董娜丽，你是怎么让它们变大的？董娜丽说，你不是对我的身体没有兴趣了吗？

我早几天就去整形医院做了隆胸手术了，用的是最好的"高泰克斯"材料，花了三万元。唐小河一听，觉得双手紧了一紧，低低地吼了一声，好。

董娜丽说，你喜欢吗？

唐小河说，我喜欢。

董娜丽说，你不会嫌弃我吧？

唐小河连忙说，不会，不会。

董娜丽说，你觉得我对你好不好？

唐小河说，好。

董娜丽说，我对你怎么好了？

唐小河说，怎么都好。

董娜丽说，真的？

唐小河说，真的。

这件事情发生之后，唐小河又到工厂上班了。这段时间里，唐小河还忙里偷闲地跑了几趟整形医院。他对董娜丽隆胸这件事很感兴趣，很想探个究竟。

唐小河上班的这段时间里，公司做了一笔大业务，外地一家公司听说唐小河做的抽水马桶很有特色，就跑过来考察。看过之后，觉得确实不错。但是，他们有一个要求，他们的洁具主要销售对象是娱乐场所，要求洁具的造型能够跟娱乐场所的整个氛围协调。他们要求唐小河设计一批模型，让他们看了之后，再决定是否跟唐小河的公司做这一笔生意。唐小河对他们说，你们要多长时间看模型？他们说，一个星期以内吧！唐小河说，这个时间，你们只能看到模型的胚胎，不可能是成品。他们说，我们对你的产品质量有信心，主要是看你的设计。唐小河说，这个没有问题，三天后你们就来看模型。

只用了两天一夜，唐小河就把设计的模型拿出来了。他一共做了三个模型，原型分别来自鼻子、嘴巴、耳朵。对于这三个模型，唐小河是这么想的，这批抽水马桶是准备卖到娱乐场所去的，第一是造型要夸张，要有荒诞感，才能够跟整个环境协调起来。第二是去娱乐场所的人追求的都是感官上的刺激，他就在人体的器官上做文章。

那家客户第三天一大早就来了，看了之后，觉得唐小河设计的模型很有新意，很符合他们的要求，他们当场就签了合同，付了定金。

两个月后，唐小河的公司准时地交了货，对方也付清了所有的款项。董娜丽算了一下，这笔业务整整赚了两百万。

那天晚上，他们两个都非常兴奋，躺在眠床上怎么也睡不着，唐小河尤甚。唐小河抚摸着董娜丽的身体，从上到下，又从下到上。最后，唐小河的手停在董娜丽的脸上，说，老婆，我们明天去一趟整形医院吧！

董娜丽说，去医院做什么呢？

唐小河说，去改一下脸型。

董娜丽也摸了一下自己的脸，说，脸型也可以改吗？

唐小河说，我已经去整形医院问过了，可以把你圆形脸改成瓜子脸。

董娜丽说，你是不是觉得我现在的脸型很难看？

唐小河说，也不是。

董娜丽说，我知道的，你现在看我身上什么部位都不如意。

唐小河赶紧说，不是的，我只是想让你更加漂亮嘛！你看看，你做了隆胸的手术后，我很满意，你也很满意，这多么好！

董娜丽叹了一口气说，你说得好听，其实我知道，你现在真的对我的身体一点兴趣也没有了。

话是这么说，第二天，董娜丽还是跟着唐小河去了整形医院。医师看看董娜丽，又看看唐小河，说，就是这位要做改脸型手术吗？唐小河说，对对，她是我老婆。医师又看看董娜丽，对唐小河说，你老婆长着一副苹果脸，是青春不老型的，改了你不可惜？唐小河说，不可惜，不可惜，我们要改成更好看的，瓜子脸型的，这样，我老婆就更好看了。医师说，你们可要想好了。唐小河自作主张地说，我们已经想好了。说完之后，唐小河看看董娜丽，她也没有不愿意的意思。

然后，医师给董娜丽的脸部做了检查，做完检查后，接下来就是商量怎么改。医师说，以前都是腔外削骨，这种方法对脸部的皮肤有一定的损害。现在最流行的是腔内截骨，就是从口腔内部把多余的骨头截掉，效果非常好，手术也快，就是费用高一些。唐小河马上接话说，费用高一些没有关系，我们就做腔内截骨。

定下来做腔内截骨后，医师问唐小河说，你们要做成什么样的瓜子脸？唐小河说，瓜子脸还有讲究吗？医师说，当然有。说着，他从抽屉里拉出一叠资料，都是一些图片，是一些女明星的脸，上面各个部位都有注释。医师一个一个指给唐小河看，说，这个是张柏芝型，张柏芝脸上生得最好的是眉毛。这个用的是范冰冰型，她脸上最有特色的是眼睛。这个用的是刘亦菲型，这种脸型最突出的是鼻子。这个用的是章子怡型，她的脸蛋是最完美的。这个用的是张曼玉型，她的嘴巴最性感……唐小河很果断地指了指章子怡那一张说，就这个样子。说完，他转头看了看董娜丽说，挺好的。董娜丽没有表示。唐小河又转头对医师说，就章子怡那个样子了。就这么定了。

手术只用了两个钟头，董娜丽就从手术室里出来了。她的头上扎着纱布。董娜丽一从手术室出来，就用手把脸遮住，拼命地说，难看死了，难看死了。唐小河一把抱着她说，老婆，情况恰恰相反，我觉得你现在的样子美死了，而且，你还会越来越美。

医师本来是要让董娜丽住在医院里，纱布要等两个星期后才能拆。董娜丽也是这个意思，她说，我现在这个样子，出去怎么见人啊！但是唐小河坚决不同意，他说，我们回自己的画室，两个星期后再过来拆纱布。

回到画室后，唐小河什么也不让董娜丽做，他说，你不是觉得现在的样子不好意思见人吗？你就在画室里别动，工厂的事别管，公司的事也别管，有我呢！你想吃什么就跟我说，我马上去买回来烧给你吃。唐小河这么一说，董娜丽看唐小河的眼神显得相当羞涩。唐小河从她的眼神看出来，董娜丽对这个手术还是满意的，觉得这么做是值得的，精神的满足太重要了，皮肉受点苦算什么呢？

从整形医院回来后，唐小河的表现非常好。他早上去公司，把公司的事情安排好，中午回来陪董娜丽一起吃饭。吃完了饭后，下午去工厂上班。去工厂上班倒是相当方便，因为工厂就在画室的楼下。这个方便使他心里蠢蠢欲动，他在楼下呆着呆着，就跑上来看看董娜丽。有一次，他看着看着，兴致益然了，就伸嘴去亲董娜丽。董娜丽很配合地把嘴巴迎上来。但唐小河把头扭开了，他的嘴唇亲在董娜丽的纱布上。这一亲，他觉得全身痹了一下，张了张嘴说，老婆，我爱你。董娜丽伸手紧紧地把他抱住，紧闭着眼睛，眼眶里有泪水滚出来，她喃喃地说，老公，我也爱你。

这两个星期里，唐小河是比较辛苦的，但他的精神状态很好。

两个星期后，唐小河带董娜丽去医院拆线。当董娜丽从手术室里出来时，脸庞果然很章子怡。当着医师的面，唐小河抱着董娜丽，在她的脸上狠狠地亲了一下，说，老婆，我真的爱死你了。董娜丽幸福得满脸通红。

一个星期后，那天早晨，董娜丽在镜子前化妆，她突然啊地叫了一声。

唐小河一惊，赶紧跑过去，说，老婆，怎么了？怎么了？

董娜丽指着镜子说，我的脸，你看看我的脸。

唐小河贴近仔细看看，发现董娜丽的脸确实有点问题。皮肤起了很多皱褶。唐小河伸手去拉了一下，居然像豆腐皮一样可以拉起来很长。

董娜丽这时哭了，说，这个样子，我怎么出去见人？

唐小河也觉得这个事情有点严重，他对董娜丽说，你先不要慌，我给整形医院的医师打个电话，问问这是怎么回事。说完，唐小河就给那个医师打了电话，把董娜丽的情况说了一下。那个医师说，董娜丽的这个情况属于正常，因为原来董娜丽的脸是苹果型，改成瓜子型之后，面积缩小了，皮就多出来了，所以就起皱了。唐小河说，为什么要一个星期后才起皱呢？医师说，刚做了手术时，脸上的皮肤还是紧的，过了一个星期就松下来了，所以就皱了。

这个时候，董娜丽在边上催唐小河说，你问问医师，要怎样才能把脸上的皱褶去掉。唐小河问了。医师说，这个很简单的，来做一下拉皮手术就行了。

当代中国最具实力中青年作家书系

放下电话后，唐小河看着董娜丽，傻呵呵地笑。董娜丽说，我脸上都变成这样了，你还有心思笑？唐小河没有答话，只是突然抱住董娜丽，在她的脸上亲了又亲。董娜丽说，我的脸上都皱成这个样了，你还亲？唐小河说，亲，就是比这个还要皱，我也亲，我也喜欢。董娜丽说，你骗人。唐小河说，谁骗人谁狗生。

他们马上去整形医院做了拉皮手术。

做完拉皮手术后，董娜丽脸上的皮肤就很紧了，远远看去，有一层油光。公司里的女职工都说她的皮肤越来越好了，问董娜丽有什么诀窍。董娜丽不好意思地说，老都老了，还说什么皮肤好。但她脸上的表情还是很满足的。

又过了几天，那天在画室里，唐小河捧着董娜丽的脸看了又看，有点爱不释手。突然，他的眼睛就停住了，说，老婆，你的眼睛怎么了？

董娜丽说，我的眼睛怎么了？

唐小河说，你的两个眼睛向上翘起来了。

董娜丽说，你乱说。

唐小河说，不信你自己看看。

董娜丽就跑到镜子前，趴在那里看来看去。突然就啊地叫了一声，说，天哪！是真的。

董娜丽站在镜子前急得直跺脚，她对唐小河说，越看越像鸡眼了，这下死定了，你快给医师打个电话问一问。

唐小河听了直点头，说，好的，好的，我马上给医师打个电话问问。

打完了电话，唐小河对董娜丽说，医师说，眼睛往上翘是因为脸上拉皮的原因，脸上的皮肤紧了，就把眼睛吊上去了。医师说明天去做个割眼皮的小手术就没事了。

第二天一早，他们就去医院做了割眼皮手术。

从那以后，每隔一段时间，他们就会发现董娜丽脸上的问题，有时候是唐小河发现的，有时候是董娜丽自己发现的。

譬如做了割眼皮手术后，有一天，董娜丽站在镜子前，盯着看了很久，突然对唐小河说，老公，你有没有觉得我的嘴唇比以前薄了，看起来像青蛙的嘴巴。董娜丽这么一说后，唐小河再看时，发现她的嘴唇果然变薄了。唐小河当即就说，我们明天就去做增唇的手术。做完了增唇的手术后，有一天，董娜丽对唐小河说，老公，我这几天看来看去，总觉得脸上不协调，现在我终于知道是什么原因了，做了增唇手术后，我的鼻子显得矮了，它让嘴唇比下去了。唐小河一看，心想，靠，真的。他就笑着说，对对对，我马上给医师打电话，我们明天去做填鼻手术。

譬如眉毛的问题就是唐小河发现的，唐小河对董娜丽说，老婆，你做了割眼皮后，眼睛变大了，做了增唇后，嘴唇变大变性感了，做了填鼻后，鼻子变直变高了，这么一比较，你的眉毛就显得太细了，应该去增粗。唐小河这么说后，董娜丽又在镜子前站了许久，然后转过身来对唐小河说，老公，我觉得你说的有道理，我现在的眉毛看起来像一个女特务的眉毛。唐小河马上就说，对对对，你说的就是我的感觉，我们明天去增眉毛。

董娜丽的改造先是从脸部开始的，后来慢慢就不满足只在脸上做文章了。用董娜丽的话说是"欲罢不能"，因为整形这个东西跟家里搞装修一样，你整了一个脸部，只等于装修了一个客厅。客厅现在是好看了，但回头去看看厨房呢？觉得不协调了，得装修。再看看吃饭间呢？不协调，也得装修。再看看卧室和书房呢？

更是要装修。所以，董娜丽的改造，慢慢地从脸部波及到了上半身，包括皮肤移植、抽脂等项目都做了。然后延伸到下半身，做的项目包括修胯、修臀，等等。很是焕然一新。

大概一年以后，董娜丽身上有五十多个地方都做过了整形手术。这个时候，董娜丽也想不出身上还有什么地方可以整的了。唐小河也是，他也想不出董娜丽还有什么地方可以整的了。

再过了一年，年底，唐小河和董娜丽去参加许娅的婚礼。

这些年来，许娅倒是一直遵照唐小河的吩咐，假冒了很多唐小河公司产品的牌子，也没有出过什么事。应该是赚了很多钱。这其间有好几次，董娜丽说要去向工商举报，都让唐小河阻止了。唐小河说，有人假冒，说明我们的牌子是好牌子。董娜丽说，可是她老这样假冒下去，总有一天会把我们的牌子做砸了的。唐小河说不会的，许娅做的牌子是假冒的，但她现在对质量也越来越认真了，并不比我们差多少。董娜丽说，你为什么这么护着许娅？唐小河说，因为你们是朋友嘛！我爱屋及乌嘛！董娜丽说，谁跟你嬉皮笑脸。话是这么说了，但董娜丽说说也就过了。其实，唐小河看得出来，董娜丽也不是真的反对许娅做这种事。如果她真的反对，自己怎么拦得住？她只要偷偷打一个电话给工商就行了，还用得着这么多废话？

跟许娅结婚的是董娜丽的一个同学，就是家里专门做自慰器的魏林。据说魏林家里的生意做得很大，赚了很多钱，光在上海就买了十套别墅。他哥哥魏松被称为自慰器大王，在业界名声显赫，企业已经在香港借壳上市了。但是，因为他们家是做那个生意的，很多人都不能接受，特别是女人。有钱的女人一听说魏林的背景就逃了，没有钱的，魏林家里又看不上。所以，魏林都三十五岁了，还没有成家。董娜丽对唐小河说，魏林跟许娅也是高中同学，高中毕业以后，魏林追求过许娅，那时，魏林家里已经在做那种生意了。许娅觉得他家里生产那个东西，如果跟他上床，都不知是跟他睡了呢，还是跟他的产品睡了呢？董娜丽说，这个许娅原来真的是说一套做一套啊，难怪是个做冒牌货的高手。

在婚礼上，许娅显得很活跃，不停地向客人敬酒，而且都是真刀真枪地来。倒是魏林，拿一个拇指大的玻璃杯，里面放一颗小西红柿，然后再倒一点矿泉水，跟客人敬酒时，放在嘴唇上抿一下，好像都没有打湿。而许娅却是拿个大玻璃杯，把酒倒满，跟客人很响地碰一下，脖子一伸，杯里的酒就没了。

酒敬到一半时，许娅走路的姿势已经有点不对劲了，脚下绊来绊去，好几次差一点摔倒，都是她身边的魏林一把扶住了她。魏林轻轻地跟她说，小心，小心。

许娅敬到唐小河这里时，突然叫他师傅了。她说，来，师傅，我满满敬你一杯。唐小河心里想，靠，当初的雕塑没有白教，今天终于升格做师傅了。他就把酒杯举起来，很高兴地说，好，祝你们的生活幸福美满！唐小河跟魏林也碰了一下杯。一杯下去后，许娅并没有走开，她又把酒倒满，跟唐小河说，来，师傅，我再敬你一杯。唐小河看看许娅，觉得她的脸红得太厉害了，样子好像是有点醉了，而她跟魏林还有很多客人没有去敬酒，他就说，你先去敬别人，敬完以后，我们再慢慢喝。许娅很果断地说，不，别跟我提什么别人。别人是别人，你跟别人不同，别人可以不敬，跟你却一定要喝。唐小河见她这么说，知道她是真的醉了。他看看身边的董娜丽，董娜丽脸上已经有点不高兴的迹象。他想这样拖下去不是办法，场面只能越来越糟糕，就赶紧说，好事成双，我喝，我喝。唐小河闭着眼睛就喝了。没有想到，喝完了之后，许娅还是不走，她又倒了第三杯，对唐小河说，来，师傅，我们连喝三杯。唐小河这次不敢再推辞了，如果再推辞的话，不知道她还会说出什么样的话来呢！他赶紧把酒杯倒满，说，好的，好的，恭喜，恭喜。说着，跟许娅的酒杯碰了一下。他这一碰，许娅突然就倒了，不是朝地上倒，而是连人带酒倒到他身上来。还好，许娅身后的魏林急忙上前一步，把许娅扶住，他不停地对唐小河说，对不起，对不起。唐小河赶紧摆手说，没事，没事，你们管自己忙。许娅还是高高举着酒杯，要找唐小河喝酒呢。

从许娅的婚礼回来后，唐小河没有说话，董娜丽也没有说话。

进了画室，洗漱之后，两个人翻进眠床里，还是谁也没有说话，只是瞪着天花板看。过了许久，董娜丽突然开口说，唐小河，你心里是不是一直喜欢着许娅？

唐小河看了董娜丽一眼，说，没有。

董娜丽说，那你为什么一直让许娅假冒我们的牌子呢？

唐小河说，理由我不是跟你说过了吗？再说，你也说过了，我们走上这条路，还是许娅带出来的呢，总不能过河拆桥吧！

董娜丽说，你骗人，如果你不是喜欢许娅，那就是你心里还是想做假冒产品，只是你现在自己不做了，让许娅来替你做而已。

唐小河没有说话。

董娜丽又说，被我说对了，你没话了吧！

过了一会儿，董娜丽又说，其实你还是在做假冒伪劣产品。

唐小河说，我没有。

董娜丽说，你不要不承认了。这一年多来，你已经把我打造成一个正宗的假冒伪劣产品了。我身上已经没有一个地方是我自己的了。都是整形过的。

唐小河这时突然笑了。

董娜丽问他，你笑什么？

唐小河说，不是我把你打造成一个假冒产品，是你自己。

董娜丽说，我是为了你才这样做的。

唐小河说，这我知道，你是为了我，但更为了你自己。

董娜丽说，不，我只是为了你。

唐小河说，你不承认也没有关系。但是，事情的真相是，在你内心里，一直有一个念头，那就是跟许娅一样去做假冒产品。可是，出了工商查封的事件后，你就怕了，不敢了，所以，你在再三犹豫之后，找到了给自己做整形手术的这个办法，因为在整形的过程中，你能够得到内心的安慰。

唐小河说完后，看见董娜丽张了张嘴，但她没有说出话来。

当代中国最具实力中青年作家书系

金属心

一

霍科现在唯一的爱好就是打乒乓球。

可是，让霍科难受的是，他不能出汗。如果一出汗，马上喘气困难，全身麻痹，心脏的跳动就慢下来，越来越微弱，随时有停下来的危险。所以，他的这种情况，在冬天还好一点，要在夏天，只要挥几下拍子，身上就黏糊糊的了，就是把室内的空调打到十七摄氏度也没有用。当然，霍科可以不打乒乓球。不打乒乓球又不会死人。可是，对霍科来说，不打乒乓球的话，活着又有什么意思呢？所以，无论如何，霍科还是要打。要小心翼翼地打。不过，这样还是有问题。那就是跟谁打的问题。一般的人，霍科看不上。所有的运动都一样，一定要棋逢对手，这样才有意思，如果两个人不在一个档次上，那就兴趣索然了。可是，跟霍科在同一个水平上的人，却又不乐意跟他打了，刚刚跟他打了个熟手，身上刚刚有点热皮，整个欲望上来了，他却不能打了。这样谁还跟他玩？

霍科的理想是当一名乒乓球运动员。

他九岁的时候，在信河街就很出名了，同龄的孩子都不是他的对手。就是跟大人对打，也是互有输赢。十岁的时候，代表信河街参加全市学生运动会少年组的比赛，拿了男队第一名。那次比赛结束的时候，一个胖胖矮矮的前额特别突出的秃顶中年人走到他身边。这个人霍科认识，他是市少体校的乒乓球教练，姓盖，大家都叫他盖教练。他已经训练出了两个世界冠军，在市里鼎鼎大名。他对霍科说："想不想打乒乓球？"

"想。"

"你明天来一趟市少体校好不好？"

"好。"

第二天，霍科跟着妈妈去了市少体校。盖教练看见他来了，开门见山地问霍科愿不愿意跟他学打乒乓球。霍科当然愿意了，他做梦都想这件事呢！如果能够让他打乒乓球，就是让他天天赤着脚都行。

谈过之后，盖教练带霍科去做了一个体检。就在这次体检中，霍科知道了自己患有心脏病，是先天性的。但他觉得这个病生得莫名其妙。他没有觉得自己身上有病，更没有觉得心脏有什么问题。盖教练问他，打乒乓球的时候，会不会觉得累？会不会觉得手脚无力？霍科都没有这些感觉，他觉得只要可以打乒乓球，自己身上就有使不完的力气，有时觉得可以把乒乓球桌举起来呢！

但是，因为查出来有先天性的心脏病，盖教练很是扼腕。他对霍科的妈妈说，这孩子很有天赋。他的身体条件好。他打球的感觉更好。最主要的是，他在跟对手打球时，思路非常清晰，遇到实力比他强的对手，总能够在很短的时间里，找出对手的弱点，然后用自己的优势来打对手的弱点。也就是说，他对乒乓球很"敏感"，他跟别人练同样的时间，成绩却能够远远地超过对方。可是，现在这一切都废于一旦了，一个有先天性心脏病的人，怎么能够从事这么激烈的运动呢？

那个时候，霍科还不知道心脏病是什么病。他觉得盖教练夸大其词了。所以，霍科对他说："那你等着，我回去把心脏练好了，再来跟你练。"

"好的，我等着。"盖教练摸着他的脑袋说。

心脏的问题，就这么挂着。霍科后来跟妈妈去了几趟医院。医院也没有采取什么措施。最主要的是，霍科没有觉得心脏有病。照样每天练乒乓球。他虽然去不了少体校，但他一直跟着学校的老师练，他一直是校队的主力，从小学，到中学，一直到大学，都是。他开始还有其他爱好，譬如打篮球、排球、桌球、羽毛球，还有踢足球。但这些爱好只是阶段性的，不断地"爱"，也不断地"遗弃"。只有乒乓球，他一直坚持打。也只有在乒乓球场上，他才觉得浑身舒展，好像这个舞台就是为他搭的，他是这个舞台上的主角，是这个舞台上的英雄。

大学三年级的时候，他有一次在球场上突然晕了过去，连人带拍摔在地上。他也不知道为什么摔倒。被送到医院里一检查，还是心脏问题。这一次，霍科在认识上到位了——动不动就晕过去还了得。

霍科这个时候才知道，人的心脏大小形状跟本人的拳头差不多。心脏里面共有四个部分（书面上叫四腔），上面两个部分叫左心房、右心房，下面两个部分叫左心室、右心室。

霍科就是左心室出了问题。

左心室在心脏里主要负责什么事务呢？它其实是起到一个保证血液在身体里定向流动的作用。它像一台发动机一样地工作，使身体里的血液通过它这里，输送到身体的各个部位。现在，这个发动机突然自作主张地停止了工作，霍科身体里血液的流动缺少了动力，就突然停了下来，而且出现了逆流的现象——霍科还有不晕过去的道理？好在停了一会儿后，左心室又开始工作了，否则的话，霍科的性命堪忧。

但是，医师明确地告诉霍科："你以后不能再从事激烈的运动了。"

"打乒乓球也不行吗？"霍科问。

"也不是完全不行，但是，运动量要确保在身上不出汗。"

"那还叫什么运动？"

从医院出来后，霍科去图书馆查了所有关于心脏病的资料，他悲哀地发现，自己的病，不仅仅是不能打乒乓球的问题，还是一条死路。按照现有的医疗水平，根本没有办法把自己的左心室医好，只能眼睁睁地看着左心室慢慢地萎缩。过一段时间，它就会"罢工"一次，而且随着年龄的增长，"罢工"的次数会越来越频繁。开始可能是一年一次。然后是半年一次。再就是三个月一次。接下来是一个月一次。再接下来是一个星期一次。然后发展到一天一次。最后是它彻底停止了工作。资料上还说，得这种病的人，平均寿命是三十岁。最长的也活不过三十九岁。

看完这些资料后，霍科心里空荡荡的。他用手摸摸自己的脸，脸冰冰的。而手指是麻麻的，好像不属于自己。当然，霍科也看到资料上说，治好自己心脏病唯一的办法就是"换心"，找一个血型和身体特征与自己相吻合的人的心脏换上去。但是，霍科去问过医师，做这样的手术，起码是三十万的费用。霍科一开始就把这个念头打消了。

大学毕业后，霍科进了信河街的房管局，在市场管理科工作。

乒乓球还在打。单位有一张乒乓球桌。午休，或者下班后，都有人在那里比赛，人多的时候，霍科只是站在边上看，人少时，他才会上去。他本来是右手握拍的，在单位时，他换用左手握拍。所以，大多的情况是，几个回合后，他就败下阵来，他一边把球拍反扣在球桌上，一边说："输了输了，接下来你们上。"

更多的时候，霍科是呆在家里看电视，他只看体育频道，只要里面有乒乓球的比赛，他一定不会放过。有时单位里时间排不开，他就让他妈妈把比赛录下来，等他回来后再看。

因为自己的病，霍科并没有成家的打算。头尾也没几年活头了，成不了家了。再说，有这种病在身上，也没有念头往女人身上想。确切地说，念头是有的，只要是一个活人，怎么可能没有念头呢？譬如跟单位里女同事打乒乓球的时候，他就会比跟男同事打兴奋，特别是女同事的尖叫声，往往让他身体发热，手脚发软。但是，叫他正儿八经地找一个，他就把这个念头"掐"死了。

但是，他妈妈却整天在为他张罗这件事。妈妈说："霍科啊，你就随便找一个吧！"

"妈妈，我是一个朝不保夕的人，不是害别人吗？"

"怎么朝不保夕了？你这不是好好的吗？"

"好不好，我自己知道的，我最多还有五年活头。"

"不许你说这样的话。"

妈妈这么说的时候，呜呜呜地哭了起来。

过了几天，妈妈又说："霍科啊！你还是找一个吧！"

"妈妈，我真没有这个想法。"霍科说。

"你不为自己想，也要为我想一想呀！"妈妈说，"你至少也要把霍家的香火传下去呀！"

妈妈这么说的时候，又呜呜呜呜地哭了起来。

但霍科没有心软。

妈妈见霍科没有表示，就热情洋溢地把一个又一个姑娘领回家给霍科"观摩"。不过，这倒难不倒霍科。他乘妈妈不在的时候，跟那些姑娘说，自己患有先天性心脏病，最多还能活五年。那些姑娘一听，当场就把脸色沉了下来，出了霍科的家后，就跟空气一样消失了。

有一次，妈妈又领了一个姑娘回家。那个姑娘名叫苏尼娜，今年二十五岁。老家是郊区的，现在在信河街一家外贸公司上班。据介绍的人说，苏尼娜想嫁给一个信河街本地人，其他没有要求。

看见苏尼娜后，霍科吃了一惊。苏尼娜的样子，跟他想象的有很大出入。在他的印象中，郊区的姑娘应该是黑黑瘦瘦的、骨骼却又粗壮的女人。没有想到，苏尼娜长得又白净又洋气，眼睛一闪一闪的，非常灵光。就是骨骼的粗壮符合霍科的想象，但这种粗壮反而给苏尼娜增添了韵味，使她看上去有种野野的味道。

但也就是吃了一惊而已。霍科还是对苏尼娜说："嫁给我这样的人，是很危险的。"

"危险？"苏尼娜吃吃地笑了起来，说，"我就喜欢危险。"

"你要想好了。我随时会死的。"

"我早就想好了。"

说着，苏尼娜的眼睛闪电一样地闪一下，又闪一下。被她这么闪来闪去，霍科觉得自己身上一点力气也没有了。

两个人很快就领了结婚证。

结婚之后，他们过了一段快乐的日子。霍科在苏尼娜身上找到了以前没有的乐趣。苏尼娜身上有他渴望的东西。她身上有一股味道，掺杂着花和肉体的香味。这股香味时时吸引着霍科，让他欲罢不能，并且乐此不疲。

大概半年后，苏尼娜开始露出不同于常人的迹象。她经常深夜才回来，回来时一身酒气与烟味。有时候，干脆就失踪几天，问她去往何处，她只说单位出差。

有一次，苏尼娜几天没有回家。霍科去她单位找，她单位的人也说找不到她，说她连个招呼也没有打。那次她回来之后，还是跟霍科说自己出差了。霍科全身发抖，说："你骗人。"

苏尼娜愣了一下，看了霍科一眼。把脱下来的袜子扔到霍科的头上，说："喊！"再也不理霍科了。

后来，霍科了解到，苏尼娜在外头有一个相好的。是一个货车司机。苏尼娜一失踪，肯定是跟货车司机出去云游世界了。

又过了一段时间，霍科发现，苏尼娜的相好不仅仅是货车司机一个，她同时跟好几个男人交往，跟那些男人上床。

有一次，苏尼娜带了一个男人回家。对霍科说："这是我表哥，刚从意大利回来。"

那个男人看了他一眼，脸上没有什么表情。霍科觉得自己立马矮了下来。苏尼娜又说："表哥要去广东谈一笔业务，我陪他去一趟。"

说完，她抓几件换洗的衣服塞进包里，拉着"表哥"的手，头也不回地走了。

在他们出去的半个月里，霍科到处打听"表哥"的来历。结果是，苏尼娜根本就没有什么"表哥"。这个"表哥"是她的初恋情人，后来去了意大利，就把苏尼娜抛弃了。他一回来，一声召唤，苏尼娜就又扑进他的怀抱。

这期间，每一次苏尼娜消失不见后，霍科都会无数次地想到离婚。他在心里想，这样的婚姻是多么地耻辱啊！应该说，从一开始，自己就是在自取其辱。自己的这种状况，怎么能够有资格拥有一个完整的女人呢？什么女人会甘愿嫁给一个随时都可能死去的男人呢？然而，问题是，从开始到现在，霍科发现，苏尼娜对他所说的话，没有一句是真的。而且，霍科不知道，苏尼娜还有多少事情没有告诉他，她的心里还有多少秘密。可是，每当苏尼娜回到家里的时候，离婚的话，霍科却怎么也说不出口了。他悲伤地发现，每当想象苏尼娜和其他男人上床的情景时，自己就会闻到苏尼娜身上那种掺杂着花和肉体的香味。一闻到这种香味，他心里就一软。他知道自己心里面的某个部位被击中了。他也弄不清楚自己对苏尼娜是一种什么样的感情。

也就是在这段时间，霍科的人生出现了另一种变数。他不知道应该拿苏尼娜怎么办。他解决不了"内廷"的问题。好像是上天特意给他一种补偿，他所从事的工作，有了意想不到的发展。

霍科做的工作是房地产产权和市场管理调查。这个工作性质决定他跟房地产商人有很多接触。他们有很多手续要在霍科手里办。在办手续的过程中，他们大多跟霍科会有这样一番对话。

"给你留一套房子吧？"

"不要，留了我也没有钱买。"

"没有关系的，先给你留着，等要交钱的时候，再通知你。"

"这样合适吗？"

"我们内部的人都是这样预订的，如果到时候不要，你退掉就是了。

"噢。"

事情的结果是，几个月后，房地产公司的人打电话来说，他预订的这套房子一平方米涨了好几百。霍科现在有两种选择：一是交第一期的房款；二是把这一套房子转手卖掉。霍科想也没想就说："卖掉。"

短短一年，霍科赚了他一辈子都没有想过的钱。

这个时候，霍科"敏感"地发现，一个全新的时代已经到来了。他这次选择了"主动出击"，把这一年赚来的钱，全部投了进去，预订了十套房子。

而且，霍科更加"敏感"地发现，自己已经不适合再在单位里呆下去了。自己现在买的房子，虽然跟手中的权力没有多大关系，但在这个位置上，就会给人以口实。再说，霍科对单位并不留恋。离开单位，或许是一个解脱。

在这个事情上，霍科的妈妈并不赞成，她说："有一个单位，总有一个保障啊！"

霍科说："像我这样的人，还要什么保障？"

妈妈一听，就没话了。

霍科就办了离职手续。

半年之后，霍科把手中的十套房子陆续抛出，每一套房子最少赚到五十万以上，最多的一套赚了两百万。也就是说，在这段短短的时间里，霍科由一个工薪阶层，摇身一变，成为一个富翁。

从单位出来之后，霍科成立了一个投资公司。名字叫霍氏投资有限公司。他自封总经理。公司的主要业务就是炒楼盘。

霍科先是在信河街炒，慢慢地，就把"黑手"伸向了杭州、上海、北京等大城市。而且，他在炒楼盘的过程中，公司规模在不断地扩大，手段也在不断地科学起来。起先只是他一个人在炒，看中了一处楼盘，脑袋一拍，就把钱砸过去，看看差不多，就上市抛出，赚了钱就跑，用俗话说就是打一枪换一个地方。后来成立了公司，就是一个团队在炒了，大家各有分工：有人专门负责搜索房源，有人专门负责市场调查，有人专门负责楼盘宣传，有人专门负责跟各个房产中介联系，有人专门负责做趋势分析，有人专门做资金调度，有人专门做善后的工作。这些工作都要形成一个报告，最后在决策会议上通过。再后来，就不断有人加入霍科的团队，不是人加入，而是资金入股，把钱交给霍科的霍氏投资有限公司炒楼盘，赚了钱，按股份分红。这个时候，霍科看中一个楼盘，已经不是一套一套地炒了，而是把一个楼层统统包下来，或者，把一整幢楼一口"吃"下来。

只过了三年，信河街民间传说，霍科已经拥有几亿的身家。具体是多少亿，谁也说不清楚。他成了信河街的一个传奇人物。

说霍科是个传奇人物，是因为霍科赚了钱以后，从来不在公共场合露面。他出名后，从信河街到市里，都要给他一些"荣誉"。他一个也没有要。这让他显得更加神秘。

但是，霍科知道，自己不是为了神秘才这么做，这么做也不是为了要显示自己超脱。因为他知道，自己来日无多了。最近一段时间以来，他心脏出事的频率越来越快，有时是三个月一次，有时是一个月就来一次。这么多年来，他已经能感觉到左心室停止工作前的征兆了，在这前一天，自己的手脚会发软，喘气吃力，好像被什么硬物压住一样。这个时候，他就知道，它明天要"罢工"了。左心室的每一次"罢工"，都让他有死过一回的感觉，每一次，他都全身僵硬而冰冷，四周突然黑暗下来，身体快速下沉。他想张嘴大喊，却一点力气也没有。他找了所有能够找到的医师，包括上海、北京的名医师。这个时候，对他来说，钱已经不是问题了，他去医院里检查，准备合适的时候换一个心脏。但是，检查以后，医师告诉他，他不适合做换心脏的手术，因为他血液中凝血酶原断片和P选择素的水平非常高，高出常人的六十多倍。也就是说，人类的心脏基本上不适合他。如果硬要做换心的手术，可能会出现严重的排异现象。那跟找死差不多。

霍科默默地叹了一口气。

但是，有一件事情让霍科不能释怀，那就是苏尼娜。

苏尼娜一直在外面不断地给他戴绿帽子。她早就不上班了，现在她跟男人在一起就等于上班。近一年以来，苏尼娜更加猖狂，居然在外面包养了一个男人。而且，一年之前，她向霍科提出了离婚。霍科没有同意。苏尼娜越是在外面给他戴绿帽子，霍科就越想念她身上那股掺杂着花和肉体的香味，有时想得受不了了，就把手指伸进嘴里咬，直到咬得满嘴是血为止。但是，当他真正看到苏尼娜时，他又一点念头也没有了。他想象不出，如果苏尼娜离开了，自己会不会想她想得发狂。

霍科非常清楚地知道苏尼娜离婚的意图，她是打财产的主意。天底下哪有这样便宜的事？所以，霍科无论如何是不会答应跟她离婚的，他每月给她一笔零用钱，让她包养得起那个男人，但又不够她无所顾忌地挥霍。对于这种状况，苏尼娜有一句话说："你这样让我吃不饱饿不死是什么意思？"

但霍科知道，苏尼娜的胃口是没底的，给她多少钱，都会嫌少。自己也不会多给她的。一直到死，他也不会把遗产留给她的。

　　也就在这个时候，有一天，霍科接到一个上海医师的电话，他告诉霍科一个好消息：他跟一个留学英国伦敦的同学联系，他的同学是个心脏病专家，在伦敦最好的内科医院当医师。他跟这位同学说起霍科的情况。同学告诉他，英国研究出一种"金属心脏"，就是在病人的心脏里安装一个钛金属设备，可以代替左心室的功能，帮助心脏泵对外输送血液。最主要的是，这种金属心脏可以根据病人的血液特点，把排异风险降到最低。最符合霍科这种病人的要求。这种换心的手术，在英国已经有一个成功的例子了，英国伯明翰市有一个叫彼得·霍顿的男子，已经六十八岁了。他在两年前装了一个名为"贾维克2000心脏"，现在一切都很正常。彼得·霍顿都已经是六十八岁的高龄了，可见这种"金属心脏"在技术上是成熟的。根据预计，这种"金属心脏"的寿命是七年。七年过后，可以重新换装。只是做这种"金属心脏"的费用很高，光手术费就要三十万英镑，换成人民币大约是四百五十万。这还不包括去英国的费用。

　　霍科听完医师的介绍后，很长一段时间没有说出话来。过了一会儿，电话那头的医师问他在听吗？霍科长长地呼了一口气说："请你帮我联系那边的医院，联系好了，我们一起去英国。"

　　三个月后，霍科跟着那个医师，坐上了上海飞往伦敦的班机。

　　手术很顺利。两个月后，霍科又回到了信河街。

　　从那以后，霍科的腰上就绑着一个可以充电的电池包，电池包上有一根电线，这根电线伸进霍科的左胸，连着他的左心室。这使霍科产生了很奇特的感觉，他可以听见自己心跳的声音，好

当代中国最具实力中青年作家书系

像两块金属在撞击。但是，让霍科遗憾的是，医师明确地告诉他，他还是不能从事激烈的运动，就是打乒乓球也不行。如果真的要打，也是不能出汗。更不能游泳，或者冲澡，那样的话，会造成电池短路，"金属心脏"停止工作，生命就危险了。

霍科有最坏的思想准备。这样的结果，已经很好了。问题是换上新的心脏后，他却一点也没有"活回来了"的感觉。他反而有一种生不如死的绝望情绪。而这种情绪，是他换心以前没有的。之前，日子再怎么困难，再怎么不如意，就算明知道苏尼娜跑到另一个男人床上了，他也没有绝望。现在他却有这种感觉了。

这让霍科茫然了。他不知道自己还能做点什么，还想做点什么。除了每天小心谨慎地打打乒乓球，他想不出自己还能再做点什么了。

而且，他还发现，自从换了心脏后，苏尼娜跟其他男人上床的事一点也伤害不了自己了。他原来一想到苏尼娜跟其他男人上床，就会有锥心的痛，痛到手指不停地颤抖。但是，现在这种痛楚感也消失了，他甚至可以带着嘲弄的念头，想象苏尼娜是如何跟一个男人偷情的，他可以想象苏尼娜的种种表现。似乎苏尼娜是一个跟他毫无关系的女人。最主要的是，从那以后，他再也没有闻到苏尼娜身上掺杂着花和肉体的香味了。

他连看一眼苏尼娜的欲望也没有了。

苏尼娜也感觉到霍科的这种变化。

"既然你已经不爱我了，干脆就离婚吧！"

"我不会跟你离的。"

"不离我就天天出去找男人。"

"你已经这么做了。"

"如果你真的不离也可以，但你每个月要多给我钱。"苏尼娜做了妥协。

"不可能再多了。"

"如果你再不多给我钱，我就把外面的男人带回家。"

"带回家我也不给。"

"狗生的霍科，你变态。"苏尼娜叫道。

霍科已经转身离开了。

霍科有时候摸摸自己的左胸，这一块地方总是冰冷的。刚开始的时候，他以为是那根电线的问题，它粗暴地插进了自己的体内，破坏了自己身体的完整，使这一圈的皮肤再也不能愈合，所以，体温总是上不来。但是，霍科后来发现，这不仅仅是皮肤的问题。皮肤只是外在的。他发现自己的内心正在变得冷漠和坚硬。譬如他以前把手指伸进嘴里咬时，会觉得锥心地痛，现在怎么咬也没有感觉了。还有，他以前回到家里时，看到过去打乒乓球获奖的照片，心里就会热一下，现在再看那些照片时，却连一点感觉也没有了。还有好几次，他开着奔驰轿车在路上跑，看见车祸了，有人横卧马路，头都压扁了，他只瞥了一眼，只管自己开了过去。就是看见妈妈，霍科发现她似乎也成了一个跟他不相干的人了。妈妈也知道苏尼娜的生活作风很不检点，她一直赞成霍科离婚。这样的女人真是败坏门庭，还留她做什么？他对妈妈的话充耳不闻。

二

霍科跟盖丽丽认识，是林茂盛介绍的。

林茂盛是霍氏投资有限公司的股东。虽然是小股东，但这几年下来，他跟着霍科也赚了很多钱。林茂盛不简单，除了在霍科这里投资之外，他有一次跟着一个看房团去了上海，一口气买下了七套房子。这七套中，有三套是从银行按揭贷款买的，每月还贷就要三万元。从这点也可以看出来，林茂盛的魄力有多大。林茂盛原来是体育局的一个干部，退休之后，他勇敢地投入到炒楼大潮中，活得比退休前还年轻。

盖丽丽的名字，霍科很早就知道了。十岁那年，他获得全市学生运动会乒乓球少年组男队第一名，女队第一名就是盖丽丽。不同的是，盖丽丽后来进了市体校，再后来进了解放军队，后来又被选进了国家队。她在国家队里，拿过女双世界冠军，女单铜牌。后因腿伤退役，回到信河街，跟一个军官结了婚。后来军官在一次事故中意外牺牲，成了烈士。盖丽丽原来也在体校工作，后来出来办了一个乒乓球学校，教一些孩子练乒乓球。

这些情况，有一些是霍科从电视上看到的。特别是当年看盖丽丽夺世界杯冠军的时候，他眼睛看着电视，心里无法平静。如果不是心脏的问题，代表国家参加世界比赛打球的很可能就是他了。也有一些是听别人说的，像她结婚以后的很多情况，霍科就是听来的，也不知道是谁说的，霍科也没有问，所以，也不能确定这些事情都是真的。

林茂盛为什么会介绍盖丽丽给霍科呢？

这里面有一个原因。因为有一个全国少年赛，叫"双星杯"全国少年精英赛。这是表面的，深层的原因是，国家队要通过这个比赛选拔少年队队员。盖丽丽的乒乓球学校准备派一个代表队参加，这个代表队先要从省里开始比，省里第一名才有资格参加全国的比赛。盖丽丽先是从省里争取到了参赛名额，她觉得自己学校有几个小学员很有希望，但问题是组队去参加比赛，需要一笔费用。盖丽丽找了市政府和体育局，他们也答应给一些，最后，体育局给了一万元，连个路费都不够。盖丽丽只好自己想办法，找一家企业冠名，让这家企业出十万元的赞助。

这些情况，都是林茂盛告诉霍科的。林茂盛说他跟盖丽丽的爸爸是多年朋友，是看着盖丽丽长大的，盖丽丽找到他，他知道霍科喜欢乒乓球，所以就想到了他。

霍科听了林茂盛的话后，想也没有想就说："这事我不感兴趣。"

林茂盛说："钱也不多，只要十万。你就当做好事吧！"

霍科冷冷地看了林茂盛一眼，说："既然钱不多，你也可以拿出来嘛！"

林茂盛被他这么一说，干干地笑了两声，说："我的钱怎么敢跟你比呢！"

"这钱我不出。"霍科斩钉截铁地说。

林茂盛走出去后，霍科坐在办公室里。他回想刚才跟林茂盛的对话，觉得自己的话有点尖刻，林茂盛的脸上一定挂不住了。而且，他也想不明白，自己为什么会说出这么尖刻的话。虽然，他知道林茂盛来拉赞助并不是单单为了盖丽丽的乒乓球学校。霍科知道，林茂盛在社会上还有另一个身份，信河街把这种人叫"中间人"，这个身份跟业务员有点像，就是利用自己的资源，替人办事或者谈业务，事成之后，找他办事的那一方要付百分之二十的提成。也就是说，林茂盛如果把他这笔赞助拉来了，就可以从盖丽丽那里拿到两万元的回扣。老实说，霍科的内心并不想拒绝。可是，话一出口，就变成拒绝了。对他来说，十万元确实不算什么，何况这钱拿出去是为让孩子们打乒乓球啊！为什么不捐呢？但是，霍科很坚决地把林茂盛的请求挡了回去，他觉得这么做的时候，心里有一种隐隐的痛快。霍科知道，这个拒绝跟林茂盛两万元的回扣没有关系，跟林茂盛这个人也没有关系。他知道，这种事情，如果放在手术之前，他头一点就答应了。他想，自己现在的这种表现，一定跟换了"金属心脏"有关——自己变冷漠了，对这个世界变得无动于衷了，包括对一直寄托着自己梦想的乒乓球。

这让霍科感到悲哀。从内心说，他不想变成一个冷漠无情的人，身体虽然不行了，不完整了，但他不想做一个连思想也不完整的人。如果那样的话，活在这个世界上，除了拥有多得数不清的钱外，别的就什么也没有了。如果真是这样的话，活在这个世界上还有什么意思呢？

这事过去好几天后，有一天，霍科在路上开着车，突然看到车窗外盖丽丽的乒乓球学校。但也只看了一眼，车子就开过去了。

又过了两天，霍科坐在办公室里，脑子里突然晃出盖丽丽的乒乓球学校，一闪一闪地不肯离去。搞得他坐又不是站又不是。突然，他就走出办公室，开车往街上走。

他这一次很准确地把车开到盖丽丽的学校。

来到盖丽丽的学校后，霍科把车停在学校外面，他对门卫说是来找盖丽丽的。门卫问他有什么事。他告诉门卫，自己是省体育局，来考察他们学校的乒乓球队参赛的事。门卫一听，马上就说，盖校长正在训练室里教孩子练乒乓球，他马上去叫。霍科叫住门卫，说自己去就行了，这才叫考察嘛！

其实，站在门卫室里，霍科就听到里面打乒乓球的声音了。他循着乒乓球的声音，找到了训练室。他站在训练室外，透过窗户玻璃，看见长长的训练室里，几十张乒乓球桌一字排开，每张乒乓球桌上都有两个孩子在对练，几个教练在训练室里来回走动，不时地指点几声。训练室里一派热火朝天的景象。

霍科没有看到盖丽丽。除了十岁那年见过盖丽丽外，他后来看见的盖丽丽都是在电视上的。但是，即使这样，他也可以肯定自己一看见盖丽丽就能够认出来。

突然，霍科看见一个胖胖矮矮的前额特别突出的秃顶老人，他正在一张乒乓球桌边，给一个孩子做示范。一看见老人的样子，霍科马上就想起来了，他就是当年差点要招自己进少体校的盖教练。他现在的年龄，肯定是退休了，可能是退休之后不甘寂寞。这一点，霍科是理解的，因为他从自己身上，就可以想象出来，盖教练一定是放不下乒乓球的，他当了一辈子的乒乓球教练，怎么可能说放手就放手呢！所以，他一定又来这里当起了教练。就是义务来教这些孩子，他也是很高兴的。

霍科正在这么想的时候，听到背后有人说："你好，你有什么事吗？"

霍科转头去看，他一眼就看出来，站在眼前的就是盖丽丽。她"真身"比电视上看到的要高大一些，要结实一些，也秀气一些。她扎着一个马尾辫，一身运动装，看起来，比实际年龄小很多。霍科注意过，盖丽丽跟自己同龄。但她现在的样子，最少比自己年轻十岁。霍科看着盖丽丽，说："我叫霍科，来你这里看看。"

霍科发现，盖丽丽一听他的名字，第一反应就说："哦！你好。"

说着，她伸出手来，好像想跟霍科握手，但她马上就发现，手是湿的，她大概是刚洗了手出来。她显得有点紧张。霍科听她的声音，有点干，尾音有点颤抖。霍科知道，盖丽丽紧张是有道理的，他知道盖丽丽已经找过很多部门了，就连企业也找了很多家，就是没有拉到钱。而再过三天就是去省里比赛的时间了。现在这个时候，霍科突然出现在她的学校里，她还能不紧张吗？盖丽丽说："你到我的办公室坐一下吧！"

"好的。"霍科说。

盖丽丽在前头走，霍科在后面跟。

很快，霍科就发现了一个问题：盖丽丽的腿不对头。她的腿一只长一只短，走路的时候，有点一拐一拐的。当然，盖丽丽已经很注意了，她走路的时候，尽量地放慢了脚步，尽量把右边的脚尖踮起来走。这些细节，如果不注意，是看不出来的。霍科看出来，因为霍科很早就知道，盖丽丽的腿受过伤。

到了盖丽丽的办公室。办公室很简陋。办公桌上有一台乳白色的电脑，是台式机，机身已经发黄。办公室里也没有挂奖状和奖杯，只有墙壁上挂着两副乒乓球拍。

坐下之后，是霍科先开的口，他问盖丽丽，现在学校里有多少个学生？教练有多少个？这些学生都是怎么招起来的？盖丽丽说现在学校里一共有一百多个学生。教练有十多个。学生都是一些在读的小学生，都是从各个学校里选拔出来的苗子，训练的时间主要在双休日和寒暑假，也有安排在晚上的，他们主业还是学习，不能像专业运动员一样每天训练，但他们在这里却都打下了很扎实的基础，这一批学生中，有几个天赋特别好，很有发展前途，如果能够进专业队的话，以后很可能就是国家队的主力。她正计划把自己的乒乓球学校办成全日制的学校。

霍科发现，盖丽丽说起她的学校和学生后，所有的紧张和拘谨都不见了，脸上的表情也舒展了，眼睛闪闪发亮。

停了一会儿后，霍科说："林茂盛前些天找过我了，说了赞助的事。"

盖丽丽抬头看着霍科。

霍科说："我拒绝了林茂盛。"

这么说的时候，霍科看见盖丽丽点了点头，她的两只手紧紧地捏在一起。他接着说："但我现在改变主意了，这十万元我可以给你，但不是赞助你的，而是借给你的。就是说，你以后要还给我，你可以分十年还，每年还两次，每次还五千元。"

盖丽丽还是看着霍科。霍科知道她不明白自己的意思。他又对盖丽丽说："我借钱给你，并不是看在你的面子上，而是看在乒乓球的面子上。"

盖丽丽点了点头，说："这我知道。"

"你同意我的方案吗？"霍科问。

"我同意。"盖丽丽说。

"谢谢你！"盖丽丽又说。

"先别谢。"霍科说，"我还有一个要求。"

"什么要求？"

"你要陪我练一年的乒乓球。"

盖丽丽一听，脸上的颜色变了一下。

霍科还是只管自己说下去："每周陪我练一次，一次半个小时。地点就在你这里。这算是我借钱给你的条件吧！"

说完之后，霍科看着盖丽丽，说："这事行不行由你决定，我不勉强你。"

盖丽丽大概听出霍科话里没别的意思，她的脸色缓和了下来，她低头想了一会儿，抬起头，看着霍科，说："行，这事就这么定了。但陪你练球要等我们参加完比赛回来再开始。"

"这个没有问题。"霍科说。

事情确定后，他们在盖丽丽办公室里，用盖丽丽那台发黄的电脑打印了一份协议。盖丽丽是甲方，霍科是乙方，他们都在协议上签字。协议一式两份，双方各保存一份。签完协议后，他们互相留了手机号码。霍科就离开盖丽丽的学校了。

第二天，霍科就把十万元打进盖丽丽给他的账号里。

有了这笔钱，两天之后，盖丽丽就带着她的队员动身去省城比赛了。

一个星期后，林茂盛来到霍科的办公室。林茂盛虽然没有在公司里担任什么职务，但他过两天就会来公司一趟，手里拎着一个小皮包，各个办公室视察一遍。有的时候，来到霍科办公室里，屁股很沉，好像这是他的办公室一样。临走的时候，他往往会从小皮包里拿出一张发票来，递给霍科说："我前几天为公司去看一个楼盘，这个车费你给报销一下。"

在以前，霍科一般都会签给他。那么大的年纪了，霍科不想给他难堪。但是，自从他做了换心手术后，他就不再签林茂盛递过来的发票了，他的拒绝理由也很简单："这样的发票，现在财务没法做账。"

遭到拒绝后，林茂盛的样子好像也没有很受打击，他笑了笑，自嘲似的说："我这也是为公司好嘛！"

林茂盛这次进了霍科的办公室后，就笑眯眯地看着霍科。霍科也没怎么理他。林茂盛把头伸过来，说："听说你给盖丽丽赞助啦！"

林茂盛一进门，霍科就知道他今天的来意。他瞥了林茂盛一眼，冷冷地说："不是赞助，我那是借，是有条件的，她要还的。"

"一样的，一样的。你想想看，十万元让她分十年还清，每年只要还一万元，这中间还不要利息。如果按照目前的形势，十年以后，一万元可能只相当于现在的一百元了。这不是跟白送差不多吗？"

霍科没有想到，林茂盛是这么算账的。似乎也有一定的道理。但霍科更清楚，林茂盛这么说目的在哪里，他还是念念不忘那两万元的提成。霍科想他肯定去找过盖丽丽。这一点他早就想到了，所以，他在跟盖丽丽签协议的时候，就跟盖丽丽说了，不能给林茂盛提成，因为他这不是赞助，而是有条件地借款。林茂盛在盖丽丽那里碰了壁后，只好从他这里打主意了。霍科不想跟林茂盛再纠缠下去，他知道，对于他这样的人，最好的办法是单刀直入，一下子就断绝了他的念头，让他再也没有讨价还价的余地。如果你为了顾及他的面子，措辞委婉一点，等于给了他想象的空间，等于给了他再次纠缠的机会。霍科直直地看着林茂盛说："我再说一遍，这是借，不是赞助。你也不要想那百分之二十的提成了。"

林茂盛哈哈笑了两声，说："看你说的，我说提成的事了吗？我说了吗？"

"你还有什么事吗？我这里还有事要做呢！"霍科说。

"没事了，没事了。"林茂盛这才离开霍科的办公室。

这次谈话之后，大概有三四天，林茂盛没有再到公司里来。至少霍科没有看到他。

霍科觉得清静了很多。

又过了一天，他接到盖丽丽一个电话，是从省城打来的。盖丽丽在电话里说，省里的比赛结束了，她的队员共夺得三个第一；

一个是团体第一，一个是混双第一，还有一个是女子单打第一。他们可以去北京参加"双星杯"全国少年精英赛了。霍科听得出来，盖丽丽很兴奋，说话的声音都有点不连贯了。

霍科想，盖丽丽给自己打电话，肯定是因为那十万元吧，那是她出于礼貌。她的兴奋肯定是因为她带的学生出成绩了吧，她觉得心血没有白费，她要把消息告诉更多的人。可是，这些关自己什么事呢？

大概是十几天以后，霍科又接到盖丽丽的电话，她说比赛已经结束了，她的队员获得了一个女单冠军和一个团体第三名。国家队也有两个教练来找她谈过话，想招两个学生进国家少年队。具体的事还要等一段时间。要等他们回信河街后，他们再派人来考察。盖丽丽在电话里再三表示，如果不是霍科的帮助，他们可能错过了这次比赛。霍科觉得这事不值得感谢，他拿出十万是有条件的，是有目的的，是借款，又不是白给。但这些话他没有说出来。

盖丽丽他们载誉归来时，市体育局的领导去火车站接他们。这事还上了报纸和电视。电视台还给盖丽丽做了专访。霍科也看到这个专访了。记者在专访中问到，这次参加比赛的费用是怎么筹来的。盖丽丽说是借的。听到这句话时，霍科心里突然有点不舒服，有一种被盖丽丽欺骗了的感觉。她怎么可以大言不惭地说是借的呢？但是，霍科转念一想，她说是借的也没有错。她不说借能说什么呢？赞助？贷款？卖身？都不对。应该说，盖丽丽说的没有错。不过，霍科心里还是很不舒服，他突然很烦盖丽丽这个人了。

第二天一早，霍科就接到了盖丽丽的电话，她对霍科说："你定个时间来练球吧！"

"好的，我想下午过去。"霍科说。

"我今天一天都在学校里，你随时都可以过来。"盖丽丽说。

下午三点钟的时候，霍科背着一个耐克运动包，来到盖丽丽的学校。他还是把车停在学校外面。这一次，门卫已经认出他了，他说盖校长已经交代了，让霍科把车开进去。霍科摆了摆手。

他刚进了校门口，就看见盖丽丽穿着运动服，笑着从里面小跑着出来了，她说自己从办公室就能够看见门卫室，他一跟门卫说话，她就看见了。

盖丽丽直接把霍科带到训练室里。这个训练室是个小间，里面只有两张乒乓球桌，盖丽丽对霍科说："这里是教练平时练球的地方。你就在这里练可以吗？"

"可以。"霍科说。

说完，霍科从耐克包里拿出自己的球拍和一打的乒乓球。他这个球拍，是在信河街一个叫天龙运动器材公司定制的。霍科为了让自己能在球桌上多打一会儿，他根据自己的手感，让天龙运动器材公司定制了一批乒乓球拍。他的球拍跟正常的球拍相比，外形没有区别，但拿在手里轻很多。霍科出去打球，一般只带一张球拍，而且，他绝对不让别人碰他的球拍。带一打的乒乓球去球馆，也是他一直保持的习惯。开始打球前，霍科才把外衣脱了，里面是他早就穿好的运动服。

两个人一交手。霍科就知道，自己不是盖丽丽的对手。她的球很有力，而且，落点很准。每一个球都落在让霍科很难受的地方。让霍科使不上劲。而且，霍科也感觉到，盖丽丽并没有用上全力，她大概只用了六分的力气吧！如果她用上十分的力气，估计自己接住她的球都难。但是，打了一会儿，霍科也发现了盖丽丽一个致命的地方——她因为腿上的伤，跑动受到很大的限制。如果自己把回球的落点拉开，迫使她左右跑动，她就显得不那么轻松了。可是，现在的问题是，霍科觉得很难完全把她调动开，自己控制不了她，所谓"棋高一着，缚手缚脚"，大概就是这个意思吧！她毕竟是专业运动员，而且是世界冠军啊！这是霍科打乒乓球生涯中，第一次跟世界冠军对练，第一次跟这么高水平的人站在了一起。而且，几个回合下来后，盖丽丽似乎已经摸到他的球路了，每一个球都送到霍科最想要的地方，让霍科打起来很舒服。

霍科不恋战。他也不能恋战。半个小时一到，他就停住了，说："时间到了。"

盖丽丽也看了看墙壁上的挂钟。

霍科收起球拍和球，放进耐克包里，外衣就提在手里，一边往门外走，一边对盖丽丽说："我下个星期再来。"

"好的。"盖丽丽说。

霍科跨出训练室的门口时，盖丽丽也跟出来了，她这时突然对霍科说："你能不能去一趟我的办公室？"

霍科诧异了一下，他想不出这个时候，盖丽丽会有什么事要跟自己说。老实说，他不想跟盖丽丽走得太近，所以，盖丽丽这么说的时候，让他警惕了起来。他看着盖丽丽，淡淡地说："有什么事吗？"

"先到我办公室吧！"盖丽丽还是没有说出什么事。

"那好吧！"霍科勉强地点了点头。他想今天是头一次来练球，也不能太不给盖丽丽面子。如果是下一次，自己是不会再去她的办公室了。

到了办公室。盖丽丽打开一个柜子，柜子里又有一个保险柜，她从保险柜里拿出一个大信封，信封的口子用胶带纸封住。她把信封递给霍科。

霍科不知道她玩什么花样。他看了看盖丽丽，说："这是什么东西？"

"这是还给你的五万元。"

"还给我干什么？"

"我们这趟出去，一共花了六万元。体育局给了我们一万元，现在还剩下五万元。这些钱先还给你。剩下的钱，我按照协议慢慢还。"

霍科愣了一下。盖丽丽的这个举动，大大出乎了他的意料。自从赚了钱后，这几年里，来找霍科借钱的人不知道有多少，很大一部分的钱，一借出去后，就杳无音信了。就是归还的那些钱，大多也是一拖再拖。今天碰到的情况，在他来说还是第一次。更主要的是，他是跟盖丽丽签过协议的，盖丽丽完全可以按照协议上的规定，一年还一万元。她完全可以把这笔钱先派别的用途。最不济的办法，她可以拿去放在银行里，或者买了基金。刚才，霍科也仔细地观察了盖丽丽的表情，她的眼睛平视着自己，脸上挂着微笑，她的表情是轻松的，是放下担子后的坦然。他觉得盖丽丽这么做是出于真心的。

这让霍科心里暗暗动了一下。自从换了"金属心脏"之后，无论遇到什么事，霍科都能够淡然面对，他的心已经坚硬了，已经"死"了，再大的事情也泛不起波澜，更不要说"动"。但是，这一下，就是刚才，当盖丽丽告诉他，这个信封里的五万元是还他的时候，他觉得自己的心揪了一下，好像被一只大手用力一捏，全身紧了一下。这一"紧"的意义在于，霍科原本以为已经彻底死亡的心，似乎一息尚存。

霍科拿着那个大信封，装进耐克包，若有所思地走出盖丽丽的办公室。

三

那天上午，苏尼娜跑到霍科办公室来要钱。这次胃口很大。要二十万。

霍科已经有一段时间没有见到苏尼娜了。上次她来找霍科的时候，已经是一个月前。霍科现在每个月给她五千元生活费。其他一概不管。他也不跟苏尼娜住一起。他跟苏尼娜只是名义上的夫妻。挂个虚名而已。他跟妈妈交代过，跟公司的财务也交代过，不能给苏尼娜一分钱。

有一段时间，苏尼娜突然脱胎换骨，每天呆在家里，到了下班时间，就给霍科打电话，叫他回去吃饭。在那段时间里，她也从电视上认真学了几道菜，说要给霍科"露一手"。霍科知道，苏尼娜接下来肯定又有"文章"了。果然，她跟霍科说："我们要一个孩子吧！"

霍科一听，就在心里冷笑了。他心里想，狐狸的尾巴终于露出来了吧。自己有多长时间没有跟她在一张床上睡觉了？现在，自己连碰她一下的念头都没有了，甚至连看也不想看她了，又怎么会跟她生孩子呢？而且，霍科清楚，苏尼娜根本不是想跟他生孩子，她的目的还是钱。她可能也知道，按照霍科的身体，肯定不会长命，也就是说，她肯定死在霍科的后面。但是，她知道，他死的时候，一定不会把遗产留给她。归在她名下的，只不过是够她生活的费用而已。这点钱对她来说是不够的。但是，如果她跟他有了孩子之后，情况就完全改观了，因为孩子是他财产的合法继承人，而她又是孩子的监护人，那些钱最后还不是落在她的口袋里？所以，霍科在鼻孔里哼了一声，说："休想。"

霍科说出这两个字的当天，苏尼娜就从家里消失了。霍科当然也就再也吃不到她做的菜了。

但是，苏尼娜这次来势汹汹，一副很有把握的样子，说："给我二十万。"

"你要二十万干什么？"

"我要做生意。"

"做什么生意？"

"我要开店？"

"什么店？"

"品牌服装店。"

霍科知道，苏尼娜又在骗他了。她不可能开店。开店多辛苦哇！要守店，要进货，即使请了营业员，也要花精力去管理。还要跟工商、税务部门周旋。苏尼娜哪里有这些耐心。不过，话又说回来，就是她真的有耐心，她这次真的想开一家品牌服装店，霍科也不会给她钱。

"要开你自己开，我不会给你钱的。"

"你凭什么不给我钱？"苏尼娜声音突然高了起来。

"我凭什么要给你钱？"

"就凭我是你老婆？"

"老婆怎么了？"

"你可以给一个毫不相干的女人十万元，为什么不能给老婆二十万呢？"

"那是借给她的。"霍科突然用拳头擂了一下桌面，声音一下就提高了。霍科也不知道为什么，一听到苏尼娜提这件事时，突然暴怒了起来。

"我也可以借，分二十年还给你。"苏尼娜冷笑着说。

"你拿什么东西还？"霍科问。

"你可以从我的生活费里扣，一个月扣八百元。"苏尼娜胸有成竹地说。

霍科突然觉得自己要爆炸了。有一口气差一点喘不上来。他想，如果再让苏尼娜这么纠缠下去，他的心脏随时都会停下来的。最好的办法是赶紧把她打发走。所以，他拿了一张纸和一支笔给苏尼娜，叫她把借钱的金额和还钱的方式一五一十地写下来，签上名字和日期。然后，他给苏尼娜开了一张二十万元的现金支票。

苏尼娜拿到支票后，转身就走了。走到门口时，突然回过头来，对霍科嫣然一笑，说："听说你对那个世界冠军有好感。"

"滚！"霍科拿起桌面上的笔砸过去。

被苏尼娜这么一闹，霍科的心情坏到了极点。这天下午本来是去盖丽丽学校练乒乓球的，但他突然不想去了。他把手机关掉，把电话线拔掉，把办公室的门反锁起来，打开办公室里的一排柜子，柜子里全是霍科定制的乒乓球拍。他看着一排排的乒乓球拍，真想把这些乒乓球拍一把火烧个精光，从此跟乒乓球断绝一切关系。他想自己以后再也不打乒乓球了。但他下不了手。他坐在办公室里，想起了刚才苏尼娜临出门的话。他问自己，真的对盖丽丽有好感吗？霍科知道，这是不可能的。不要说是现在，就是在他做手术之前，也不可能再去喜欢一个女人了，他的心脏阻碍了他作为一个男人应有的能力，让他不能去喜欢一个女人，所以，他有时候也不完全恨苏尼娜，苏尼娜对他的欺骗，跟各种各样的男人上床，当然有她的原因，但他也是难辞其咎。从这个角度想，如果苏尼娜的生活能够稍微检点些，不要对霍科的存在太熟视无睹，霍科早就提出来跟她离婚了，就是把财产给她一半也在所不惜。可是，霍科觉得苏尼娜并不值得他那样做，她跟他结婚，本身就是一个欺骗，她是在被去意大利的男朋友抛弃后，找一个临时的"补充"，她一点也不爱他。那个时候，她可以跟霍科结婚，也可以跟刘科、吴科、黄科、赵科、李科结婚，只要是一个人，能够让她有一个安身的地方，她就可以跟他结婚。所以，他现在也不想让苏尼娜如愿，她现在想离婚，他偏偏不离。反正他已经是个半死的人了，所谓破罐子破摔就是这个样子了，但他就是要拖着苏尼娜，每月给她限量的生活费，不让她"饿"着，也不会让她"吃"得很舒服。这是对她的惩罚。但是，霍科知道，他不可能再喜欢上其他女人了，苏尼娜说的那句话，只不过是"将"他一军，她倒是希望他能重新找一个女人，那样的话，她就可以名正言顺地达到她的目的了，而且，她也有了更充足的理由跟霍科谈判。这点霍科很清楚的。特别是换上了"金属心脏"后，他发现世界一下子就变了：自己看见的所有的人都是冷冰冰的，所有的人都在尔虞我诈，所有事情的背后都存在交易。最主要的是，他发现自己的心已经"温暖"不起来了，他也想使心"温暖"起来，希望能够做一些使自己感动的事情，或者能够碰到一些使自己感动的事情。这样，自己的心脏或许有转暖的可能。但他的身体却

当代中国最具实力中青年作家书系

是一天比一天觉得冷，他的心也是一天比一天冷漠。他借钱给盖丽丽，让盖丽丽陪他练球，无非是那个少年时的梦想还没有完全破灭罢了。不过，话又说回来，霍科觉得，如果连那个梦也破灭了的话，再活在这个世界上还有什么意义呢？

第二天下午，霍科接到盖丽丽的电话。她问霍科说："你昨天下午怎么没有来？"

"我临时有事。"

"没有关系的，你今天下午如果没事也可以来。"

"我今天也有事。"

"那你这个星期什么时候有空就来吧！"

"这样太麻烦了。"

"没关系的，我们签了协议的，每个星期练一次。"

霍科见盖丽丽这么说，只好说："我看哪天有空再过去吧！"

霍科的本意是想过几天再去的，第二天下午，他不知不觉地就换上了运动服，带上球拍，快步走出了办公室。

霍科来到学校的门口，才给盖丽丽打了手机。盖丽丽说自己在学校里，她让霍科直接去小训练室，她马上就到。霍科进了训练室，刚脱了外衣，盖丽丽就推门进来了，霍科看了她一眼，发现盖丽丽脸上发着一层亮光。看她的表情，既兴奋又有一点害羞。但霍科不想在这方面深究，这事跟他无关，他来这里，只是跟盖丽丽练球，他不想掺和到其他事情里面。但是，霍科发现，盖丽丽今天有点心不在焉，拉球的时候，一点力气也没有，不是不过网，就是出界了。磕磕碰碰的，捡球的时间就花去了不少。总之，整个过程打得不流畅，霍科不尽兴。霍科本来时间有限，球打得不顺，运动量却没有少下来。半个钟头一到，霍科就主动停了下来。

整理好球拍，手里提着外衣，霍科走出训练室。就在他快要走到门边时，门突然开了，进来一个老人，是盖教练。盖教练看着他，霍科往前走了一步，说："盖教练，你还记得我吗？"

盖教练伸出手来，把他的手紧紧握住，说："当然记得，当然记得，你是我见过打球最有天分的孩子。"

"没想到盖教练还记得我。"霍科说。

"当然不会忘记，如果不是心脏有问题，你肯定是世界冠军了。"停了一下，盖教练又说，"不过，你现在也很好，这次出去参加比赛多亏了你，没有你，我女儿也去不成，国家队也发现不了我们这里的好苗子，对了，前两天，国家队来人了，从我们这里选走了两个队员。这都得感谢你。"

霍科现在知道盖教练为什么会在这里了，原来他就是盖丽丽的爸爸。

盖教练说："找个时间，我请你到我们家做客。"

"好的，我一定去。"霍科说。

第二天上午，大概是九点钟的时候，苏尼娜冲进了霍科的办公室，她劈头就问霍科说："霍科，你是什么意思？竟把我每月的生活费扣去八百元？"

"那八百元是你还我的呀！你有纸条在我这里。是你自己写的。"霍科说。

"我不管什么纸条不纸条，你每月给我的生活费一分也不能少，不然的话，我就每天来你这里闹。"

"你还说不说理了？"

"我就不说理了，你要怎么样？你看看你自己，你就说理了吗？你死皮赖脸拖着不离婚，你就说理了吗？你已经是个半死的人了，难道要我陪你进棺材？老实说，我这样已经算是客气了，你要是碰到别人，早就吵翻天了。"

"但你不能不讲信用。"霍科气得发抖。

"信用？你跟我讲信用了吗？结婚之前，你跟我说过，你会爱我的，会对我好的，会好好照顾我的。这些你做到了吗？你现在有几个亿的资产，每个月却只给我五千元的生活费，这就是你的信用？这就是你说的好好照顾我？嗯？"

霍科觉得，无论什么事，到了苏尼娜那里，都变得理直气壮了。她为什么能够做到这一点？曾经有很长一段时间，霍科想不明白。她怎么能够那么问心无愧？那么咄咄逼人？而且表现出受了天大的委屈。现在他想明白了，他知道，在苏尼娜的心中，永远只有她自己，她所有的观点，所有的行为，都是以她为中心的，她都是对的，她做的事都是有原因的，有理由的。那么，所有跟她有冲突的人或事，就变得"野蛮无理"了，都是让她不能容忍的。她从来没有为别人想过。所以，她这么多年来，一直在换男人，因为没有一个男人能够跟她长时间处下去。不是被她赶走，就是偷偷地离她而去。越是这样，她就越觉得这个世上的人对她不起，她就越发变得理直气壮。

从结婚到现在，霍科觉得苏尼娜从来就没有跟他坦诚过。他对于她来说，只是她理直气壮的一个利用对象而已。她从未用过真心，也从来没有对他说过一句真话。正是这一点，深深地刺痛了霍科。

而且，霍科知道，苏尼娜拿了他的二十万，并没有去开服装店。她直接把钱买了股票。她的运气不佳。她买的几支股票唰唰唰地往下跌。连着跌了几天，她就慌了，找个机会，赶紧抛掉，重新买了另外几支股票。而这时，她抛掉的几支股票却噌噌噌地往上涨，连着几个涨停板。新买的股票却不停地跌下来。她咬咬牙，卖了新的，又买回老的。结果是，当她买回老股票时，老股票又开始跌了。她就这么买了抛，抛了又买，没过多久，二十万元就折去了大半。当然，霍科把钱给她时，就没有想过她会去开服装店，也没有想过要她还回来。他只是想不到苏尼娜会拿着那二十万去炒股，那么快就把本都赔进去了。而且，他也知道，之前让苏尼娜写纸条只是一个形式，这个形式对苏尼娜没有作用。总之，霍科知道拿苏尼娜没有办法，他不知道拿苏尼娜怎么办才好。离婚当然是最称心的，她也愿意。但是，苏尼娜一定要他向法院提出来，因为这样她才能够分到巨额的财产。霍科不想让她这么便宜。那么不离婚呢？霍科就只能供着她，让她不断地往他的头上戴各种各样的帽子。霍科知道，和苏尼娜的战争，自己一开始就处于劣势，而且一路下来，从没赢过。从这个角度上看，他的人生真是失败透顶。

一想到这点，霍科就什么也不想争了，他对苏尼娜说："你快滚，扣下的钱，我会补给你的。"

"如果你不补给我，我明天还来找你。"苏尼娜威胁地说。

这事过后，霍科去了一趟北京。他公司在北京有一个分支，主要负责搜索北京的房源。他们在东四环上看中了一个大商铺，这个大商铺有两万平方米，每平方米的价格在一万元左右。如果是一般的投资，霍科已经不出面了，他让手下的副总去打理就成。但是，这次的投资不同以往，整个投资额高达两个亿，霍科必须去看后才能够放心。

到了北京后，霍科并不急着跟开发商见面，而是对这个商铺进行了调查。因为如果要吃下这个商铺，这里面有许多关键的东西必须摸清楚。首先要摸清的，就是这个区域未来五年的规划，这决定商铺未来的命运。霍科就是从房管局出身的，他深知政府的一个决策可以让一个行业生，也可以让一个行业死。这也是霍科做楼盘生意的一个窍门，也是他战无不胜的秘诀。他到北京后，通过各种关系，找到了规划部门，拿到了规划图。接着是实地考察，不仅仅是考察要"吃"下来的商铺，更要考察周边的小区和居民的消费水平。再就是收集这个房开公司的资料，包括公司资质、资金、销售、老板的性格及爱好等情况。这些情况完全掌握之后，才是他跟房开公司谈价格的时候。

谈判还算顺利，毕竟是这么大的一个商铺，能够一口"吃"下来的人不多。最后，主要的焦点还是落在价格上，房开公司报的价格是每平方米一万零五百元，霍科这边报的价格是九千五百元。双方僵持不下。

对于这种谈判，霍科并不着急。他知己知彼了嘛！知道现在跟这个房开公司谈的，就自己一家买主，而且，他知道，这个房开公司有另一个地块正在投标——他们等着这笔钱用。所以，开始几天，他都让手下人跟对方谈，咬住九千五百元不松口。对方看看这架势不行，先是销售经理出面谈，接着是副总出面谈，再就是老总出面了。到了最后，连董事长也坐不住了。董事长把售价降到每平方米九千八百元，说，这是最低限度了，再低就没法谈了。

霍科知道该出马了。去之前，他让会计按每平方米九千五百元的价格算好。然后，让北京分支的负责人跟房开公司的董事长约好，就说"我们老总想拜会你"。联系好后，霍科带着手下一帮人，浩浩荡荡地开到了房开公司。

霍科进了董事长的办公室，双方寒暄过后，霍科没有再说什么，他从包里取出一张填好的支票，递给董事长。董事长一看，马上就拍板了。双方当天就签了合同，办了过户手续。

所有的手续办好后，北京分支的负责人问霍科，这个商铺准备什么时候脱手？预期的价格是多少？霍科告诉他，这个商铺他不准备卖。他看过周边住宅区了，都是高收入人群。最主要的是，从规划上来看，从这幢大厦往东，以后是个商业区。他要把这个商铺装修起来，当大卖场出租，一年的回报率最少在百分之二十。这是个长流水，比卖了单赚一笔强。

把北京的事情交代清楚后，次日，霍科就飞回信河街了。

飞机降落在信河街地面时，太阳已经下山了。霍科从停车场里开出自己的车，当他驶进市区时，天已经全黑了。

在北京的时候，霍科只想回来。可是，一回来之后，他又不知道要去哪里了。他开着车在市区里乱转，最终还是把车开到盖丽丽的学校来了。

也不知道是什么原因，霍科突然很想见一见盖丽丽，他突然很想看见盖丽丽穿着一身运动服的样子，喜欢看到盖丽丽打乒乓球的样子。

霍科把车停在盖丽丽的学校外面，他坐在车里，可以看见盖丽丽的办公室。她的办公室没有灯光，他看看训练室，训练室也没有灯光。他摇下车窗，学校里面一片寂静。霍科心里突然有种深深的失落。他拿出手机，找出盖丽丽的电话，想打个电话给她。但就在通话键刚按下去，他又按了取消键。他把车窗关上，把天窗打开，身子在座位里挪了挪，找到一个最舒服的姿势，把整个人缩了起来，张开鼻子，吸了吸外面的空气。

大概坐了半个钟头，霍科重新把车子发动起来。按照时间，他应该去吃点东西了，但是，从单位辞职出来后，他的饮食一直没有规律。主要是没有食欲，没有饥饿的感觉。特别是做了心脏手术后，他就没有觉得饿过。所以，他有时候怀疑，英国的医师是不是在做心脏的手术时，顺手把他的胃也给切掉了。再说，一个人吃饭有什么味道呢？回到家里去，无论何时，家里就他一个人。霍科本可以去妈妈那里吃饭的，他妈妈还住在老房子里，霍科叫她搬到新房子来，跟他住在一起。妈妈不来。她不来的原因有二：一是她觉得还是住在老房子里好，都住了几十年了，跟这个环境融为一体了。听说很多老人搬了新房子后，不久就死掉了，老人对新环境很难适应。二是她不想看见苏尼娜。她觉得自己引狼入室了，后悔得所有牙齿都掉光了。可是她也知道，就是住在新房子里也未必能够看得住苏尼娜，还是眼不见为净。所以，霍科给她请了一个保姆。那个保姆后来也被妈妈辞退了，她说自己手脚灵便，还是动一动好，等动不了了再请保姆也不迟。霍科说服不了她，而且妈妈的腿脚确实也很灵便，霍科只能随她。霍科偶尔会去看看她，在她那里吃一顿饭，但长时间去总是不行，那样只会让妈妈更加担心。所以，霍科的原则是能省则省。

又在市区转了一圈后，霍科还是决定去公司。

他把车往地下车库开的时候，在车库入口的拐弯处，看见了一个人，那个人好像是盖丽丽，她扭着头，朝他公司的大楼里面看。霍科把车停下来，打开车窗一看，果然是盖丽丽。他喊了一声："盖丽丽，你怎么在这里？"

盖丽丽看见他，脸上的表情也愣了一下，站在那里没动。霍科朝她招招手，她就朝霍科这边走来，霍科把副驾驶座的车门打开，她就钻了进来。

坐上车后，盖丽丽没有说话。霍科也没有说话。霍科本来想说话的，但他突然不知道说什么好了。他一边开车，一边用右眼的余光注意着盖丽丽。盖丽丽先是低着头，低了一会儿，她把头抬起来，眼睛看着前方。过了一会儿，她又把头扭过去，眼睛看着窗外。她就一直这么扭着，好像跟谁闹别扭似的。

霍科不知道自己要去哪里，也不知道盖丽丽要去哪里，他又不知道怎么开口，干脆就在路上乱转。

起先的时候，路上还有很多车的，后来慢慢就稀了。慢慢地，连行人也少了。霍科也不知道已经在市区里绕了几圈了。盖丽丽的头已经转过来了，现在看着前方，两只手平放在大腿上，但她还是没有开口。霍科这时看看车里的时钟，已经快到零点了。也就是说，他们已经在路上转了三个多钟头了，却还是一句话也没有说。这个时候，霍科听见盖丽丽突然开口了，说："你送我回学校吧！"

"好。"霍科说。前面不远处就是盖丽丽的学校了。

到了学校后，霍科把车停稳，让盖丽丽下车。盖丽丽站在车外，朝霍科挥了挥手，转身进了学校。

霍科开着车子往回家的路上走时，突然觉得车子里有点不同。因为他闻到了一股淡淡的牛奶香味，这种香味肯定是从盖丽丽身上留下来的。

四

那一天，霍科接到妈妈的电话，叫他回一趟老房子。她也没有说什么事，只叫他有空回去一趟。从电话里听起来，妈妈的声音中充满了悲伤。霍科在电话里说："好的，妈妈，我这就回去。"

霍科赶到老房子时，看见妈妈无神地坐在家里，眼眶红红的，似乎刚刚哭过。霍科问："怎么了，妈妈？发生什么事了？"

妈妈抬头看了霍科一眼，把霍科的手拉到她手里，她用双手把霍科的手握住，放在自己的腿上，说："妈妈对不起你，让你受苦了。"

这么一说，她的眼眶更加红起来了。

霍科不知道妈妈说这话是什么意思。他说："妈妈，你别这样，我挺好的。有什么话你慢慢说。"

妈妈擦了擦眼睛，抬起头来，看着霍科说："你就跟苏尼娜离了吧！是妈妈害了你，现在你有合适的人了，你就跟苏尼娜离了吧！她要多少钱我们就给她多少钱。钱这东西，生不带来，死不带去，我们要那么多干什么呢？"

"妈妈，你说什么呢？你从哪里听到我现在有合适的人了？"霍科摇着妈妈的手说。

"刚才林茂盛来过了，他跟我说，你现在跟打乒乓球的盖丽丽关系很好。林茂盛想从中做个媒人。"

"我这样的身体，怎么可能再去喜欢别人呢？"霍科说。

"怎么不能呢？只要你喜欢，妈妈就支持你。"

"妈妈，我的心是金属的，已经不会喜欢人了。"

妈妈一听霍科这么说，一下就哭起来了，说："都是妈妈害了你。"

"妈妈别这样，我现在不是过得好好的吗？"霍科安慰她说。

"我听林茂盛说，她人不错。"妈妈说。

"是的。"

"她对你很好。"

"是的。"

"妈妈觉得你还是考虑一下，你总不能一直这样过下去。"

"我知道的，妈妈。"

话是这么说，但霍科知道，自己和盖丽丽的事是不可能的。盖丽丽是怎么想的，先放在一边不说。霍科觉得，现在首要的问题是自己这里——自己已经失去喜欢上一个人的能力了。自己是个靠钛泵活命的人，心脏里安装了一块金属。也就是说，自己的心不属于自己，其实也不能称之为心了，只能说是金属，是钛泵，是坚硬的，是冰冷的，是一个为了活命而人造的假器官。无论外界发生了什么事，无论眼前发生了多么感人的事，心还是冰冷和坚硬的。它软不下来了。它是个死心。所以，假使盖丽丽对自己真的有好感，她真的有心要跟自己重新组成一个家庭，但是，她能够软化自己左边这个冰冷而坚硬的假心吗？谁能够使金属变暖变软？除非是神仙下凡。再说，自己已经受够了苏尼娜的背叛和欺骗，这么多年下来，即使是一颗健康温暖的心脏，估计也已变成一块冰冷的金属了。在这种情况下，自己怎么可能再去喜欢另一个女人呢？

当然，这些话霍科不会对妈妈说。他也不会对任何人说。

接下来的一段时间里，霍科的妈妈时不时地会问起他跟盖丽丽的事情，问他"有没有进展"。霍科告诉她，自己跟盖丽丽正"打得火热"。她妈妈很高兴。

但是，霍科最近发现了一个新问题。他会不断地出现一种错觉，觉得身体的一部分变成了机器。譬如他跟盖丽丽打乒乓球的时候，打着打着，他觉得手臂就不受控制了，变成了一只金属手臂。还有，他的眼睛随着乒乓球来回跳动，时间一久，眼睛也变成了两颗机械转动的铁球。

霍科给上海的医师打电话，把情况说给他听。医师问他这段时间心脏的运转情况怎么样。霍科说："心脏倒是正常的。"

"心脏正常就没有关系，你只是幻觉。不能让身体太累了，精神上也要保持轻松愉快。这两点很重要。如果这种幻觉加重了，就有可能造成多重器官功能紊乱症，那就难办了。"医师说。

霍科记住了医师叫他要轻松愉快，但他不知道怎么才能让自己轻松愉快起来。赚再多的钱，已经不能让他轻松愉快了。生活上的享受，他基本上没有这方面的要求。如果一定要说有的话，就是在跟盖丽丽打乒乓球的时候，他好像把外面的世界暂时忘记了。

那一天，打完球后，盖丽丽把他叫住，递给了他五千元。霍科一时不明白她的意思，说："你这是干什么？"

"这是我还给你的第一笔款子。"盖丽丽说。

霍科觉得心里突然又被揪了一下。他没有想到，这么快就过了半年。而且，盖丽丽又主动还钱了。所以，就在盖丽丽把钱递给他的时候，他觉得自己左边的心室动了一下，好像被东西电了一下，原来硬硬的心，好像被人狠狠地掐了一下。这种感觉，只在上次盖丽丽还五万元的时候，曾经有过。但那次是轻微的，只是微微地震了一下，觉得左边的心室有点麻痹，觉得盖丽丽的行为出乎了意料，出乎了自己对社会的成见——她完全可以先不还那笔钱的。这事就是换成霍科也一样，他也不会把这笔钱先还别人的。大家有约在先，白纸黑字，他按照协议慢慢还就很仁义了。老实说，盖丽丽还了五万元后，霍科心里已经有一个念头了，剩下的五万元他就没有准备让盖丽丽再还。但是，就在霍科差不多要把这个事情忘记的时候，盖丽丽还钱了。

霍科犹豫了一下，他看了盖丽丽一眼，伸手把钱接了过来。他觉得如果不接过来，就是对她的不尊重。

也不知道为什么，就在霍科伸手去接钱之前，他又看了盖丽丽一眼，心里竟然升起一种冲动，很想伸手去摸一摸盖丽丽的脸。当然，他知道这也只是一种幻觉，自己不会真的伸手去摸的。但是，让他奇怪的是，有了这种想法后，他觉得把钱拿过来就变得很自然了。

也就是从这次之后，霍科看见盖丽丽的时候，心里会有一种奇特的感觉。有时候人在外地，也会突然想起盖丽丽。一想起她，心里就会觉得很安定，什么不愉快的东西也没有了。

在外地出差的时候，特别是办完一件事后，霍科会想到盖丽丽，想给她打个电话。不过，他不知道自己跟她说什么。所以，他选择的方式是给她发短信。他问盖丽丽："在干什么呢？"

"在学校里。"盖丽丽每次都是很快就回信。

"在学校里干什么呢？"霍科问。

"在办公室里。"盖丽丽答。

"在办公室里干什么呢？"霍科又问。

"外面的事情办好了吗？什么时候回来？"盖丽丽反过来问他。

"差不多了。"

"什么时候回来？"

"明天。"

"先来学校吗？"

当代中国最具实力中青年作家书系

"好。"

下了飞机，如果公司没有要紧的事，霍科都会直接去盖丽丽的学校，跟盖丽丽打半个钟头的乒乓球。

而且，霍科觉得自己还发生了另一个变化，他现在每一次出去，都会事先跟盖丽丽说一下："我要去一趟上海。"

"什么时候？"

"马上就走。"

"什么时候回来？"

"大概一个星期。"

"注意安全！"

"嗯！"

接下来的那段时间，也是霍科出差最频繁的时候。他把握在手里的一些楼盘相继脱手。每脱手一个楼盘，霍科觉得身上都会轻松一分。

他的这种做法被林茂盛觉察了。有一天，林茂盛在他办公室里问他是不是要收摊了？霍科看了他一眼，说你这话是什么意思？林茂盛说他这几个月来，把所有的楼盘都脱手了，或者正在脱手之中。而且，这几个月来，公司没有买进一个楼盘。

霍科只对林茂盛笑了笑，什么也没有说。

林茂盛又问他有没有发现，这段时间以来，他会对别人微笑了。他以前是没有笑容的。

霍科知道林茂盛指的是什么，他也知道林茂盛说这句话的意思。如林茂盛所说，他确实有收摊的意思。老实说，他不想再这么做下去了，他突然不想过这种生活了。他想换一下。但是，这只是他心里的一种想法，对谁也没有说过。这个公司收摊后，他想做点别的什么。至于具体做什么，霍科正在做前期的了解，而且，他还没有最后想好，所以，就更不会对别人说。霍科知道，这一段时间，林茂盛在做股票。林茂盛已经把放在公司里的大部分股份都抽出去了。如果从生意的角度来说，霍科觉得林茂盛做得很对，半年之前，他就感觉到这种倾向了。霍科觉得，股票可能是继房地产之后有最高回报的投资了。但是，现在的问题是，他已经不想考虑这些事了。其实，霍科更清楚，自己犹豫的不仅仅是公司未来的问题，他更犹豫自己未来的问题：自己还能够活多久？从理论上说，金属心脏的寿命是七年。他在英国做手术前，英国的医师就告诉过他，换上金属心脏后，他再换上人体的心脏就更难了，因为他的身体原来的结构已经被破坏，已经不适应人体的心脏了。所以，七年过后，他最大的可能是再换一个金属心脏。但这也要看那时的身体状况，有可能，这七年里，他身体里的器官被这个金属心脏破坏了，不能再安装新的金属心脏了，也就是说，有可能，他的生命就是七年。

老实说，这个问题，霍科以前是不怎么考虑的。但是这段时间以来，他发现自己想得很多。

那一次，霍科大概有两个星期没有去盖丽丽那里打球。实在想打球的时候，霍科就在办公室里，一个人对着墙壁练球。那一天，他正在办公室里练球的时候，接到了盖丽丽的电话。盖丽丽说："你这两个星期怎么都不来了？"

霍科不知道怎么回答好。盖丽丽又说："你下午过来吧！我在训练室里等你。"

说完，也没有等霍科回答，盖丽丽就把电话挂了。

下午四点来钟，霍科到训练室的时候，盖丽丽果然已经在里面了。盖丽丽也没有对他说什么，也没有问他这两个星期为什么没有来，也没有问为什么也不联系。好像一切都很正常。她很认真地陪霍科练球。

练完球后，盖丽丽叫霍科晚上去她家里吃饭。她也没有说为什么要请霍科去吃饭，霍科也没有问。

盖丽丽跟她爸爸住在一起，是老房子。霍科一进去，盖教练正在厨房里烧菜，他围着围裙，赶紧从厨房里跑出来，笑着说："半年前就说了，要请你来家里吃一顿饭，一直到今天才兑现。你不会怪我言而无信吧！"

"怎么会呢！"霍科说。

"你先坐一会儿，我马上就好。"盖教练说。

不一会儿，菜都上来了，盖教练问霍科要不要喝一点酒，霍科说不要，自己的身体不能喝酒。盖教练说他年轻的时候喜欢喝白酒，喝八两没有问题，现在年纪大了，白酒吃不消了，就喝点葡萄酒，中午一杯，晚上两杯。一瓶葡萄酒刚好喝两天。那天晚上，盖丽丽也陪她爸爸喝了一杯葡萄酒。喝了酒之后，她的脸就有点红起来，眼睛也深了。

吃饭的过程中，盖教练一直叫霍科多吃菜。霍科真的就吃了不少的菜。他也没有想到自己原来这么能吃。而且，霍科发现，自己在他们家也没有什么拘束，一般情况下，他新到一个地方，总会觉得放不开手脚。但是来他们家，从一进门开始，就好像这个地方他以前经常来，这里的人都是很熟悉很亲切的人，一看见就很高兴地融合在一起了。

吃完饭出来时，盖教练对霍科说："以后有时间就来坐坐。我们随时欢迎。"

"好的。"霍科说。

是盖丽丽送他出来的。他们并排走在路上。

走到霍科的车边，霍科将要把车门打开时，回转身看了看盖丽丽。盖丽丽就站在霍科面前，看着霍科的眼睛。霍科也看着盖丽丽的眼睛，她的眼睛里含着微笑。她的脸上还是绯红的，皮肤显得又软又细。霍科闻到一股牛奶香味了，他知道这股香味是从盖丽丽身上发出来的。这时，霍科听见自己左边的心脏一下又一下的跳动声，就像深夜钟摆的声音。

两天后，霍科飞了一趟北京。谁也不知道霍科去北京干什么。

其实，这次北京之行，对霍科来说，已经谋划了近半年了。这也是他开始大面积脱手公司拥有的楼盘的原因。他在半年之前，就跟北京的红十字会联系过，他想成立一个救助心脏病患者的基金会，由他出资，通过红十字会的网络，每年在全国救助十个（甚至更多）心脏病患者。这些患者由全国各地的红十字会选送上来，经过基金会的核实、确定，最后落实到具体医院，然后，基金会把手术费用直接打到医院的账户上。

霍科这次去北京，是跟信河街的红十字会的人一起去的。此行的目的就是跟北京的红十字会签订一个合作的协议，拿回一个批文。签订协议后，北京红十字会还要向全国红十字会发一个文件，把霍科基金会成立的事通告全国。而霍科这个基金会的总部就设在信河街，由信河街的红十字会主管，由霍科成立一个管理队伍。

在北京呆了十天，霍科拿回了一纸批文。一回到信河街，他马上去民政局登记注册了这个基金会，在银行设立账户，把自己三分之二的财产拨到这个账户里。

从跑北京拿批文到挂牌，整个过程只用了一个多月。这个速度正是霍科想要的。

基金会挂牌之后，霍科主动约了苏尼娜，跟她谈了离婚的事。苏尼娜这时刚知道霍科把三分之二的财产捐给了基金会，她一听霍科跟她谈离婚的事，一口就说："我不离了。你把财产都转移出去了，我跟你离婚还有什么屁意思？"

"如果现在离婚，我还可以分给你五百万财产。现在住的房子也归你。如果你不肯离，我也不逼你，但你以后可能连每个月五千元的生活费也拿不到了。"霍科说。

霍科知道苏尼娜现在急需钱用。他从林茂盛那里知道，苏尼娜向林茂盛借了一百万的高利贷，她想从股市里把亏进去的赚回来，就向林茂盛借了高利贷。林茂盛知道霍科跟盖丽丽的情况，他大胆地把钱借给了苏尼娜。当然，他也把借钱的事告诉给了霍科。

"我就不离。"苏尼娜说，"除非你给我一个亿，要不我就不离。"

"离不离随你。就五百万。我给你一个星期时间考虑。一个星期后你没有给我答复，以后就不要跟我再提离婚的事了。我死后，会把所有的财产捐给基金会，你什么也得不到。"霍科说。

霍科知道，这一次，自己不会再输给苏尼娜了。因为他知道苏尼娜没有更好的选择，如果不离婚，她就什么也拿不到。霍科现在知道以前为什么每次都输给苏尼娜了，因为苏尼娜有更多的选择，而自己没有。那是不对等的战争，输的一方当然就是自己。以前他是仰视着苏尼娜的，她对自己构成了巨大的压力，无论是在肉体上还是在精神上。现在反过来了，他在俯视苏尼娜，他一眼就把她看穿了。他以前觉得苏尼娜深不可测，全身充满谎言，是不可战胜的。现在看来，问题是出在自己身上，是自己没有勇气面对，是自己的软弱助长了苏尼娜对自己的伤害。她使自己的心越来越冷，对生活越来越失望。现在，霍科知道了，原来，苏尼娜不堪一击。

果然，第七天的时候，苏尼娜答应跟霍科离婚了。他们先在霍科的办公室签了离婚协议书，霍科把五百万和房子给了苏尼娜。然后，他们开车去了民政局，办了离婚手续。

办完离婚手续后，苏尼娜对霍科说："夫妻一场，我请你吃一顿饭吧！"

霍科看看她，没有说谎的意思，就答应跟她一起去吃饭了。他们来到信河街最著名的唐人街大酒店，因为来得早，酒店里还没有什么客人，他们选了二楼大厅一个靠窗边的位置，是苏尼娜点的菜，四个冷盘六个热菜。四个冷盘是花蛤、鸭舌、江蟹生、盘菜生，都是信河街的特色菜。

苏尼娜还要了一瓶布衣葡萄酒，给霍科也倒了一杯。霍科说自己不喝，苏尼娜说不喝也要倒上。

菜很快就上来了，先是冷盘，接着是热菜。六个热菜分别是虾蛄炒年糕、清蒸银血鱼、清蒸子梅鱼、鹅肝、明火鲍鱼、炒皇帝菜，是信河街时下最流行的菜肴。霍科看苏尼娜喝酒的样子，都是倒满一大杯，脖子一仰，杯子就空了。菜还没有上齐，她又叫了一瓶葡萄酒。

只一会儿，苏尼娜的眼睛就红起来了，眼泪汪汪的样子，她看着霍科问："霍科，你知不知道，我的心早就死了。"

霍科看着她，没有说话。

苏尼娜又说："你当然不知道，你从来没有关心过我，不知道我有多痛苦。"

霍科突然想离开这里了。但他觉得，有一点被苏妮娜说对了，自己确实很久没有关心过她了——她已经从自己的身体里彻底地割出去了。这一点自己有责任。但是，如果自己一如既往地关心她，她是不是会有所改变呢？霍科对这一点没有把握。因为他发现，苏尼娜现在说的话还是完全站在她自己的角度，她从来不会站在别人的角度想问题，她说自己痛苦，难道这就是她出去跟别人上床的理由？她总是站在自己的角度想问题。

想到这里时，霍科站起来，说去一趟洗手间，他到收银台把账结了，走出了酒店。

出了酒店的门，霍科钻进车里，他在车里呆了一会儿，他在想，现在要去哪里呢？他想到了盖丽丽。盖丽丽现在一定在学校里，如果不是在办公室里，就肯定是在训练室里。想到这里时，霍科把车子启动了，他把车子转了个头，朝着基金会的方向开去。这时，他很清楚地听见自己左边心室的跳动声。他伸手去摸了摸，似乎有了一丝的温度。

信河街

一

二〇〇八年六月三日，黄中梁大学毕业回到信河街。

考大学前，黄中梁的爸爸跟他约定，毕业后回来一起办眼镜厂。其实，黄中梁怀疑从自己出生那天起，爸爸就安排好了他以后的道路，因为爸爸给他起的名字叫黄中梁。"中梁"是连接在两个镜片中间的零件。是眼镜的最主要零件之一。

黄中梁爸爸的名字叫黄作品，眼镜厂叫光明眼镜厂。在信河街，光明眼镜厂只能勉强算中等规模。厂房约一千平方米。工人六十来个。一年营业额八百来万人民币。如果风调雨顺的话，辛辛苦苦做一年，能有三十万的利润。如果出现意外，譬如银行加息，譬如铜价上涨，譬如更要命的汇率变化，可能一年下来赚不到一分钱。弄不好还要亏。爸爸这样规模的眼镜企业，在信河街有两千家，从这个角度来看，黄中梁觉得爸爸对他前途的决定有点小题大做、过于隆重了。但是，黄中梁知道，爸爸这么做是有原因的。

　　爸爸是个谨小慎微的人。可以举一个例子。爸爸从四十岁开始吃舒尼通胶囊。舒尼通胶囊是一种治疗前列腺病的药。可他四十岁时根本没有前列腺的毛病。他对这种行为的解释是：人类自从直立行走以后，带来了很多毛病，譬如脊椎病，譬如痔疮，譬如高血压，譬如前列腺病。根据观察，他发现，到了四十岁的年龄，无论多么强壮的男人，都会碰到前列腺的问题。只是发不发病罢了。他说自己吃舒尼通胶囊的意义是疏通前列腺小线管组织，杀灭里面的细菌。这叫"有备无患"。爸爸这种性格也影响了眼镜厂的发展。他是一九八四年办起眼镜厂。跟他同期办厂的人，有的已拥有近百亿的身家。有的眼镜公司已经上市。有的转行去做了房地产。也有的赚了钱后移民国外。可是，二十多年过去了，爸爸的眼镜厂还是租用别人的厂房。他为什么没有自己的厂房呢？就是因为他的"有备无患"。他最少有两次机会可以把现在租用的厂房买下来，却都没有把握住机会：一次是一九八五年，他挖到了人生第一桶金，赚了三万两千元人民币。三万两千元在一九八五年是什么概念呢？那一年黄中梁刚出生。黄中梁后来听说，爸爸用赚来的钱在信河街买一栋三层楼的房子，花了两万八千元。其实，他那时还有另外一个选择，可以拿出三万元把厂房买下来。他没有这样做。另一次是一九九八年的下半年，亚洲金融危机影响到了信河街，厂房的主人被银行催款，希望以八十万的价格把厂房卖给爸爸。那时，爸爸手头积累的资金足够买下这座厂房，但他的眼镜厂也受到影响，订单锐减。他不敢冒这个险。又错过了一次机会。而到了二〇〇八年，这座厂房已经叫价一千五百万人民币，每年的租金涨到二十多万。爸爸已经没有能力购买。他连想一想的胆量也没有了。这成了他的一块心病。他有一种压抑感，有一种无力感，有一种恐慌感，觉得跟不上社会的步调。有点心灰意冷了。因此，萌生了退意，希望黄中梁能够接手眼镜厂。

他觉得自己没有能力使眼镜厂辉煌起来，便把希望寄托在黄中梁身上。

黄中梁考大学之前就知道以后要接手爸爸的眼镜厂。他也愿意。这有两个方面的原因：一个是信河街历史造成的。信河街地处远离政治的东海边，单靠种田吃不饱，跑码头成了生存的另一种方式。到目前为止，在世界各地做生意的信河街人有五十多万，而在全国各地做生意的信河街人多达两百多万。这些人像触角一样伸向地球的各个角落，心脏就是信河街。另一个是现实社会造成的。黄中梁读大学之前，商业上成功的人士，已被奉为这个社会的英雄。经济发展是整个社会的中心，生意做得好的人，成为很受尊敬的人。这是现实社会的一种价值观。这种价值观深深影响了黄中梁。哪个青年人心中没有一个英雄梦呢？而想实现这个梦想，接手爸爸眼镜厂是一条便利的途径。

黄中梁在大学专业的选择上跟爸爸曾有过小小分歧。爸爸希望他读财经方面的专业，最好是工商管理，毕业之后能学以致用。黄中梁却想读历史系。黄中梁觉得，经济课程的学习，可以开阔人的横向思维和视野。历史课程训练的是人的纵向思维和视野。横向往往只看到一个结果，纵向却能够看清楚导致这个结果的原因。对于黄中梁选择历史专业，爸爸也没有明确反对。只要黄中梁不去当历史学家就可以了。

但是，当黄中梁二〇〇八年毕业回家，准备大干一番时，爸爸却有点犹豫了。

就在黄中梁从学校回到家的那个晚上，爸爸在家里摆了一桌酒席，算是欢迎黄中梁学成归来。那晚的家宴还邀请了叔叔黄作用和婶婶唐筱娜。那晚的菜都是黄中梁喜欢吃的海鲜。出乎黄中梁意料的是，爸爸买了一条黄鱼。黄中梁最少有十年没有吃过黄鱼了，听说价格很贵。信河街的风俗，只有宴请尊贵的客人才上黄鱼。买黄鱼不是爸爸一贯的风格，他对吃更是没有讲究，可见，他对黄中梁的回来很重视，才破了例。家宴是叔叔掌勺的，他对烹饪有兴趣。在吃酒的过程中，婶婶把鱼头和鱼胶夹给黄中梁，不断地叫他吃。黄中梁却从宴席背后感觉到一丝凝重的气氛，好像大家都在拼命地压抑着什么。

宴席散后，黄中梁洗漱完毕，回到自己的房间，打开电脑上网浏览。这时，爸爸推门进了房间，看了他一眼，迟疑一下，问黄中梁说："市里最近正在招考公务员，你有没有兴趣去试一试？"

黄中梁听他这么一说，愣了一下，说："为什么？不是说好去眼镜厂上班吗？"

爸爸摇了摇头，说："这个时候进眼镜厂前途难料啊！"

黄中梁知道，爸爸说的这个时候，是指二○○七年下半年由美国次贷危机引起的全球金融危机。到了二○○八年中，这场金融危机已经演变成一场巨大的经济危机，美国是世界经济中心，美国的经济出了问题，其他国家的经济肯定也不能安全无恙。黄中梁每天上网了解新闻，自然知道这次金融危机的厉害。但黄中梁没有把这次金融危机和他们家小小的眼镜厂联系在一起，更没有想到爸爸会对他说这句话。这时，黄中梁突然明白今晚宴席上那股凝重的气氛从何而来了。这种感觉让黄中梁不安，他问爸爸说："这次金融危机对我们眼镜厂的影响到底有多大呢？"

爸爸沉吟了一下，说："眼镜厂目前还可以勉强维持，但我心里没底。我办了二十几年的眼镜厂，这次碰到的困难是最大的，这一次遇到的完全是外来的力量，这种力量是无形的，像一个巨大的漩涡，我们不知不觉被卷了进去，当醒悟过来时，已经身在其中。我有点担心眼镜厂迈不过这个坎，想来想去，觉得还是让你去考公务员比较稳妥。"

黄中梁看着他说："可是，我对考公务员一点兴趣也没有啊！"

爸爸见黄中梁这么说，就没有再说什么。

过了许久，黄中梁主动退一步说："要不，让我先去眼镜厂试一试，如果真的不行，再考虑考公务员也来得及。"

爸爸低头想了想，轻声地说了一句："也好。"

两个人都没话了。

爸爸在黄中梁房间里又坐了一会儿，就起身出去。

黄中梁知道爸爸没有冒险精神。他的这种性格注定他在商业上的平庸。他不是黄中梁理想中的英雄。从这一点上说，黄中梁对爸爸是有一点点失望的，在黄中梁的内心里，一直空置着一把交椅，这把交椅上应该坐着一个英雄，而这个英雄的最佳人选是爸爸。但他没有满足黄中梁这个愿望。这使黄中梁在失望的同时，也催生了奋斗的动力。不能再期待爸爸了。无论是为了爸爸还是自己，他都应该把这个遗憾弥补起来。

其实，对于这场金融危机，黄中梁说不出自己是一种什么样的心态。黄中梁也说不出这场金融危机会造成多大的伤害。可是，作为个体，黄中梁没有害怕。相反地，他内心有点朦胧的雀跃，希望能够早点到眼镜厂上班，早点到一线去，所以，他做完大学毕业论文答辩，就迫不及待地回到了信河街。他觉得，历史上的英雄总是产生在乱世。

爸爸这次谈话，等于在黄中梁内心点燃了一把火，他本来还想休整几天，拜访几个老师，拜会几个同学，反正是自己家的工厂，迟几天去没有什么要紧，被爸爸这么一说，他第二天就去眼镜厂报到了。

二

信河街的眼镜行业只能算三分之二条产业链。只有生产和外贸两个环节，唯独缺少销售。在生产环节里，又分为两档，低一档的是生产眼镜配件，高一档的是生产眼镜。所以，信河街眼镜行业的产业链主要是由眼镜配件厂、眼镜厂和眼镜外贸公司组成的。这跟别的地方是不一样的。

黄中梁爸爸的眼镜厂属于中间环节。根据黄中梁的了解，从二〇〇八年一月份开始，爸爸眼镜厂的订单就开始减少。黄中梁查过这半年来眼镜厂的账目，前三个月略有盈余，后三个月处于亏损状态。整个账面看来，收支平衡。这当然是爸爸全面扩展业务的结果。他连一份一百副眼镜的订单也接来做。在这之前，这么小的订单是不接的。因为接一个新的订单，一般都要设计一副新的眼镜模具。单单制作这副模具的费用就高过那一百副眼镜的利润。爸爸接了新订单后，都是亲自设计制作模具。他把能够节省的环节都节省了，才让眼镜厂的收支打个平手。

问题不仅仅在这半年，而在于接下来的情况会怎么样？也就是说，这次的金融危机会达到一个什么样的程度？会持续多久？

有一点是很明显的，只要金融危机还在蔓延，接下来，爸爸的眼镜厂肯定全面亏损。

难怪爸爸显得忧心忡忡。

然而，黄中梁发现，问题严重的并不是爸爸的眼镜厂，而是叔叔黄作用的眼镜配件厂。他的眼镜配件厂已经连续亏损了八个月。

黄中梁回信河街的第四天上午，去了一趟叔叔的眼镜配件厂。去的前一天，黄中梁跟叔叔通过电话，黄中梁对他说，想到他的眼镜配件厂看一看。在这之前，爸爸大致向他介绍了叔叔眼镜配件厂的情况，说叔叔最近的情绪很消极，想退休。爸爸这么说，让黄中梁吃惊，叔叔今年才四十八岁，如果从做事业的角度说，正处在人生的黄金时期，他为什么要在这个时候规划退休后的生活呢？叔叔在信河街是个很知名的人，有很多关于他的故事在坊间流传，大家一致认为他是个善良的人，无论对什么人，他只看到对方好的一面。关于他这方面的事情，黄中梁听说过一个例子。他工厂原来有个仓库管理员，偷了配件去卖，被厂里值班的保安抓住了，保安要把他扭送到派出所。叔叔让保安把他放了，并对保安说，他做出这种事，肯定是有原因的，正常的人谁愿意去做这种事呢？他把那个仓库管理员叫来一问，果然，那个人的老婆要住院做手术，他一时又借不到钱，就动了歪念头。叔叔听了他的话后，跟他一起去了医院，替他预缴了五千元的手术费。那个人感激得不知说什么好，叔叔却说，谁都会有遇到困难的时候。这是外面流传着的叔叔的传说，在家庭内部，也流传着叔叔的一个故事。黄中梁爷爷得老年痴呆症十年，最后六年，只认识叔叔一个人，晚上睡觉要他坐在身边，如果眼睛睁开没有看见叔叔，他马上伸直脖子一字一顿地惨叫起来：黄——作——用——。可以把半条街的人吵醒。那六年里，每天晚上都是叔叔守着爷爷，他连水也不敢喝，怕喝了要上厕所，他一上厕所，爷爷一定醒来，惨叫声也跟着响起来。爷爷生命的最后三年，完全回到人生的初始状态，吃喝拉撒都在床上。叔叔白天在眼镜配件厂上班，晚上在家里伺候爷爷。无论是在眼镜配件厂还是在家里，叔叔脸上总是挂着笑容，没有一丝的不耐烦。有一次，爸爸和叔叔带爷爷去医院做检查，那个医生给爷爷做完检查后，对爸爸竖起了大拇指，爸爸不知道医生是什么意思，以为他表扬爷爷身体棒呢。后来才知道，医生是表扬爸爸和叔叔对爷爷孝顺，医生说自己跟老年痴呆症患者打了几十年的交道，大凡得这种病的老人，身上有一股很浓的腐烂气味。爷爷身上没有这种气味，可见，爸爸和叔叔把爷爷服侍得多么好。爸爸当然知道叔叔是怎么服侍爷爷的。叔叔去市场买回一个高零点五米宽两米的大木桶，每天晚上，叔叔把大木桶里灌满热水，先把自己的衣服扒光，再把爷爷的衣服扒光，然后把爷爷抱进大木桶里洗澡。他给爷爷擦澡，爷爷就把泡沫涂在他脸上，用手掌捧起洗澡水让他喝。叔叔张嘴就喝了。他不喝，爷爷不让他洗。除此之外，所有跟叔叔做过眼镜配件生意的人都知道，叔叔是最好说话的人，无论什么事，只要对方能够说出理由来，叔叔没有不答应的。有人知道他这个性格，给他下订单时，故意把价格压得很低，譬如一副镜框的成本八角，对方把价格压到七角，甚至更低，至于理由，对方可以随便编，可以说上一笔生意亏了本，也可以口头许诺下次来下订单时一定提高价格，只要能够自圆其说，叔叔就笑着说，你都这样说了，我当然没问题。不过，这个世界上还是好人多一些，故意压低价格的人毕竟是少数。相反地，很多人知道叔叔的性格，觉得他可以信赖，特意把订单下给他。所以，总体算下来，叔叔并没有吃太大的亏。

不过，叔叔的性格也不是好到一点脾气也没有。他有一套排解的方法。譬如服侍爷爷那几年，有时候，完全痴呆的爷爷会动手打人，出其不意地伸出巴掌掴在叔叔脸上。叔叔脸上的表情僵硬了一会儿，马上就舒展开了。黄中梁听爸爸说，好几次听见叔叔把自己关在房间里哭，他只要哭一哭，心里就舒畅了。叔叔还有一个排解的方法是抽烟，他平时只是偶尔抽一支，心情不好时，他会把自己关在房间里，一口气把一包烟都抽光。出来时，头发上冒着烟，精神焕发，脸上充满笑容。

关于叔叔的哭，也是很著名的。他看见残疾的乞丐会哭出声来，看见死在路边的小猫小狗也会掉眼泪。信河街的同行有时会笑话他，说，黄作用，都说男儿有泪不轻弹，你怎么动不动就掉眼泪呢？每次听到这种声音，叔叔便笑起来，一边伸手去摸自己的脑袋，一边嘴里轻轻地念，眼泪自己要掉出来，我有什么办法嘛。

黄中梁到叔叔眼镜配件厂的那一天，他一个人在办公室里，眼眶红红的，好像刚哭过。但是，他看见黄中梁进来后，马上笑了起来。先带黄中梁到各个车间走一圈，然后又回到办公室，把这半年多来的情况做了介绍。黄中梁听了之后，也觉得问题比较严重，从二〇〇七年的十一月份开始，叔叔的眼镜配件厂就开始亏损，每个月的亏损额都在上升。在这之前，工厂也有出现亏损的情况，但只是在其中的某一个月，第二个月就扭转回来了。可是，这一次已经连着亏了八个月，到了第八个月，每月的亏损额度已经上升到十万。整个亏损金额已经接近七十万。这怎么不让他心慌起来呢？最主要的是，根本看不到这种亏损的势态什么时候能够被制止住，叔叔觉得，与其眼看着工厂一步步垮下去，还不如趁早转手卖掉，起码还能够留住养老的本钱。

　　叔叔跟黄中梁说这些话是有原因的。这个眼镜配件厂有黄中梁爸爸百分之二十的股份，爸爸的眼镜厂也有叔叔百分之二十的股份。叔叔当然知道黄中梁有意接手爸爸的眼镜厂，如果黄中梁接手了眼镜厂，等于黄中梁也拥有眼镜配件厂的股份，他觉得把这个工厂卖掉之前，有必要把其中的利害关系跟黄中梁说清楚。他不是不想帮黄中梁，而是实在没有能力帮，如果这个配件厂再办下去的话，只能拖了黄中梁的后腿。

　　来叔叔的眼镜配件厂之前，黄中梁心里有一个很大的疑问，同样是眼镜生产系统里的企业，在同样的外部环境下，跟爸爸的眼镜厂相比，叔叔的眼镜配件厂为什么会更早地陷入绝境呢？来叔叔的眼镜配件厂后，黄中梁对这个问题有了真实的认识：第一个方面跟叔叔工厂的性质有关，生产眼镜配件没有自主权，他的自主权在眼镜厂那里，要不要给他订单？给他多少订单？眼镜厂说了算。所以，当眼镜厂的销售量受到冲击后，叔叔眼镜配件厂的订单量立即就减少了下来。订单一少，很多问题随即就来了，比较突出的是工人工资的问题，原来工人做一个月可以拿到两千元，现在没那么多活儿可以做了，一个月最多做十五天，按照计件的算法，最多只能给一千元。可是，这么一来，工人不干了，不是他们不干活，而是叔叔的配件厂接不到活儿给他们干，这个账怎么能算到他们头上来呢？叔叔就碰到两难的问题了，要么是他出钱养着这些工人，要么就是让这些工人离开工厂。可是，如果这些工人离开工厂后，又来订单怎么办？所以，这八个月来，叔叔一直养着工厂里的工人。叔叔的亏损，很大一部分就是亏在工人的工资上面。第二个方面是欠债。跟叔叔眼镜配件厂打交道的都是一些多年的老关系，都是叔叔先把货发给他们，有的是约定三个月结一次账，有的是半年结一次账，也有的是一年结一次账。除了信河街的客户，叔叔还有一部分外地客户，主要集中在厦门和广州一带。一直以来，这些客户跟叔叔都是半年结一次账的。每一次都算得很清爽。可是，这次金融危机一来，那些外地客户就清爽不起来了。叔叔打厦门客户的电话，对方根本不接，最后干脆关机了。广州的客户倒是接了，带着哭腔跟叔叔说，他的工厂快破产了。叔叔不甘心，专门去了一趟广州，那个客户领他到工厂里转一圈，果然，工人已经走掉一大半，停下来的冲床也已生锈。那天晚上，客户请叔叔在空荡荡的食堂吃饭。客户吃着吃着，眼泪就掉下来了，说他不能把钱还给叔叔，觉得很愧疚。叔叔见他这样，想起自己的工厂，也跟着哭了起来。第二天就空着手回来了。

三

姊姊唐筱娜开了一家眼镜贸易公司。在信河街眼镜产业链的环节中，她这个环节才是上家。也是这次金融危机中受冲击最大的一个环节。

为什么说这个环节受冲击最大呢？因为信河街的眼镜基本上都销到国外，主要是欧洲、北美和东南亚。国内市场上很难见到它们的踪影。这就造成了一个现象，只要国际市场上有个小波澜，信河街就会掀起一场大风暴。这次金融危机是二〇〇七年八月份从美国爆发的，马上就蔓延到欧盟各国和日本等地。到了二○○七年的九月份，婶婶的贸易公司就出现问题了——客户流失。

这里面分两种情况：一种是没有欠婶婶货款的客户，因为这次金融危机，生意做不下去，不再来婶婶的眼镜贸易公司下单；还有一种是欠着婶婶货款的客户，他们也不来公司下单了。这种客户是最致命的。而在婶婶的客户中，有一个叫王文龙的客户是最重要的，王文龙一个人下单量几乎占了婶婶公司订单总量的一半，二○○八年三月底，他在婶婶公司进了最后一批眼镜后，就没有再来。四月初，婶婶还跟他通过电话。到了四月中旬，王文龙的电话就变成了空号。他欠着婶婶公司五百万元的货款。这件事不但使婶婶的公司受到打击，更让她的精神受到刺激。婶婶做梦也没有想到王文龙会对她做出这种事。

王文龙跟婶婶的关系有点特别。

王文龙原来是信河街人。在信河街时，王文龙开了一家眼镜贸易公司，他是一个办事认真的人，特别是对眼镜厂，要求比较苛刻，每次都会跟眼镜厂签订一个合同：一是要求产品不能出现质量问题，如果出现质量问题，他拒付货款；二是必须在规定时间内交货，如果延迟时间，眼镜厂要赔偿他和外商的损失。眼镜厂接他的订单都觉得有压力。不过，王文龙有一个优点，他从来不拖欠眼镜厂的账。信河街有一个不成文的规矩，贸易公司可以拖欠眼镜厂半年的货款，而贸易公司跟外商做生意是款到发货的，也就是说，这笔货款贸易公司可以挪用半年。但是，王文龙都是在三个月之内就结清货款，因为这个原因，眼镜厂还是乐意接王文龙的单子。

王文龙贸易公司的主要客户是西班牙马德里一家眼镜批发公

司的老板。王文龙打听到，那个西班牙人喜欢喝甜味的人参乌龙茶，他每一次来信河街，王文龙都给他准备好顶级的人参乌龙茶，他回西班牙时，王文龙会打一个包裹的人参乌龙茶让他带回去。如果西班牙人有一段时间没来，王文龙会去邮局邮寄给他。王文龙跟西班牙人做了几年生意后，做出了感情，后来，西班牙人问王文龙愿意不愿意到西班牙跟他一起开公司，他想在西班牙的巴塞罗那开一家分公司，而他在马德里住惯了，不想离开，如果王文龙跟他合作的话，他可以把巴塞罗那的分公司交给他管理，并且可以帮他办理入籍手续。王文龙在信河街没有什么亲属，有这么好的出国机会，当然不会放过。

去了西班牙后的王文龙还是经常回信河街来下订单。也就是这个时候，王文龙跟婶婶有了接触。

那个时候，婶婶的外贸公司刚刚开业。在这之前，婶婶跟王文龙就有过接触。王文龙在信河街开眼镜贸易公司时，婶婶也在做眼镜外贸，她是跑单帮的，类似皮包公司，一个人在外面跑订单，接到订单后，再给眼镜厂下订单。她在跑单帮时，跟王文龙发生过一次业务上的"撞车"，那次"撞车"的问题不在他们身上，而在客户身上，那个客户是王文龙的老客户，他想把这笔订单交给婶婶来做，先让王文龙报了价，又让婶婶报一个价，并交代婶婶报价要低于王文龙，这样的话，他就有理由把这笔订单交给婶婶做。婶婶知道这个情况后，为了表示感谢，请那个客户吃了一顿饭，然后退出竞争。她觉得做生意不能在背后拆同行的台，如果同行互相拆台的话，生意只能越做越小。再说，从背后去挖别人的老客户也是不道德的一件事，如果你今天去挖别人的老客户，别人明天就可以来挖你的老客户，这样挖来挖去，最后损失的还是自己。那个客户后来把这件事告诉王文龙，王文龙就记住了婶婶这个人。

王文龙去了巴塞罗那后，就把西班牙那边的订单给了婶婶。有了王文龙这个大客户的支持，婶婶便成立了贸易公司，慢慢地发展了起来，到了二〇〇七年五月份，她花一千万人民币，在信河街的中心位置买了一套五百平方米的写字楼。算是正式拥有了自己的办公地点。

婶婶和王文龙还传出一段绯闻。

那是王文龙在巴塞罗那呆了四年以后，他在婶婶的帮助下，在信河街买了一幢别墅。王文龙原来是有房子的，出国时卖掉了。回来都住酒店。王文龙在信河街买别墅有两个原因：一个是为了有个落脚的地方。这几年在西班牙办眼镜公司，王文龙已经有了一定的积蓄，有能力在信河街买一幢别墅；二是为了投资，最近这几年，信河街的房价开始往上涨，很多原来办眼镜厂的老板都去投资房地产，赚钱比做眼镜生意快。所以，王文龙花了四百万，在信河街华侨新村买了一幢面积四百平方米的别墅。

王文龙买了别墅后，只是偶尔回来住一下，其他时间都是空着的。再加上他在信河街没有亲戚，便委托婶婶帮他照看房子，房子不能长时间没人住，没人住的房子老得特别快。婶婶每天去王文龙的别墅看看，打开窗户通通风，一个星期做一次大扫除。婶婶这么做，如果王文龙不在信河街还是说得过去的，问题是王文龙回到信河街后，婶婶还是每天去一趟他的别墅，这就让人想入非非了。

可是，了解婶婶的人都知道，她就是这样的人，她希望把每件事做好，希望让每个人都高兴。她是这么想的，也是这么做的。

她每隔一个月会给她的客户打一次电话，问问最近的情况，有没有需要她帮忙的。到了年底，本地的客户，她会带上鳗鲞和腊肉，一家一家地送上门去。外国的客户，她会分别邮寄去虾干和鸭舌，并打电话，问新年好。所以，她对王文龙的好也算是正常的，王文龙一个人在信河街，是个需要照顾的人，她当然要去安排好王文龙的生活。

绯闻甚至传到叔叔的耳朵里。

叔叔伸手摸了摸自己的脑袋，微微笑了一下，说："我是相信老婆的。"

过了一会儿，他又轻轻地补充一句："王文龙不是那样的人。"

这事几乎没有在叔叔身上引起什么不良的反应。但是，也不是完全没有反应，明眼人可以看出来，从那以后，叔叔很少跟王文龙见面。他是有意回避的。

其实，叔叔和婶婶的婚姻也有一段故事。婶婶的第一个老公并不是叔叔。在这之前，她有过一次婚姻，生了一个女儿。她原来的老公是个军人。生下女儿的第三年，老公在一次军事演习中不幸牺牲。从那以后，她一个人带着女儿生活。她那时刚开始做眼镜外贸，白天把女儿寄养在邻居家，晚上下了班去接回来。因为跑单的时间不固定，回家的时间也没法固定，有时去邻居家接女儿，很远就听见女儿的哭声，妈妈，我要妈妈。

婶婶跟叔叔是在黄中梁爸爸的眼镜厂里认识的。她听说过叔叔这个人，知道他人好。熟悉后，她有空就去叔叔的眼镜配件厂，有时送他一件衣服，有时送一盅老鸭煲，有时什么也没送，就是去看他一下。有一次，她在叔叔办公室里说起女儿，她刚开始说，叔叔的眼泪就流出来了。

结婚后，女儿改口叫叔叔为"爸爸"。在婶婶的授意下，叔叔给女儿重新起了一个名字，叫黄一别。叔叔和婶婶结婚后，没有生小孩，叔叔一直把黄一别当亲生的孩子对待。他都舍不得叫黄一别的名字，张口闭口叫她"囡囡"。

黄一别读小学之前，都是叔叔给她洗澡，每晚哄着她先睡，然后等婶婶回来。

这时，王文龙已经移民西班牙，婶婶也已经开起了眼镜贸易公司。不过，王文龙还没有在华侨新村买下别墅，他每次回信河街，婶婶总会请他到家里来，婶婶知道他喜欢吃信河街的纱面汤，他每一次来，婶婶都会烧一大碗的纱面汤给他吃，还加两个荷包蛋。王文龙每一次都把汤也喝光。叔叔也会热情地陪王文龙喝一顿酒。喝完酒后，王文龙知道叔叔喜欢下象棋，他会陪叔叔杀一盘。来的次数多了，王文龙提出一个要求，想收黄一别做干女儿。婶婶和叔叔当然同意了。黄一别也从叫"王叔叔"改口叫他"干爹"。黄一别初中毕业的那年暑假，王文龙把她带到西班牙，住了一个半月。黄一别高中毕业时，王文龙又把她带到巴塞罗那大学的商学院读书。

黄一别去留学后，最失落的人是叔叔。每次黄一别打电话回来，他捧着电话"囡囡"叫个不停。跟别人说起黄一别也会眼眶发红。黄一别打电话回来，第一句总是说，我找爸爸。倒是婶婶把感情埋藏得比较深，黄一别出国后，婶婶从来没给她打过电话。但她每一次跟王文龙通电话，都会问起女儿的情况。王文龙叫她放心，黄一别很独立，很有想法，能够很快融入当地的文化。

婶婶清楚记得，二〇〇八年四月七日下午六点，她跟王文龙通了一个电话。王文龙说，他前些日子去过黄一别的学校，跟黄一别的导师也碰到了，导师对黄一别很信任，正在带她做一个新课题。过了一个星期，婶婶打王文龙家里电话，没人接。打他的手机，已经变成空号。这时，她接到黄一别从巴塞罗那打来的电话，说王文龙出事了，巴塞罗那当地的报纸和电视台都播放了他的新闻，说他的公司欠了很多债，而他早就把公司的资产转移，人也跟着消失了。巴塞罗那的警方正在通缉他呢。黄一别还告诉婶婶，警察还找她谈了一次话，因为她办出国留学手续时，王文龙是担保人。警察问她跟王文龙是什么关系？黄一别说就是担保人和被担保人的关系。她知道警察肯定查过她的银行卡，她跟王文龙没有钱方面的来往，她在巴塞罗那的所有费用，都是叔叔打到她的银行卡里。警察见问不出名堂来，只好告诉黄一别，如果有王文龙的消息，一定要通知警方。其实，王文龙出事后，黄一别去过他公司和家里，这两个地方都被查封了。她也去找过王文龙经常来往的几个朋友，他们也都不知道王文龙的下落。他们很惊奇，在朋友圈里，王文龙一直很讲信誉，他说过的话，一定会兑现。他也借过朋友的钱，但他借之前一定说好什么用途，什么时候还。到了还款的日期之前，一定还上。从来没有拖欠过。而对于朋友向他借钱，他一向慷慨，只要手头周转得过来，绝对没有二话。很多人都不相信王文龙会做出那种事。

婶婶也不相信王文龙会做出那种事来。她觉得王文龙不是那样的人。可是，她现在碰到一个大问题，王文龙不见了，他欠下的货款要她来还。

叔叔知道王文龙出事后，最担心黄一别的安全，他对电话那头的黄一别说："囡囡，咱不读书了，你赶快回来。"

黄一别在电话里安慰他，说："爸爸，您不用怕，我一点事也没有，如果现在回去，倒像是真的有事了。"

四

　　婶婶得到王文龙被西班牙警方通缉的消息后，只在接到黄一别报信电话时说，如果有你干爹的消息告诉我一声。此后就没有再过问这件事。但是，谁都看得出来，她在焦急地等待着王文龙的消息，她有时会坐在电话机边发愣，一坐就是一个钟头。

　　这段时间里，王文龙失踪的消息已经在信河街传开了。大家都知道王文龙跟婶婶的关系，也都知道王文龙欠了婶婶五百万。这期间，有四家眼镜厂的老板跑到婶婶的公司来。婶婶欠了他们的货款。不过，他们见了婶婶后，并没有提到货款的事，只是问婶婶公司的情况怎么样？如果有什么需要帮忙的事，一定要及时跟他们打招呼。他们能够这么客气地跟婶婶说话，跟婶婶平时的为人有关，对于眼镜厂来说，他们是婶婶的下家，婶婶给谁订单，谁就能够赚钱。他们应该巴结婶婶才是。但是，到了每年的腊月二十八，婶婶会在信河街大酒店摆两桌的酒席，把平时有业务来往的眼镜厂老板邀请过来，好好地吃一顿。吃完之后，还给每个人发一张一千元面额的超市消费卡。他们平时得过婶婶的照顾，知道王文龙的事情后，都为婶婶着急。然而，婶婶知道他们的来意：一方面，他们是关心婶婶，给婶婶送来温暖，金融危机来了之后，大家的事业和生活都受到不同程度的影响，这个时候，相互之间的温暖和帮助是很重要的；另一方面，婶婶也知道他们担心被欠的货款，只是没有问出口而已，正是他们没有问出口，才让婶婶感到被信任的珍贵。

　　他们没有问婶婶欠款的事，婶婶也没有提起。他们各自在婶婶的公司坐了一会儿后，就起身离去了。婶婶客气地把他们送到门口，对他们说过几天再去拜访他们。婶婶这时已经下了决心，无论王文龙有没有消息，她要先把这五百万的货款还清。五百万货款中，一共有五个债主，头一个是爸爸，一百四十万。另有三个眼镜厂都是一百万左右。最后一个眼镜厂是五十万。婶婶欠爸爸眼镜厂货款最多是有原因的，她公司接到订单，第一个想到的是爸爸的眼镜厂，如果爸爸眼镜厂做不出来，她才去找其他眼镜厂。这些年来，婶婶给爸爸的眼镜厂下了很多订单，她的贸易公司是爸爸眼镜厂最大的客户。爸爸眼镜厂每年还能够盈利，跟婶婶是分不开的。

可问题是怎么还，婶婶公司里能够流动的资金不到一百万，最少有四百万的缺口。婶婶开始想把新买的办公楼拿到银行做抵押，可是，她去几家银行咨询后发现，因为金融危机，所有银行都停止了贷款。其实也不是完全停止贷款，银行只接受抵押贷款的申请，至于具体什么时候可以批下来，什么时候可以拿到钱，他们根本不保证。

但是，婶婶已经不能再等了。婶婶眼镜贸易公司开业的时候，就定下了一个规矩，对眼镜厂的欠款不能超过三个月。这是她对眼镜厂的承诺，也是对自己的承诺。她跟王文龙做了这么多年的生意，王文龙都是在三个月内把货款付清的。这也是她办眼镜贸易公司后，规定要在三个月内把眼镜厂货款结清的一个原因。

三个月的期限眼看就到了，婶婶却凑不出五百万。这时，她有点急了。她知道，如果再想不出办法来，只能把新买来的办公楼卖掉。

叔叔就是这个时候站出来的。一连三天，他看见婶婶坐在家里的电话机前，眼睛直直地看着电话机，一动也不动。如果有电话打进来，铃声只响了一下，她就把话筒抓到耳朵上了。叔叔知道她在等谁的电话，她这时最想听见谁的声音。叔叔也知道她这段时间以来没有睡好，每天凌晨三点就醒了，虽然她躺着没有动，但叔叔可以从她的呼吸声听出来，她睡着的时候，呼吸声是均匀的，而她醒着的时候，吸气的声音轻一些短一些，呼气的声音重一些长一些。叔叔每天夜里听着她一短一长的呼吸声。他想来想去，最后决定把眼镜配件厂卖掉。

叔叔是在离三个月差三天的时候把眼镜配件厂卖掉的。这个时候，黄中梁到爸爸眼镜厂才上了半个月的班。

做这个决定前，叔叔去找爸爸商量。黄中梁也在场。爸爸低着头想了很久，才抬头看了叔叔一眼，他知道叔叔这么做是因为婶婶。可是，叔叔还这么年轻，如果把眼镜配件厂卖掉，他以后怎么办呢？他劝叔叔不要卖工厂，不能因为遇到一个难关就卖工厂。如果把工厂卖掉，就是彻底承认失败了。爸爸说，只要咬牙挺一挺，就会过去的。过去以后，可能又是一个艳阳天。他甚至对叔叔说，婶婶欠他眼镜厂的一百四十万货款不用急着还，他的眼镜厂现在还不会用到这笔钱。

黄中梁知道爸爸的性格，在这种时刻，他能够帮助婶婶的最大限度，也就是暂时不用婶婶还那一百四十万，这样的话，婶婶还款负担就轻一些。爸爸这一辈子最引以为豪的是从来没有拖欠过别人的钱。其实，爸爸对婶婶跟王文龙的关系早有看法。他有看法不是因为他们两人的暧昧关系。爸爸是相信婶婶的为人的。信河街刚传出婶婶和王文龙的绯闻时，爸爸就对叔叔说，"如果你连自己老婆都不相信了！还能够相信谁呢？"爸爸有看法是他们在生意上的关系，他觉得婶婶跟王文龙的关系超出了一般的商业合作关系。在他眼中，王文龙已经是一个正宗的外商，既然是外商，婶婶就应该用对待外商的标准要求他，王文龙也应该款到发货。如果能够做到这一点，就不存在王文龙欠这么多货款的问题了。在爸爸的人生观里，既然是一个商人，就应该有一个商人的样子，按照商业的规矩来要求自己的言行。这些看法爸爸并没有对婶婶说，对叔叔也没有说。这是他的人生准则，他自己是这么做的，希望别人也能够这么做。当然，如果别人做不到，他也只能在心里扼腕叹息而已。

爸爸的劝说没有改变叔叔，他最后还是把眼镜配件厂卖掉了。在叔叔心里，他早就想把眼镜配件厂卖掉。他一直没有下定决心，是希望金融危机能够早点过去，眼镜配件厂的订单能够多起来，欠他货款的客户能够重新到他的工厂来。他做眼镜配件二十年，对这个行业还是有感情的。但是，现实的情况让他越来越失望，黄中梁回到信河街的这半个月里，他的眼镜配件厂又亏了五万多。最主要的是，婶婶现在又碰到了这种事。这个时候，如果他不出面，还有谁会帮她呢？而且，他实在不忍心再在凌晨听见婶婶一短一长的呼吸声了，他担心有一天忍不住哭出声来。他知道这个时候不能哭，不能再给婶婶压力。

既然叔叔已经决定把眼镜配件厂卖掉，爸爸也就没有再说什么。毕竟叔叔是主要的股东，而且亏损的额度确实也让人吃不消。整个眼镜配件厂包括所有的模具，一共卖了两百六十万。买家是叔叔工厂的管理员。他已经在叔叔工厂里做了十来年，早就有了另起炉灶的雄心，他接手叔叔工厂有两大优势：第一个优势是叔叔的老客户他都熟悉，这些客户是叔叔通过二十来年的经营积累起来，是一笔无形的财富，叔叔把工厂卖给他，这些客户就是他的，他捡了一个巨大的便宜；第二个优势是他能够很好地控制成本，他本身是工厂的管理员，每月能拿很高的工资，工厂里还有一大批他的亲戚朋友，这些人能够在他初创阶段少拿甚至不拿工资。他相信自己能够挺过这次金融危机。他在这个时候接手叔叔的眼镜配件厂还有一个优势，按照正常情况，叔叔的眼镜配件厂最少可以卖到三百万，而他两百六十万就买到手了。

叔叔事前没有跟婶婶商量这件事，他拿到两百六十万后，因为爸爸有百分之二十的股份，他给了爸爸五十二万，然后把他银行里所有的存款取出来，凑了三百万的整数。当他把这笔钱交给婶婶时，婶婶停了很长时间才问叔叔说："你真把工厂卖了？"

叔叔故意抖了抖肩膀，说："我提前退休了，以后你要养着我哦！"

婶婶看看叔叔，又看看手中的钱，没有再说什么。

叔叔的三百万，再加上婶婶公司凑的五十万，一共是三百五十万。第二天，婶婶就把另外四家的货款还掉了。最后还剩下黄中梁爸爸这一百四十万的缺口。

这时，婶婶跟叔叔商量："能不能把家里小套的房子卖掉？"

他们家里一共有两套房子，一套大的，自己住，有一百四十平方。还有一套小的，有一百二十平方，平时用来当婶婶公司的员工宿舍。按照现在的市场价，差不多可以卖到一百五十万。

叔叔一时没有明白她的意思，说："卖房子干什么？"

婶婶说："公司还欠哥哥眼镜厂一百四十万呢。"

叔叔沉吟了一下，说："自己家的哥哥，迟点儿还没关系的。"

婶婶说："可是，欠哥哥的钱也是欠呀。"

见婶婶这么说。叔叔就不说了。叔叔本来还想讲，爸爸眼镜厂里也有他百分之二十的股份。既然这样，她公司欠爸爸的货款，跟欠他的货款有什么区别呢？但是，叔叔觉得这时说这句话不够理直气壮，自己刚把眼镜配件厂卖了，从道理上，他愧对爸爸，没有把眼镜配件厂经营好，让他也受了损失。

婶婶要卖房子的事，黄中梁是从黄一别那里知道的。黄一别跟叔叔通电话，叔叔把婶婶的决定告诉她，她把这事告诉了黄中梁。黄中梁知道后，就把这事告诉爸爸。爸爸知道这事后，马上跑到叔叔家里，说："你们这是陷我于不仁不义，如果卖了房子，别人会在背后怎么骂我？"

婶婶和叔叔低着头不敢说话。

爸爸对他们说："如果你们把房子卖掉，以后再也没有我这个哥哥了。"

被爸爸这么一说，婶婶才没有再说卖房子的事。

但是，黄中梁知道婶婶心里很不好受。在黄中梁的感觉里，她原来跟爸爸是平等关系，他们是生意上的合作关系。可是，她欠了爸爸的货款，这个平等关系就打破了，从那以后，她每次看见爸爸，都是低着头，说话的声音也是轻轻的，好像做错了什么事。爸爸也感觉到她心态的变化。但这事又不好再说，只好尽量不跟婶婶见面了。

然而，婶婶还是把办公楼拿银行去做了抵押，三个月后，也就是在二〇〇八年的九月底，银行终于通过贷款审核，婶婶贷到了四百万，她立即把一百四十万转到爸爸的账户，余下的两百六十万当公司的流动资金。金融危机虽然没有过去，但生意还是不能停，国外的订单大量减少后，婶婶想试一试国内的市场。而且，对于婶婶来说，这次金融危机最大的打击莫过于王文龙的失踪，至于其他国外客户，只是订单减少而已，她只要尽量地节约公司的开支，日子还是可以过下去的。

五

王文龙是在失踪了八个月后出现在信河街的。时间是二〇〇九年一月一日晚上十点。他直接去了婶婶家。当婶婶和叔叔开门看见王文龙时，几乎认不出来，眼前的王文龙，跟以前见到的王文龙完全不一样。以前的王文龙是个长得白白净净的小胖子，他的牙齿整齐而洁白，脸上的皮肤白里透红，每天早晚各刮一次胡须，发型三天做一次，剃的是信河街最典型的杨梅头。他身上永远穿着一套白西装，脚上的皮鞋擦得可以当镜子照。他的眼睛总是眯着，仿佛总在微笑着。干净得像蓝天上的一朵白云。可是，眼前的王文龙却是又黑又瘦，头发包住了耳朵，胡子遮住了半个脸，就连牙齿也变黑了，一张口，可以闻到一股浓浓的香烟味道，而婶婶知道，王文龙以前是不抽香烟的。再看他身上，上身穿一件黄色的夹克，已经发黑，有一股很重的柴油味，下身穿一件同样已经发黑的牛仔裤，脚上是一双黑色的运动鞋。他站在门口时，除了身上有一股浓浓的柴油味外，还有一股刺鼻的海鲜味道。婶婶和叔叔看看他，两个人又相互看了一下。王文龙见婶婶和叔叔没有认出来他，开口对婶婶说："筱娜，是我，我是王文龙。"

婶婶朝前一步，把眼睛凑近去，她听出这声音也不像王文龙，王文龙的声音是清亮而柔和的，每句话的尾音都会朝上微微翘起，而这个人的声音却是沙哑的，尾音下沉。当她看清眼前这个人真是王文龙时，突然朝后退了一步，伸出右手捂住自己的嘴巴，歪着身体，颤抖着说："真的吗？是真的吗？"

　　这么说着，婶婶竟呜呜呜地哭了起来。一边哭，一边将身体斜靠在叔叔身上。叔叔这时已经认出王文龙了，他扶着婶婶一边朝屋里退，一边对王文龙说："进来再说，进来再说。"

　　进到屋里后，婶婶已经回过神来，王文龙想开口说什么，她没有让他说，而是拿了几件叔叔的衣服，让他先去洗澡。在王文龙洗澡的时候，婶婶给他煮了一大碗的纱面汤，煎了两个荷包蛋。纱面汤端上桌后，王文龙刚好洗完澡走出来，他以前比叔叔胖，现在穿叔叔的衣服正好合身。他刚从卫生间出来就闻到纱面汤和荷包蛋的香味，眼睛亮了一下，也顾不了客气，坐下来就吃了。

　　他在吃纱面汤时，婶婶和叔叔坐在饭桌的两边看着他。整个过程，王文龙没有抬过一次头，也没有停过箸，连吞咽都没有停顿过，几乎是一气呵成地把那碗纱面汤连同两个荷包蛋卷进了肚子，最后一口把汤也喝光了。吃完之后，王文龙抬起头，用右手抹了一下嘴巴，不好意思地对婶婶和叔叔笑了一下。叔叔也对他笑了一下。应该说，叔叔的笑容有点生涩，在他的心里，既想见到王文龙，又不想见到王文龙。想见到王文龙，是因为他欠了婶婶的货款，见到他，就有了要回货款的可能。不想见到王文龙，是因为他跟婶婶之间说不清的关系。从这个角度来说，叔叔希望这个世界上根本没有王文龙。但是，叔叔发现，就在刚才见到王文龙后，婶婶发生了微妙的变化，叔叔说不出来她发生了什么变化，只觉得她说话的声调变了，尾音拉长了，还带有一点颤音。声音变得有力气了。听了让人心跳加快。叔叔是喜欢听见婶婶这种声音的。可是，婶婶发出这种声音却是因为王文龙，这又不是他想要的。不过，他能够明显感觉到婶婶的高兴，所以，也就对王文龙报以微笑，笑过了，他问王文龙说："吃饱了没？"

王文龙下意识地摸了一下肚子，摇了摇手说："撑住了。"

婶婶看着他，眼眶突然又红起来，说："你怎么瘦了这么多？"

见婶婶这么说，王文龙的鼻翼扇了扇，但他用双手抹了一下脸，吸了一下鼻孔，很快就笑着对婶婶和叔叔说："回来的感觉真好！"

但是，王文龙的眼睛还是湿润了，他一字一顿地对婶婶和叔叔说："这一次，差一点就回不来了。"

婶婶和叔叔见他这么说，双双屏住呼吸，眼睛盯着他。

王文龙说，这些年来，他跟西班牙合伙人的眼镜批发公司越做越大，除了马德里公司总部和巴塞罗那分部外，后来又在瓦伦西亚和格拉纳达两个城市设立了分部，并且，都在这些城市里购买了办公楼。一直以来，王文龙都很信赖西班牙合伙人，他觉得西班牙合伙人也很相信他。在二〇〇七年的二月份，西班牙合伙人提出由王文龙来当公司的法人代表。刚开始，王文龙说什么也不同意，西班牙合伙人特意跑到巴塞罗那做他的思想工作，说他三个子女都在美国，都有自己的事业，没有人愿意接他的班。更主要的是，他觉得年龄大了，干不动了，他知道王文龙是一个托付得起的人，才决定把公司交给王文龙，从今以后，他会慢慢退出公司的管理，他相信王文龙能够把公司做得更好。然而，王文龙没有想到，这只是西班牙合伙人的一个圈套。事后，王文龙才醒悟过来，那个时候，西班牙合伙人可能已经嗅到金融危机的气味了。那次谈话之后，一直到了二〇〇八年的一月份，西班牙合伙人才把法人代表让给王文龙，在这之前，他已经把公司所有的资产转移走了，只剩下公司一个空壳和一大笔的债务。王文龙是在真正接手公司以后才发现这个问题的，这时，他再回过头去找西班牙合伙人，发现他已经消失了。王文龙知道出事了。即使是这样，王文龙也没有放弃，他对谁也没有说，一边寻找西班牙合伙人，一边继续维持着公司的生意。但是，王文龙内心已经很焦急，这时，金融危机已经严重影响了公司的业务，销售量下降了百分之六十。最主要的是，西班牙合伙人离开前从银行贷了一笔巨款，银行找上门来了。

王文龙差一点就被西班牙警方抓住了。说来凑巧，那天，他开车去拜访一个客户，是一家眼镜商店，这家店拖欠王文龙公司一大笔的货款，王文龙打不通对方的电话，只好亲自去一趟。王文龙到那里一看，眼镜商店已经关闭。王文龙问边上的居民，他们说这家眼镜商店已经关闭一个多月了。王文龙只好空手而回。当他开车回到自己在巴塞罗那的别墅时，还没有下车，就发现别墅外停着两辆警车。王文龙知道警察迟早会来找他的，所以，见警车停在别墅门外也没有太多的意外。他停下车，把车窗摇上来，把座位的靠背往后调，身体斜躺在车里，闭上眼睛，长长地出了一口气。王文龙在车里躺了十五分钟，正准备下车朝别墅走去时，脑子里突然跳出一个念头：我不能在西班牙坐牢。

脑子里为什么突然跳出这个念头呢？王文龙说，他这时突然想到了婶婶，他还欠着婶婶五百万的货款。前段时间，他主要的心思是寻找合伙人，以及担心公司以后的出路，来不及考虑婶婶的货款。就在他要拉开车门的一刹那，他的脑子里跳出了婶婶的脸，他想，如果自己在西班牙被抓进去，怎么还婶婶的货款呢？他突然闻到了一股特殊的味道，那是纱面汤加荷包蛋的味道，有点像夜来香。王文龙突然就豁然开朗了，这些天，他一直在思考今后的出路，怎么在西班牙渡过这个难关，唯独没有想过回信河街去，他没有想过自己还有一个更加重要的任务。这么一想，王文龙觉得这些天来笼罩在身上的负罪感消失了，他突然发现，原来他不属于这里。最主要的是，他没有做出对不起这个城市的任何事，这些年来，他合法经营，合法纳税，没有被这个国家任何机构处罚过。相反，对不起这个国家的是他的合伙人，他欺骗了自己的国家，在这个国家遇到困难的时刻，卷走了钱财，不知逃到哪里去了。

这么想后，王文龙就把车子重新发动了。他把车子开进一个朋友别墅的地下车库里。这个朋友也是信河街人，移民到西班牙做眼镜批发生意。

王文龙当然不想在朋友家里长时间藏下去，这时，他的心早就飞回到信河街了。他想象得出来，他消失后，婶婶会多么焦急，而他欠的货款会给婶婶的经营造成多大的负担。但是，他不敢离开朋友的别墅半步，西班牙的警方一直在通缉他，如果他去机场，等于去自首。而且，他知道也不能跟婶婶通电话，所有的电话可能被监控，只要他一通电话，或者是让朋友把他的消息告诉婶婶，警察马上就会赶过来，所以，他也不敢跟黄一别联系。

王文龙是坐货轮偷偷离开巴塞罗那的。这时，他已经在朋友别墅的地下室藏了七个月。他一直在等这个机会。他知道，自己想离开西班牙，唯一的途径就是偷渡，而偷渡最好的方式就是乘坐货轮离开。并不是所有的货轮都可以载着他离开西班牙的，他要等的是来自信河街的货轮。因为他知道，每过一段时间，就会有信河街的货轮穿过大西洋，把信河街的眼镜运到西班牙，当货轮回去时，就可以顺便把他带回去。这段时间，王文龙的朋友一直在打探货轮的消息，这一等，就等了七个月。

货轮在大海上航行了差不多一个月。这艘货轮是从信河街运眼镜出去，回来的时候运的是葡萄酒。运货的老板是信河街人，货轮上所有的工作人员都是信河街人，他们都知道王文龙在西班牙的遭遇，也都知道王文龙回信河街的目的，他们从心里敬重王文龙。所以，除了货轮在西班牙境内时他们把王文龙藏在舱底外，一离开西班牙，他们就把王文龙叫上来。这一个月里，王文龙成了他们中的一员，也养成了他们不洗澡和不刮胡子的习惯。还学会了如何当一个水手和如何当一个渔民。在这一个月的货轮旅行中，他还学会了抽烟。

这么说时，王文龙伸手去摸口袋。他新换了叔叔的衣服，口袋是空的。叔叔赶紧从椅子上站起来，掏出烟给王文龙递过去，拿出打火机给他点上。王文龙拿烟的手有点颤抖，叔叔拿打火机的手也有点颤抖，而且，他的眼眶红红的。

婶婶站在边上，看看叔叔，又看看王文龙。

六

叔叔卖掉眼镜配件厂后，就在家里闲着。也不是完全闲着，他马上就承担起家里所有的家务活。以前两个人都做生意的时候，家务活基本是婶婶做。有时叔叔想帮她做，婶婶说，"去去去，你是男人，不要整天围着灶台转。"不由分说地把叔叔推出厨房。现在好了，叔叔把眼镜配件厂卖掉，挑起家务活就理所当然了。做完了家务活后，叔叔就蹲在街边跟人下象棋。叔叔从小喜欢下象棋，稍大一点，还专门买来棋谱研究，办了眼镜配件厂后，他还是喜欢找人下象棋，看见有人下象棋会心痒，腿会软下来，不由自主地靠过去，不管是老人还是小孩，他都不嫌弃。结果呢，大多是叔叔被对方将死。不过，输了棋后，叔叔并不气恼，他笑嘻嘻地摸着自己的脑袋说，我怎么就没有想到这一步呢！

对于叔叔这种认命的态度，爸爸很不以为然。他觉得叔叔的人生态度过于消极。爸爸认为，人生一世，是一个过程。这个过程是一步一步走出来的，生命不息，脚步不能停。既然生活在信河街，又从事这种行业，就要一步一步地走下去，不能因为碰到挫折就放弃。如果都像叔叔这样，信河街的眼镜行业怎么延续下去？爸爸特意去做了叔叔的思想工作，叫他到眼镜厂来上班。眼镜厂也有他百分之二十的股份，他可以跟爸爸一起，把这个眼镜厂做下去。

可是，无论爸爸怎么说，叔叔都是微笑地摸着脑袋，对爸爸说："我现在这样挺好。"

爸爸问他说："现在这样有什么好？"

叔叔说："住吃都不用愁。"

爸爸说："这样就很好了？"

叔叔又摸了摸脑袋，笑嘻嘻地说："还可以下象棋。"

爸爸只能长长地叹了一口气，摇摇头，失望地走了。

黄中梁能理解爸爸失望的心情。这也是他跟叔叔最大的区别。他们虽然是亲兄弟，但是，他们对待人生的态度却走了两个完全不同的方向。爸爸虽然谨慎，但他的内心是积极向上的，正因为积极向上，他才会在跨出每一步之前考虑再三，生怕一步走错就无法挽回。可能正是这个原因，他的眼镜厂办了这么多年，没有遇到大的波折，当然，也可能正是这个原因，这几十年来，他的眼镜厂几乎没有大的发展。他当然是想发展的，可发展的过程中是要冒风险的，在风险面前，他又退缩了。不过，难得的是，这么多年来，爸爸并没有因为眼镜厂发展缓慢而气馁。他还是对他从事的行业抱着希望，他是把他从事的行业当作事业来做的。这从他对黄中梁的期望中就能够看得出来。而叔叔的性格恰恰相反，他从来没有对自己的事业做过规划。他办眼镜配件厂是因为爸爸的眼镜厂需要配件，也因为当时信河街所有的眼镜厂需要配件，他就在爸爸的帮助下把眼镜配件厂办起来了。他并没有把眼镜配件厂的未来放在心上。这从他对待客户的态度上就可以看出来，只要碰到他喜欢的客户，或者能够跟他讨价还价的客户，不赚钱的单子他也接，甚至连亏本的单子也接。所以说，在叔叔的内心里，眼镜配件厂一直是次要的，他内心里最主要的是生活，现在这种在家里煮饭烧菜的生活才是他想要的，在街边跟人下象棋的生活才是他想要的。从这个角度来说，这次金融危机对他来说是一次解脱，他可以借这个机会把眼镜配件厂卖掉，这样，他就有理由过他想过的生活了。

叔叔跟爸爸是两种完全不同类型的人，叔叔不想过爸爸那种生活，爸爸当然也不能理解叔叔的想法。

站在黄中梁的角度来看，似乎更能够理解爸爸和叔叔的不同。他们最大的区别是：爸爸把眼镜厂当成了生活的全部，而叔叔呢？眼镜配件厂只是他生活的一小部分。他的生活重心不是眼镜配件厂，而在别的地方。具体是什么地方呢？黄中梁一时也说不好，黄中梁觉得叔叔身上有很多看不透的地方，譬如他对待王文龙的态度。

王文龙回到信河街，马上把那幢别墅卖掉，还清拖欠婶婶的五百万货款。

对于王文龙卖别墅的事，婶婶一开始是不同意的：她已经把所有货款还清了，并且，从二〇〇九年开始，国内的业务虽然没有进展，但国外的订单开始有了回升，特别是东南亚的客户，订单量已经回升到金融危机发生前的百分之七十左右，公司的流动资金也慢慢多起来，婶婶很快就能把银行的贷款还清。再说，王文龙回到信河街的行为本身已经不是一件可以用金钱来衡量的事。老实说，刚知道王文龙失踪的消息后，婶婶是担心王文龙回不了信河街的，不是担心王文龙不回来，而是担心他想回来却回不来，如果王文龙回不来，对于她的打击，比那五百万的货款肯定大得多。还有，如果王文龙卖了别墅，他以后住哪里呢？他在信河街就连个落脚点也没有了。有别墅在，王文龙起码有一个属于自己的家。有家的王文龙在信河街是有根的，这样的话，无论发生什么事，他的心不会虚。婶婶知道王文龙一定要回信河街的原因，正是这样，婶婶才不想让王文龙在信河街受一点的委屈。但是，王文龙根本听不进婶婶的话，他对婶婶说，他在朋友的地下室躲了七个月，曾经想去自首。好几次，他透过地下室的气窗，看见阳光照在草坪上，发出一股暖烘烘的味道，这种味道直往他的鼻子钻，他似乎还能听见小草伸腰的声音，心里突然涌上来一股冲动，觉得这样的日子只要再多过一刻钟，自己就会发疯，他想冲到草地上去，晒一晒阳光，然后打电话让警察来抓。可是，每一次他都忍住了，因为他有一个信念，他要回到信河街，要见到婶婶，要还五百万的货款。可如果他一出去，就回不去了，所以他必须忍住。他找来了一条绳子，把双脚绑起来。他对自己还是有点不放心。现在他终于回到信河街了，也见到婶婶了，怎么能够不还五百万的货款呢？如果不还的话，回来还有什么意义呢？如果不还，这一辈子都不能原谅自己，他身上永远会背着一个包袱，在所有人面前抬不起头来。

见王文龙这么说，婶婶知道不能再拦他了。所以，王文龙回来的第二天就去了房屋介绍所，把华侨新村的别墅挂出去卖，第三天就成交了。卖得这么快，是因为王文龙把价钱报低了，按照市场价，他这幢别墅最少可以卖到七百五十万，但王文龙七百万就把它卖掉。他唯一的要求是房款要一次性付清。拿到房款后，王文龙当天就把五百万打进婶婶公司的账户里。

王文龙回到信河街后，一直住在婶婶家。可是，当货款还清后，王文龙似乎没有再住在婶婶家的理由了。他想办的事情已经办完。所以，还清货款的第二天，吃过早饭，王文龙站了起来，对婶婶和叔叔说："吃过这顿饭，我就该离开你们家了。"

听见王文龙这么一说，婶婶和叔叔都愣了一下，特别是婶婶，坐在那里不知道说什么好。她知道王文龙迟早会说出这句话来的，她也知道迟早会有这么一天。可是，当王文龙把这句话说出来时，她还是觉得整个人摇晃了一下，看着王文龙，觉得自己应该有很多话要说，可是，这时却连一句话也说不出来。

王文龙已经换上刚来时穿的衣服。虽然还是夹克，虽然还是牛仔裤，虽然脚上还是黑色的运动鞋。但它们上面的气味和污垢已经没有了，已经被叔叔消灭了。洗这身衣服时，叔叔动了一点心思，因为衣服上有油渍，一般的洗衣粉没有这个功效。叔叔用的是食盐，他先烧了一桶热水，在热水里放了一调羹的食盐，当食盐完全融化后，才把衣服放进去，不多久，水面上就漂浮着一层油渍。在盐水里洗过后，叔叔第二遍才用洗衣粉。

王文龙说完后，看了婶婶一眼，又看了叔叔一眼，马上扭过头去，眼睛似乎噙着泪花。

就在王文龙转身要走的时候，叔叔看了婶婶一眼，对王文龙说："住下来吧！"

听了叔叔的话后，首先是王文龙愣了一下。接着是婶婶愣了一下。他们两个齐齐转头看着叔叔。叔叔也看了他们一眼，伸手去摸自己的脑袋，对王文龙说："出去找房子麻烦，还是住这里吧！"

听了他的话后，这次站起来的是婶婶，她对王文龙说："住下来吧！"

说完之后，婶婶又看了叔叔一眼。叔叔也正用眼睛看着她。叔叔被婶婶这么一看，有点不好意思，又伸手去摸自己的脑袋，对站着的王文龙说："你住下来，有空可以跟我下象棋！这样，我就不用蹲在街边跟人下了！"

七

王文龙在婶婶家住下来后，碰到了两个大问题：第一个是身份问题。王文龙已经不是信河街的人。他在信河街没有户口。他以前购买华侨新村的别墅，用的是婶婶的名字。他偷渡回到信河街，在法律上叫非法入境，按照法律的规定，是要被遣送出境的。不过，信河街认识王文龙的警察，在路上碰见他，都很客气地跟他打招呼，没有把他当外人；第二个也是身份问题。他在婶婶家里充当的是个什么样的角色呢？信河街的人很好奇他们三个人的关系，不过，大家似乎都认可他们的关系。婶婶对王文龙有情有义，这样的人应该受到宽容优待；叔叔更好，他不仅有善良的心，更有博大的胸怀，他的行为令人钦佩；王文龙就更不用说了，他从西班牙偷渡回来还货款的行为，应该受到所有人的敬重。没有人对他们三个人的关系提出质疑，也没有人贸然去打探他们的生活。

只有黄中梁经常去他们家。一开始，黄中梁对王文龙介入叔叔和婶婶的生活有点担心。黄中梁发现一个细节：回到信河街后，王文龙从来不对外人提西班牙的事，更不提西班牙合伙人的名字。黄中梁想不通他为什么要躲避这个话题。最主要的是，黄中梁担心他的介入，会对叔叔和婶婶的生活造成伤害。

但是，黄中梁很快就发现自己的担心是多余的，他没有看出王文龙对叔叔和婶婶的生活造成什么伤害，相反，王文龙的加入，使他们的家庭充满了一种奇异的暖意。

王文龙这时已经恢复了以前的习惯，他的头发又剪回了杨梅头，不同的是，他以前每隔三天去一趟理发店，现在是买了"推子"，每隔三天，对着镜子自己理。他还是喜欢穿皮鞋，无论出不出家门，每天都会用皮鞋油擦一次皮鞋，一定要把皮鞋擦得发亮才肯停手。穿衣服倒是比以前随便了，不穿白西装了，但他无论穿什么衣服，总是很干净，穿之前总要用熨斗熨平。他的眼睛总是眯着，仿佛总在微笑着。

王文龙在信河街住下来后，曾经有好几家眼镜贸易公司来找他，有的是请他去做职业经理人，有的是请他去入股。王文龙做了多年的眼镜贸易，很懂行情，又在西班牙呆了那么多年，对欧洲的贸易情况非常熟悉，不可能在信河街找出一个比他更合适做眼镜贸易的人了；更重要的是，如果能请到王文龙，对公司来说无疑是一个很好的广告；更更重要的是，大家通过王文龙的行为，看出了他内心的坚持，跟他合伙做生意是最放心的。但是，王文龙谢绝了所有邀请，最后选择了婶婶的贸易公司。他能来婶婶的公司，婶婶当然是举双手欢迎，她准备让王文龙当公司的总经理。但王文龙对婶婶说，我什么职位也不要，就做一个跑单员。

王文龙到婶婶的贸易公司上班后，确实起到了比较好的广告效应，很多外商都知道王文龙的事情，特别是西班牙的商人，好像是为了补偿王文龙，他们到信河街后，特意找上门来谈业务。

无论是其他国家的商人还是西班牙的商人，只要找上门来，总能够看见王文龙的笑容，也总能够喝到王文龙泡的人参乌龙茶。无论最后有没有做成生意，王文龙的笑容都不会变，茶杯也一直冒着热气。有的外商可能是出于关心，偶尔会问起他在西班牙的事，只要他们问起，王文龙就会举起手中的茶杯，微笑着说，喝茶，我们喝茶。

接下外商的单子后，王文龙还是会跟眼镜厂签订合同，签完合同后，王文龙就蹲在眼镜厂里，成了眼镜厂里的监工，跟眼镜厂的工人生活在一起。他每天都会去一趟眼镜厂，给工人带些饮料和面包，让他们当点心吃。但是，无论在眼镜厂呆到多迟，他都会赶回家睡觉。工人们听说过王文龙的事情，对他下的单子，做得格外用心。

王文龙去黄中梁爸爸的眼镜厂次数比较多，所以，一段时间后，黄中梁惊奇地发现，爸爸对王文龙的态度也发生了微妙的变化，见到王文龙，会主动跟他打招呼，会亲自泡一杯人参乌龙茶，双手端给王文龙，说，"王老师，您喝茶。"黄中梁知道，爸爸态度的转变，肯定不是因为王文龙把单子下给他的眼镜厂，爸爸其实是个很骄傲的人，他从来不巴结人，从来不叫别人"老师"，也不主动跟别人打招呼，更没有主动给人泡过人参乌龙茶。他给王文龙泡茶，说明他内心对王文龙的尊重。爸爸就是这样的人，内心的话不会说出来。

黄中梁比较喜欢做的一件事是去他们家吃晚饭。叔叔把生活的重心都转移到做家务上来后，做得尽心尽职，为了使烹饪水平更高，叔叔还报名参加了信河街餐饮协会主办的瓯菜烹饪培训班，每天下午都去，整整学习了一个月。还拿到了结业证书。还有一个细节，吃饭的时候，婶婶喜欢夹菜给他们。她先夹一箸给叔叔，接着马上夹一箸给王文龙。第二次是先给王文龙夹，接着马上夹一箸给叔叔。婶婶一夹，叔叔和王文龙就主动地拿碗去接，接到时，就看婶婶一眼，脸上的笑容就荡开来了。不过，叔叔和王文龙从来没有主动给婶婶夹过菜，他们只是鼓励婶婶说，"你也吃啊！"黄中梁到他们家吃饭时，婶婶也会给他夹菜，叔叔偶尔也会给他夹菜，王文龙没有给他夹过菜，但会把黄中梁最喜欢吃的那盘菜移到他面前。

去吃饭的次数多了，黄中梁还发现他们家一个奇怪的现象。他们三个人形成了一个有趣的圈。三个人中，叔叔有点怕婶婶。说怕不准确，应该是叔叔更在乎婶婶一些，做什么事，说什么话，首先想到的是婶婶，会先拿眼睛去看她，征询她的意见。婶婶的心里似乎更在乎王文龙一些，无论是贸易公司里的事，还是家里的事，首先拿眼睛去看王文龙，征求他的意见。而王文龙呢，无论是贸易公司还是家里有什么事，他首先拿眼睛看叔叔。所以，他们家里经常会出现这样的场面，吃完晚饭，叔叔在计划明天的早餐，他先排了两个方案：一个方案是吃筒面，佐料有香菇、肉糜、豆芽等；另一个方案是蒸面包，汤是叔叔做的敲鱼汤。他拿眼睛看着婶婶，说："筱娜，你觉得哪一个好？"

婶婶想了一下，转头去看王文龙，说："你说呢？"

王文龙的眼睛马上就转到叔叔脸上，看着他说："我觉得都好，你定一个就是了。"

叔叔见他们这么说，就说："那我就决定蒸面包了！"

王文龙和婶婶异口同声地说："好！"

说完之后，三个人相互看一下，会心地抿了抿嘴唇。

这样的日子大约过了三个月，有一天，黄一别从西班牙打来电话，她告诉黄中梁，跟王文龙合伙做生意的西班牙合伙人被警方抓住了。他一直生活在马德里。警方在侦破的过程中发现，在王文龙当这个公司的法人代表之前，公司的资产已经被西班牙合伙人转移走了。王文龙也是一个受害者。所以，抓住那个合伙人后，警方同时宣布取消对王文龙的通缉。也就是说，王文龙这时可以回西班牙了。

黄中梁不是最早知道这个消息的人。在这之前，黄一别已经把这个消息告诉了叔叔，叔叔马上把这个消息告诉婶婶和王文龙。婶婶听了之后，觉得王文龙应该马上去西班牙，西班牙合伙人抓住后，他可以拿回应得的那一部分钱。其实，黄一别已经告诉黄中梁，王文龙即使回西班牙，也拿不回他应得的那些钱，他的别墅也已易主，当地政府宣布他公司破产后，把属于他的所有财产统一拍卖，用拍卖所得的钱来还银行的欠款。最主要的是，西班牙合伙人虽然被抓住，他却把绝大部分的钱转移到了美国。钱已经追不回来了。

王文龙听到这个消息时，脸上一直挂着微笑，什么话也没有说。

又过了三个月，王文龙做了一个惊人的决定，他主动向信河街的警方投案，警方把他"遣送"回了西班牙。

在这之前，王文龙曾经想放弃西班牙国籍，重新回来当一个信河街人。但他了解到，像他这种情况，信河街从来没有碰到过，他现在唯一能做的，就是先被"遣送"回西班牙，然后再申请回来探亲。探亲是有期限的，一般是半年，可以延期半年。也就是说，他每一次在信河街可以住一年，一年之后，他还是要回一趟西班牙，重新办一次探亲申请。王文龙还了解到另外一种可能，如果他和信河街某个女人结婚，就可以申请长期居留在信河街。这件事王文龙对谁也没有说。

到西班牙后，王文龙主要办了四件事：一是去见了黄一别；二是去拜访了曾经收留他的朋友；三是走访了原来生意上的一些朋友；四是带着一大包的顶级人参乌龙茶，去监狱探望了合伙人。合伙人感到很意外，握着王文龙的手，什么话也说不出来。王文龙对他说："以后有机会，欢迎来信河街。"

拿到探亲的批复后，王文龙买了当天的机票，飞回了信河街。

王文龙离开信河街这段时间，家里只剩下叔叔和婶婶两个人，叔叔还是每天晚上计划第二天早上的饭菜。他还是每天把方案排好后征询婶婶的意见，说："筱娜，你觉得哪一个好？"

婶婶想了一下，转过头去，刚要开口，发现边上的位置是空的，她脸上的表情停顿了一下，对叔叔说："我觉得都好，你定一个就是了。"

吃饭时，婶婶还是会给叔叔夹菜，夹给叔叔后，她马上又会再夹一箸，可是，她一转头，发现边上的位置是空的。

叔叔听见她轻微地叹了一口气。

叔叔还发现，这段时间里，婶婶的脸色比平时暗一些，说话的声音也是有气无力。叔叔觉得自己可能是受了她情绪的影响，有一种想哭的欲望。他已经有一段时间没有想哭的感觉了。

当代中国最具实力中青年作家书系

一个月后的那个傍晚，叔叔和婶婶正在家里吃晚饭，王文龙跨进了家门。叔叔发现，婶婶的脸色突然变得绯红起来，说话的声调变了，尾音拉长了，还带有一点颤音。声音变得有力气了。

叔叔心里一阵轻松，他发现，自己心里那种想哭的感觉跑得无影无踪了。

八

二○一○年一月份，黄中梁从爸爸的眼镜厂出来，筹办自己的眼镜厂。

黄中梁为什么要出来办眼镜厂呢？这里面有四个原因：第一个原因是爸爸。爸爸还是不放心他。黄中梁能够理解爸爸的心思，金融危机还没有过去，眼镜厂的情况刚有点好转，按照爸爸的性格，不可能在这个时候把眼镜厂交给他来管理。所以，黄中梁有了自立门户的心思。不过，黄中梁可以对天发誓，他这么做没有跟爸爸赌气的成分。他这么做，是因为他发现，几乎所有信河街的眼镜厂都是在给别人做贴牌加工，而且，主要是给外国人做贴牌加工，利润低，风险高，他想办一家生产自己牌子的眼镜厂，他不但要把利润提上去，而且要把命运的主动权掌握在自己手里。黄中梁把这个想法跟爸爸说过，爸爸听了之后，看了他一会儿，什么话也没有说。第二个原因是黄一别。黄一别告诉黄中梁，她花了将近一年的时间，跟她的导师调查了中国商品在西班牙的现状，其中就有中国眼镜在西班牙的现状。通过调查，她发现，西班牙市场上大部分的眼镜都是信河街生产的，一副信河街生产的眼镜，到了西班牙后，贴上西班牙的牌子，可以卖两百欧元，而信河街眼镜厂一副眼镜的出厂价是二十元人民币。中间竟有一百倍的差价。黄一别问黄中梁，为什么我们不能生产自己的牌子呢？我们把自己牌子的眼镜直接卖到西班牙，不要说卖两百欧元，就是卖一百欧元，也是五十倍的利润啊！黄一别的想法跟他不谋而合。黄中梁跟黄一别商量，成立一家眼镜厂，生产自己牌子的眼镜，名字就叫"中梁"。而黄一别呢，毕业以后留在西班牙，组建一家眼镜销售公司，专门推销黄中梁生产的眼镜。黄中梁还跟黄一别说好了，无论是信河街的眼镜厂还是西班牙的眼镜销售公司，都是两个人合股，股份都是对半分，信河街眼镜厂的法人代表是黄中梁，西班牙眼镜销售公司的法人代表是黄一别。第三个原因是婶婶。婶婶支持黄中梁跟黄一别的想法。在这之前，婶婶曾经尝试着拓展国内的眼镜市场。没有成功。婶婶发现，把信河街生产的眼镜拿出去跟广州、深圳生产的眼镜比，在质量上，差了不止一个档次，可以打一个比方，如果广州、深圳生产的眼镜是一双真正牛皮制作的皮鞋的话，信河街生产的眼镜就是一双人造革的皮鞋。婶婶说，为什么信河街眼镜的质量这么差呢？因为信河街眼镜价格便宜。为什么信河街眼镜的价格这么便宜呢？因为信河街眼镜都是贴牌加工，没有自己的牌子。如果有了自己的牌子，就会有一种荣誉感，就会倾尽全力把质量抓上来，只要质量上来，价格也就能够跟着上来。所以，婶婶听说黄中梁跟黄一别想创办自己牌子的眼镜厂后，特意跑来找黄中梁，她说，我可以给你们两个方面的支持，一是资金上的支持，你们需要多少钱跟我说，二是销售上的支持，只要你们生产出质量上乘的眼镜，我一定帮你们推向全国市场。第四个原因是王文龙。让黄中梁没有想到的是，眼镜厂办起来不久，有一天下午，王文龙来到工厂，把一张

当代中国最具实力中青年作家书系

两百万的银行存折交给他，他对黄中梁说，可以算我借给你和黄一别的，也可以算我对你们的投资，如果你们的眼镜厂没有赚到钱，这两百万元可以不用还，如果你们的眼镜厂赚了钱，可以算一点利息给我，也可以分给我一点小股份。说完之后，王文龙就走了。那天晚上，黄中梁把王文龙送钱的事跟黄一别说，他想征求黄一别的意见，黄一别听完之后，毫不犹豫地说，让我干爹入股。黄一别的回答跟黄中梁的想法是一样的，不过，黄中梁内心还是有一点犹豫，他知道，这两百万可能是王文龙所有的财产。这是他的养老金。如果眼镜厂办不成功，把他的养老金赔进去怎么办？然而，这种犹豫很快就被黄中梁打消了，他这时觉得自己身上更多的是信心和责任，他相信能够走出一条自己的路来，他从王文龙的行为中感受到了一种鼓舞，觉得有一种力量在暗暗地推着他，让他朝着设定的目标前进。

当然，给黄中梁力量的还有爸爸，在黄中梁的眼镜厂开工之前，爸爸从银行里取出一百五十万交给他。除此之外，爸爸几乎每天来一趟眼镜厂，他甚至把自己眼镜厂技术最好的几个工人转给黄中梁。他知道黄中梁于眼镜行业还是外行，很多方面需要有人在背后提醒和把关。反倒是黄中梁，觉得有点对不起爸爸。这个时候，黄中梁更能够感觉到爸爸的衰老和无助。黄中梁本来是应该帮助他的，他已经战战兢兢地办了这么多年的眼镜厂，可以说是身心俱疲，在他的内心里，一定很希望黄中梁能够接过他的班，这样，他一生努力的事业有了一个延续，能够轻松地度过下半辈子。可是，黄中梁现在不但不能帮上他的忙，反而要他时时刻刻地担心，他经历了几十年的风雨，知道这条路不好走，而黄中梁又没有这方面的经验，他能放心吗？但是，爸爸从一开始就没有对黄中梁说过一句反对的话，黄中梁不知道他心里在想什么，以他的性格，能让黄中梁冒这么大的风险，有点出人意料。

黄中梁的眼镜厂也是王文龙经常来的地方。只要路过这里，他必定进来看看。他一来，就到各个车间去。在车间里，他从来没有说过什么话。如果有什么话，他也只在事后跟黄中梁提一下，譬如他会提醒黄中梁增加抛光车间的通风，因为抛光车间的环境污染是最严重的。只要他一提醒，黄中梁马上照办。他从来没有当面说过表扬黄中梁的话。然而，黄中梁听婶婶说，王文龙在背后夸过他，说他有抱负，做事有责任心。黄中梁听了之后，心里高兴了好一阵。但是黄中梁知道，他的路才刚刚开始，他的眼镜厂从二〇一〇年一月份开始筹建，三月份正式开工，接下来的几个月里，业务量稳步上升。不过，黄中梁知道，现在远远不到高兴的时候，眼镜厂目前接的基本上还是国外订单，都是婶婶和王文龙帮他拉的业务，他们向所有的外商推介黄中梁的眼镜。做过眼镜生意的人都知道，国外的订单相对容易接，真正的考验是国内市场。必须说一句老实话，在国内市场，黄中梁觉得自己眼镜厂生产的眼镜质量还处于下游，黄中梁去广州和深圳的眼镜厂考察过，也认真研究过他们的眼镜，无论是外形设计还是内在质量，自己厂的眼镜都是稍逊一筹。不过，黄中梁没有气馁，因为黄中梁背后站着王文龙、婶婶、叔叔、爸爸和黄一别。他们是黄中梁坚实的后盾。当然，黄中梁对国外市场的探索还没有真正开始，黄一别刚刚毕业，那边的工作才起步，但黄中梁相信黄一别，她有想法，有决心，更重要的是，她是信河街走出去的人，她一定能够在西班牙把他们的眼镜牌子打响。黄中梁现在要做的是把眼镜厂管理好，只要生产出真正让广州和深圳同行信服的眼镜来，国内市场就一定能够拓展开来，到那时，黄一别就能够把他们生产的眼镜卖给世界上的任何人。

二○一○年下半年，王文龙来眼镜厂的次数渐少。也很少出来走动。他能去的地方，一个是婶婶的公司，一个是眼镜厂，还有一个就是家里。黄中梁知道，他经常去的还有一个地方，那就是信河街的邮局，每隔两个月，他会去一趟邮局，邮寄一包顶级人参乌龙茶去西班牙。对于王文龙这个怪异的行为，黄中梁一开始不能理解，无论怎么说，都是西班牙合伙人伤害了他，他不追究西班牙合伙人的责任，已经是最大的善意了，没有必要再给他邮寄顶级人参乌龙茶，他想不明白王文龙为什么要这么做？有一次，黄中梁去他们家里吃晚饭，吃完之后，坐在客厅里聊天，黄中梁问起了这个问题，王文龙听了他的提问后，笑眯眯地看了他一眼，过了很久，才慢悠悠地说，如果不是因为他，我现在怎么能坐在这里呢。黄中梁听了之后，觉得王文龙这种语气好生耳熟，他想了一下，马上就想起来了，那是叔叔的语气。

王文龙不来眼镜厂，黄中梁见到他的机会就少了。每过一段时间，黄中梁会想起他，所以，只要能抽出时间来，黄中梁就会去家里看他，好几次去家里时，黄中梁看见他和叔叔在下象棋。他看见黄中梁后，抬头微微笑一下，又低头看着棋盘。叔叔用眼睛瞥了黄中梁一下，伸手去摸自己的脑袋，然后摇摇手说："你看看可以，但不要说话啊！我快把他的老帅吃掉了！"

黄中梁伸头看了一会儿，很快就看出眉目来了，尽管叔叔在进攻，局面上也占着优势，但王文龙的脸上一直挂着微笑，神态安详。

跑路

王无限

王无限喜欢拿自己的身体缺陷开玩笑，也乐意朋友开他的玩笑。他是个色盲，在他的世界里，没有红色和绿色。有一次，朋友穿一条大红裤子来参加聚会。朋友知道他的缺陷，故意考他："王无限，你看看我今天穿的衣服是什么颜色？"

王无限瞪着眼睛很正式地看了一会儿，肯定地说："你妹的，绿色嘛！"

他一开口，所有朋友都笑了。他也跟着笑起来。

除了色盲之外，王无限的审美观跟别人也不同，一般人认为瓜子脸、蜂腰、翘臀是美女的三大标准，他眼里的美女却是苹果脸、水桶腰、圆屁股。所以，只要看见一个相貌困难的女人，朋友就怂恿他："王无限，你的菜来了。"

王无限用眼睛极快地瞟一下，羞涩地低下了头。大家又都笑起来。

当代中国最具实力中青年作家书系

王无限家里收留了很多被人遗弃的小猫小狗。他不能看见这些小动物流浪街头，一看见它们，眼眶就红起来，忍不住把它们抱回家。

　　朋友说他家是动物园，而他笑称是狗窝。朋友的取笑当然是善意的，他们知道，一个对流浪的小猫小狗都有爱意的人，是不会伤害朋友的。

　　在信河街，王无限是个小人物，但跟他来往的都是大人物。他们是各种大大小小的企业家，这些企业家经常在报纸和电视上露面，经常跟信河街的头头脑脑在一起开会和吃饭，一起出国访问。从某个角度说，这些大人物主宰着信河街的命运。有时，王无限会产生他也可以主宰信河街命运的错觉。这种错觉只在王无限喝过酒后。不喝酒的时候，他把位置摆得很正。

　　王无限喜欢喝几口葡萄酒，但酒量有限，半瓶葡萄酒下去，脸红得像西红柿。一到这个度，无论别人怎么劝，他都是左手盖着酒杯，右手摆动，笑着说："不喝了，不喝了。"

　　用激将法也没用。骂他不喝酒是狗生的也没用。他笑着把酒杯放下来，把衣服捋上去，露出白白胖胖的手臂，扭着身体，嗔怪地说："你看看，你看看，全红了，连屁股蛋蛋都红了呢！"

　　众人被他这么一说，轰地笑了起来。

　　王无限被朋友开玩笑的还有一件事：至今没成家。王无限四十岁了。一个男人，到了这个年龄还没老婆，多少有点奇怪——性的问题怎么解决？大家都知道，他从来不去娱乐场所，也没女朋友。这就更让人看不懂了。莫非他有特别的性取向？也没发现他对哪位同性朋友有过火的举动，也就是动作轻柔一点，说话的口气温和一点，看人的眼神妩媚一点，并没有进一步的行为。朋友有时也拿这事开他的玩笑，问他说："王无限，你到底行不行？"

王无限妩媚地看了那个朋友一眼，嘻嘻一笑，说："你妹的，要不你来试试？"

停了一下，马上叹一口气说："还是算了，你老婆会捶死我的。"

大家又是一阵大笑。

一个人，开自己的玩笑是容易的，不容易的是可以任凭别人开他的玩笑。这需要一定的境界。所以，王无限成了朋友聚会必不可少的一道菜，如果他没有到场，大家就会郁郁地问，王无限怎么没来？口气里透着无限的失落，但场面一热闹起来，就把他忘记了。

大部分的时候，王无限是个性格随和的人，好像他对什么事都哈拉哈拉的。可只要碰到跟他"事业"有关的事，他的这种性格就变成了一种流水，水流不断，他的攻势不会停，一直达到预期的目的为止。这时候，他性格中的"柔软"，变成了连绵不断的进攻，他就是用这种"柔软的坚硬"，建立起他的"事业"。

王无限所谓的"事业"，是一家担保公司，名字叫壹加壹担保公司。朋友问他："为什么叫壹加壹担保公司？有深意吗？"

他笑着说："深意是没有的，如果一定要说有什么意思的话，可能有两个：一个是我姓王，一加一就是个王字；另一个是我的美好愿望，所有跟我做生意的人，都能够有高回报，财富砌墙一样递增上去。"

王无限这个美好的愿望并不虚无，跟他做生意的人确实能得到高额甚至是巨额的回报。

为什么跟王无限做生意的人都能得到高额甚至是巨额的回报

当代中国最具实力中青年作家书系

呢？做生意肯定有风险，回报率越高，风险也越高，这是谁都懂的道理。

如果要探究原因，得从壹加壹担保公司的性质说起。一般的担保公司，是指个人或企业在向银行借款时，银行为了降低风险，要求借款人找第三方做信用担保。这就有了担保公司。担保公司根据银行的要求，让借款人出具相关资质，进行审核，再将审核好的资料交给银行，银行复核后放贷，担保公司收取相应的服务费用。担保公司在这个过程中，一般收取百分之二的服务费，不可能有高额的回报，更不可能有巨额的回报。但王无限的壹加壹担保公司做的是吸贷和放贷的业务。简单地说，他的担保公司做的是跟银行同样的业务。国家规定，担保公司是不能吸贷和放贷的，这样做是违法的。王无限当然知道这样做是违法的，可是，王无限更是知道，这里面有巨大的利润，银行贷款的利息是百分之零点六左右，担保公司的利息却是百分之六左右，最高的达到百分之十，年回报率是百分之一百，甚至更高。这样的回报率当然是值得去冒险的。

这里就出现一个问题了，这么高的利息，谁会到王无限的担保公司贷款呢？还有，王无限放贷的钱又是从哪里来的呢？

王无限的放贷对象是企业。信河街是一个民营企业特别发达的地方，据工商部门统计，有十万家中小型企业，个体户有三十五万家，他们主要从事皮鞋、服装、眼镜、打火机、低压电器、包装印刷等行业。企业一多，竞争就来了，如果不想在竞争中败下阵来，企业和个体户必须发展和扩张，而发展和扩张需要资金支持，一般情况下，他们会向银行贷款，银行的贷款是一年一个期限，一年到期，要先还款再重新申请续贷。他们已把贷来的钱投到生产里，一年不可能收回成本，他们拿什么来还银行呢？这个时候，他们就会想到像王无限这样的担保公司，王无限这边的手续相对简单，到他这里来借贷的人，大多是通过朋友介绍，当天就能拿到钱。而银行就没这么快了，按照正常的程序，办完手续后，还要半个月才能拿到钱。王无限知道来找他的人都是急需这笔钱周转，他就把利息提高，高出银行十倍。正常情况下，企业都会在一个月之内把钱还回来，最快的甚至第二天就还回来，像信河街的这种传统行业，企业的纯利润一般在百分之十。他们不可能长时间负担这么高的利息。

王无限的吸贷对象也是企业。基本上是一些大企业。大企业的流动资金相对宽裕，而王无限给大企业的利息是百分之三左右。跟银行的百分之零点六相比，这里面有巨大的空间。有相当一部分的大企业看出里面的玄机，他们从银行贷到款后，一部分用于企业生产，另一部分就放在王无限的担保公司里，每个月都能从王无限这里拿回巨额的利息。这比做企业轻松多了。另一个来源是个人。主要是在机关单位上班的人，还有一部分小企业主和个体户，他们把住房或者企业厂房拿到银行去抵押，把从银行贷出来的钱，放到王无限的担保公司里，以一百万为例，一年可以拿回三十六万的利息，而他们缴给银行的利息，一年只有七万左右。这样的账谁都会算，这样的生意谁都愿意做。

可是，就在担保公司最红火的时候，王无限逃到美国去了。

出逃的原因是壹加壹担保公司的一个环节出了问题。担保公司就像一个链条，每个环节都扣在一起，如果其中一个环节出了问题，整个链条就不能运转。

导致担保公司出问题的原因有很多，但王无限认为最直接的一个原因是银行收紧银根，原本承诺的贷款突然取消了。

首先出问题的是王无限的一个客户，一个眼镜厂的老板。他的眼镜厂在信河街属于中上规模，他想扩大优势，做大品牌，力争上游。他的想法得到了当地一家银行的支持，向他放贷了两千万。他用这两千万引进了一条新的流水线。新的流水线引进来后，第一年，眼镜厂的产量就翻了一番，年利润从原来的一百五十万上升到三百五十万。如果保持这个势头，眼镜厂用六年的时间就可以还清银行的欠款。第一年贷款到期后，按照规定，眼镜厂要把两千万还给银行，再办理续贷手续。银行告诉眼镜厂，他们会特事特办，争取在五个工作日内让他重新拿到贷款。眼镜厂当然拿不出两千万来还银行，只好通过朋友来找王无限借贷，王无限知道他是短期周转，也知道他急等钱用，开出的条件是五分利息，而且，无论对方是三十天内还钱还是三天内还钱，都必须按照一个月的时间来算。眼镜厂必须付给他一百万的利息。眼镜厂是没有其他办法才来找王无限，不管王无限开出什么条件，他只能接受。他当天从王无限那里拿走两千万，一个星期后，还给王无限两千一百万。到了第二年还款的日期，眼镜厂又来找王无限，这一次，王无限把月息提高到六分。眼镜厂老板咬着牙跟王无限签了合同。可是，当眼镜厂把两千万还给银行后，银行突然通知他，刚刚接到上头的命令，暂时停止放贷。眼镜厂老板一听腿就软了，他找了银行的头头，头头也爱莫能助。眼镜厂的老板只能空手而回，回去后，他想了一个星期，没想出怎么还王无限的两千万，而他知道，如果拖下去，王无限的利息很快就会把他的眼镜厂吃光。到了最后，他想出了一个办法，给厂里工人放两天假，以工会的名义，组织工人去楠溪江风景区旅游，谁不去，每天罚款两百。就在这两天里，他把眼镜厂的机器转手卖掉，留下一笔钱支付工人工资，带着家人投奔澳大利亚的亲戚去了。

眼镜厂老板跑路后，跟着跑路的还有皮鞋厂老板、服装厂老板、打火机厂老板、电器厂老板、包装印刷厂老板，等等等等。紧接着一个更大的问题是，听到这些老板跑路后，原本把钱存在王无限这里的客户慌张起来了，他们来找王无限，要把资金抽回去。

王无限想不出解决的办法。放出去的钱要不回来，吸进来的钱不能还出去，他只好卷走担保公司里的钱，逃到美国去了。王无限也不想这么做，他舍不得家里收养的那些小猫小狗，如果他离开，它们可能又要重新流浪了。为了安顿它们，王无限敲开很多邻居家的门，让每一只小动物都找到了新的主人。

王无限是在深夜离开信河街的，从上海登上了去美国的飞机，他知道，这一去，基本上跟信河街永别了。

胡卫东

王无限跑路，最大受害者是胡卫东。

胡卫东就是王无限认为可以主宰信河街命运的人之一，是信河街名气最大的皮鞋老板。

胡卫东的振兴皮鞋公司，是在他父亲手里创办起来的。他父亲名叫胡振兴。振兴公司是信河街著名的皮鞋公司。当时没有名牌的说法，但只要能穿上振兴公司做的皮鞋，便是一件非常风光的事。那时，信河街的青年成亲，必做的一件事是到振兴公司那里订制一双皮鞋。胡卫东十四岁开始在父亲手工作坊做学徒，到他接手时，已经把作坊改变成一个工厂。原来在父亲手里时，作坊里只有他跟父亲两个人，到他手里时，皮鞋厂已有六十来个工人，主要给各个商店供货，也有一些皮鞋店到他们工厂批发。再到后来，胡卫东把皮鞋厂发展成公司，从意大利引进生产流水线，工人发展到一千多个，在全国开了两千多家专卖店。胡卫东也被推选为信河街鞋革协会会长，成为信河街皮鞋行业的一块招牌，一个符号和象征，政府有关经济的会议都会邀请他参加，银行也特别照顾，主动上门授信和放贷。

胡卫东从小就是一个很听话的人，从懂事起，他就知道这辈子要跟皮鞋打交道，初中只读了一年，父亲让他辍学，他也没问为什么，就跟父亲学做皮鞋了。

当了学徒后，第一年给父亲打下手，父亲什么技术也没教他，只让他用眼睛看，他像尾巴一样跟着父亲，父亲起床他也起床，父亲吃饭他也吃饭，父亲用一个大的茶杯喝水，他用一个小的茶杯喝水，父亲去尿尿他也跟着去尿尿，父亲打一个尿颤，他也跟着打一个尿颤。父亲戴一顶黑色的皮帽、一双黑皮袖套、一副黑皮围裙，他也跟父亲一模一样的打扮，如果不是胡卫东的身材小一号，还真难辨认得出来。

胡卫东知道自己不属于聪明的人，除了听话外，他做的另一件事就是多问。看见父亲给客人量脚，就问为什么要这么量？看见父亲劈皮，就问为什么这边要厚一些那边薄一些？看见父亲打胶，就问应该掌握什么分寸？看见父亲用针缝合皮鞋，就问用什么针线合适？针距多少？

刚开始，父亲一个问题也没回答，只叫他看。胡卫东没有气馁，眼睛看，嘴巴也没闲着。父亲只当没听见。一年后，父亲才开始回答他的问题。父亲制作完成一双皮鞋，差不多有六十道工序，每一道工序胡卫东都会问几个为什么，他随身带着一个用黑皮包裹起来的小笔记本，把父亲回答的问题密密麻麻地记在上面，晚上钻进被窝后再拿出来温习。

即使是这样，胡卫东也整整当了五年学徒，父亲才让他单独完成一双皮鞋的制作。这也让胡卫东深感自己天资平平，只有加倍努力才能做出跟别人一样的成绩。这一点认识也成为胡卫东学习的动力，从当学徒的第一天起，他就没放松自己，这种习惯延续下来，一直到他成为信河街皮鞋行业的第一块招牌。在这个过程中，胡卫东知道自己起点不高，特别是思想的深度和高度，离一个成功的企业家相差甚远。因此，在公司里，他看见谁都主动笑着打招呼，碰到不懂的问题，张嘴就问。他抽出大量的时间，参加社会上各种各样的学习活动，这些学习活动有的是政府组织的，有的是培训机构安排的，有的是社会上一些人为赚钱而办的，时间有长有短，层次有高有低。胡卫东跟王无限就是在一个EMBA班认识的，这个EMBA班是信河街一家高校组织的，学期两年，学员都是信河街的企业家。胡卫东德高望重，全票当选为班长，王无限的性格赢得同学的喜欢，推选他当生活委员，负责学员的后勤和娱乐活动。

他们刚认识时，胡卫东已经听说过担保公司这个行业，不过，没有接触过（银行都是主动要求他去贷款，不需要通过担保公司），对担保公司的情况一无所知。当他知道王无限开担保公司后，很主动地向王无限请教，王无限当然很荣幸地把担保公司的运作情况大致介绍了一遍，胡卫东听完后，沉思了一会儿，问王无限说："能不能告诉我，你们公司的年回报率是多少？"

王无限伸出三根指头说："最低百分之三十。最高可以达到百分之一百以上。如果你投一亿在我公司，一年就有可能收回本金。"

"这是暴利啊！"

"你企业的年回报率是多少？"

"最高不会超过百分之十。"

王无限把身体斜靠在胡卫东肩膀上，半开玩笑半认真地说："那你还办什么皮鞋公司？干脆把资金都转到我公司算了。"

胡卫东警惕地看了王无限一眼，说："那怎么行。"

胡卫东当然不会把资金转到王无限那里去。有一点他是明白的，做皮鞋是他的本行，是他和父亲两代人的心血。还有一点，除了做皮鞋，他不知道自己还能做什么。他没信心。再说，他现在也不缺钱，银行正准备给他增加授信额度呢！他发愁钱用不起来。对他来说，担保公司的高回报率是虚无的，不像他经营的皮鞋一样让他心里踏实。

这事就这样过去了。

接下来的一个月里，王无限每周邀请胡卫东出去喝两次酒，都是王无限安排的酒局，邀请的对象大多是信河街排得上名次的企业家，也有一部分是在政府部门上班的人。每一次酒桌上，大家都拿王无限的性取向开玩笑，王无限听了总是嘻嘻嘻地笑，很快活的样子。

一个月后，王无限到胡卫东公司"看一看"，胡卫东带他参观了整个皮鞋公司，介绍了公司的情况，包括年销售量和盈利情况。回到胡卫东的办公室后，王无限看了胡卫东一眼，笑嘻嘻地问他说："我上次跟你说的事你考虑得怎么样了？"

胡卫东没有反应过来，问他说："什么事？"

"嘁，你是贵人多忘事，我劝你把资金放一部分到我的担保公司呀！"

"哦，我忘了。"

"你可以先拿几百万试一试，试一试你就知道，原来的生产方式太落后了。这会改变你的世界观的。"

"让我再想一想。"

"还想什么呢？用几百万小试一下，也影响不了你的公司。"

"不是几百万的问题。我担心的是这一步跨出去，退回来就难了。"

"你妹的，退不回来就不退，你看看其他做企业的，谁不是两条腿，甚至是三条四条腿在走路？"

胡卫东摇了摇头，说："这种投资我心里不踏实。"

王无限见他这么说，只好摇摇头。

又过了两个月，一天中午，他们EMBA班举办一个班会活动，是一个酒会，酒会结束已经下午三点多，胡卫东的司机来接，顺便带王无限一程。

车子刚好经过王无限担保公司的门口，王无限歪头问胡卫东："要不要到我的公司视察一下？"

胡卫东看时间还早，就点了点头说："也好，就去学习学习。"

王无限的担保公司在一座写字楼里，外面看不出来，在一楼大厅有一个牌子，指示公司设在十楼。公司不大，王无限介绍说，只有一百二十平方米，有一个大的综合办公室，有两个经理室，还有一个王无限的总经理室。

到了王无限的办公室后，王无限笑嘻嘻地对胡卫东说："我给你看一个东西。"

"什么东西？"

当代中国最具实力中青年作家书系

"你看了就知道。"

说完之后，王无限先把办公室的门反锁起来，然后打开办公桌后面的一个柜子，柜子里有一个大保险箱，他打开保险箱，拿出一本册子递给胡卫东。胡卫东看了看册子，又看了看王无限，说："这是什么？"

王无限噘起嘴唇，说："你打开看看嘛！"

胡卫东就在王无限办公桌前的椅子坐下来，把册子放在左手上，用右手翻开，这一看，他的心脏突然大幅度地跳了一下，他一页一页地往后翻，越往后翻，心脏跳得越厉害，好像有一个大铁锤一下又一下擂着他的胸膛。他看到的是一本王无限担保公司吸贷的花名册，上面记录着一笔又一笔的账目，账目前面写着一个个公司和个人的名字，这些公司都是信河街叫得上名号的公司，越翻到后面，公司的名头越大，很多都是他的朋友，他从来没听他们说过把钱放在担保公司里。而花名册上的个人呢，很多是信河街政府各个部门的头头。

看完后，胡卫东把花名册合起来，闭着眼睛，长长地叹了一口气，然后，睁开眼睛看着王无限说："你为什么给我看这么机密的东西？"

王无限嘻嘻地笑，有点挑衅地看着胡卫东，说："我要让你知道，这个城市有多少人跟我的担保公司有关系。"

双方突然都不说话了。停了一会儿，王无限又笑了起来，问胡卫东说："你现在是什么感受呢？"

"我是一个笨人，这辈子可能做不好第二件事。"

"你试都没试，怎么知道做不好其他事呢？"

"我的脑袋瓜不如别人灵活。"

"你妹的，我就不信！"

但王无限也只是这么说说，并没有再要求胡卫东做什么。胡卫东心里也清楚，王无限不可能拿刀架他脖子上。

又过了一个月，胡卫东接到一个电话，是王无限打来的。王无限问他说："你手头有钱吗？"

"什么事？"

"如果有的话，借我一下，七天内必定还你。"

"要多少？"

"五百万。"

胡卫东停顿了一下，对王无限说："你把账户给我。"

"先别急着打款，我要去你公司一趟，把借款协议送给你。"

"几天时间，协议就算了吧！"

"这是起码的程序，我公司也要做账的。"

胡卫东见他这么说，便不再坚持。半个钟头后，王无限到他办公室，从包里拿出一式两份的借款协议，先在上面签了字，然后让胡卫东也签上名字。两个人各存一份。王无限走后，胡卫东叫财务把五百万转到王无限的户头里。

把五百万打出去后，胡卫东马上心虚了。他担心钱一出手再也回不来。五百万毕竟不是一个小数目。况且，他对王无限这个人也不了解，虽然同学了半年多，接触也不少，可他看不清楚王无限是一个怎样的人，他不男不女的装扮叫人怀疑，他特殊的说话语气和表情也叫人琢磨不透，总觉得他不是一个真实的人。再说，胡卫东对王无限的担保公司始终怀有戒心，那是一个看不见摸不着的虚拟世界。可是，胡卫东最终还是把钱打给王无限，他觉得拒绝别人的请求真的很难，王无限已经说明只要七天时间，

当代中国最具实力中青年作家书系

最主要的一点是，他刚好收到客户的一笔货款，公司的账户里有这笔余钱，再退一步说，他也做了最坏的打算，万一这五百万"打水漂"了，也不至于影响公司的正常运作。

到了第七天中午，王无限跑到胡卫东的办公室，拿回那份协议。他告诉胡卫东："钱已经打回你公司账户了。"

王无限刚离开，公司的财务就进了胡卫东的办公室，告诉他，今天上午，公司的户头里存进了一笔钱，额度是五百一十五万。胡卫东听了之后，马上给王无限打电话，说："王无限，你打错了，多了十五万。"

王无限在电话里的声音听起来更细更轻软，笑着说："我没打错，多出的十五万是付给你的利息。"

"说好是借给你的，怎么能收利息？"

停顿了一下，胡卫东又说："就是算利息，也没有这么高啊？"

王无限发出嘻嘻嘻的笑声，说："你知道我收别人多少利息吗？是一毛，这一个星期里，我用你这笔钱赚了五十万，分给你十五万，你说你是不是应该得的？"

换了一口气，王无限又说："你就安心拿吧！"

停了一下，王无限又说："我以后还会向你借钱，你不要拒绝就是了。"

接完电话后，胡卫东让财务把那笔钱入账，而他却坐在办公室里陷入了深思。他回顾了跟王无限交往的过程，回想起王无限几次对他说的话，他发现，从一开始，他就没下决心拒绝王无限的担保公司。他也发现，他的内心并不像自己想象的那样单纯，除了做皮鞋外，他还有其他贪念。

过了一个星期，王无限又向胡卫东借了一笔一千万的钱。胡卫东二话没说，就让财务把钱打过去。当然，借款协议还是要签的，还是王无限把协议送到胡卫东的办公室。王无限言而有信，第七天的中午，把一千零三十万打入胡卫东公司的户头。

此后的合作越来越紧密。胡卫东觉得每个星期把钱转来转去很麻烦，就把本金长期存在王无限那里，王无限只需每个月把利息打进胡卫东公司的户头即可。还有一点是，王无限借款的额度不断加大，从一千万到两千万，再到五千万，再再到一亿，再再再到两亿。

到一亿时，胡卫东公司已经拿不出那么多钱了，他动用了银行给他的授信，一共贷了三亿：一亿用于公司的发展——再从意大利引进一条流水线，又扩建了厂房；两亿放在王无限的担保公司里，每个月可以拿到六百万的利息。按照胡卫东的计算，只要三年时间，钱就能翻一倍。

胡卫东没料到担保公司的链条会断，也没料到王无限会逃跑，更没料到王无限逃跑的时间选择得这么巧——银行贷款一个星期后就将到期，他正想打电话给王无限，让他先把两亿的资金转给他。现在，王无限逃走了，叫他到哪里找这么多钱来还银行呢？最让胡卫东没料到的是，银行似乎知道他跟王无限的关系，王无限出逃的风声刚传出来，银行的人立即出现在他的公司，给他下了一份通牒，必须在一个星期内还款，否则，他们将通过法律的手段，查封胡卫东的皮鞋公司，向社会公开拍卖。与此同时，供货商也不约而同地找上胡卫东，要求还清欠款。这在以前是没有发生过的。对供货商来说，能向胡卫东提供原材料，无疑是挖到了一座金矿，想提供原材料的人在排着长队呢，不可能提前来催款。胡卫东公司也早有规定，所有供货商的货款一季度一结，一到日期，绝对不拖欠。从来没有供货商跟胡卫东催讨过货款。现在，所有供货商一起找上门来，点名要见胡卫东。

胡卫东什么人也不见，把手机关掉，找个隐蔽的地方躲起来。

供货商发现胡卫东不见了，便涌向公司，把大门堵起来，扬言再不给钱，就搬走公司的机器。

胡卫东现在后悔了。在金钱的诱惑面前，背叛了初衷，背离了航道，导致今天这个困境。他想，如果能重新选择一次该多好啊！他一定会一门心思把振兴皮鞋公司做好，别的，他什么也不要。可是，人生哪里会有如果呢？

陈乃醒

王无限其实不是壹加壹担保公司的老板，真正的老板是陈乃醒。王无限逃到美国，是他一手安排的。

陈乃醒拥有壹加壹担保公司百分之九十五的股份，只是在登记公司时，用了王无限的名字。这事只有王无限一个人知道。而王无限不知道的是，除了壹加壹担保公司外，陈乃醒还有一家担保公司，名字叫东方担保公司。陈乃醒也没在东方担保公司里上班，他聘请了一个职业经理人做老总。他是一个隐身老板。

没有人知道陈乃醒身家有多少。他从来没对别人说过。除了这两家担保公司，陈乃醒还有其他投资，有房地产，有矿产，有文化投资公司，有一家移民中介公司，有一家跟美国人合伙的投资公司，他还跟人在美国开了一家公司，没人知道那家公司做什么业务，他很多钱都是通过投资公司转移到美国去的。陈乃醒拥有美国居留证，去美国对他来说像逛菜场一样平常。

王无限没有美国居留证，他是陈乃醒通过移民中介公司快速办理出去的。

陈乃醒的鼻子比王无限灵。第一个跟壹加壹担保公司有借贷关系的眼镜厂老板出逃前夕，他就在手机里对王无限说："最近可能会出问题。"

"会出什么问题呢？"

"银行可能会收紧银根，银根一收紧，放贷肯定也跟着收紧，放贷一收紧，有一部分企业资金链就会断裂，企业资金周转不过来，就会铤而走险找担保公司，但是，如果银行银根不放松，企业贷不到钱来还担保公司，企业必定不能维持，最后损失的就是我们担保公司。"

王无限一听，拍了一下额头，说："你妹的，我今天刚给一个眼镜企业放了两千万的款。"

"从现在开始，只吸贷不放贷。"

"只吸不放，我们不是要亏死？"

"你照我说的去做就是了。"

通完电话的当天晚上，陈乃醒又跟王无限碰了一次面，陈乃醒问他说："王无限，你愿不愿意移民到美国去？"

王无限明白他的意思，说："问题是，到美国后我怎么生活？"

"你放心，我会安排好的。"

王无限看了陈乃醒一眼，说："你能给我多少钱？"

"你报个数。"

"五百万美元怎么样？"

"五百万太多。三百万怎样？"

"三百万能生活多久呀？"

当代中国最具实力中青年作家书系

"要不这样，四百万，先给你两百万，另一半一个月后再给你。"

"好吧。"

过了一会儿，陈乃醒问他说："我们放在外面有多少钱？"

"催回来一部分，外面还有三亿多。"

"公司户头里有多少钱？"

"不到两亿。"

"你马上把钱转走。"

"转到哪里？"

陈乃醒给了他一个中美合资公司的账号，王无限马上就把钱转过去了。

第二天，王无限按照陈乃醒的吩咐，拿着陈乃醒早些时候让他办的护照，跟着移民中介公司的人去了一趟上海，他们在上海住了一夜，次日一大早赶去办签证，很多人在排队，轮到王无限，他照着移民中介公司的人教他的话回答，顺利地通过了。

一个星期后，当那个眼镜厂老板跑路的消息传开后，陈乃醒给王无限打了一个电话，说："有一点必须记住，到美国后，你不能给我打电话，至少这段时间不行。"

"知道了。"

通完电话的当天晚上，王无限登上了飞往纽约的航班。

直到这时，王无限对陈乃醒还是一点也不了解。这么多年来，王无限从没看清过陈乃醒，他甚至没去过陈乃醒的家，只听说他住在一座很大的别墅里，别墅经常有美女出入。但没人能报出别墅的名字，也没人见过别墅里的女人。陈乃醒跟王无限很少见面，也不来公司，有什么事都是电话指挥，如果必须见面，也是约在酒店的包厢，或者在公园。王无限根本猜不透他是个什么样的人。

不仅王无限有这个感觉，所有跟陈乃醒有过来往的人都看不透他。这不奇怪，陈乃醒也不清楚自己到底是个什么样的人。他的人生充满了矛盾。他不想要这种矛盾，可又很享受矛盾给他带来的好处。从内心里，他想过一种透明而安定的生活，可他的生活却是幽暗而颠簸。他知道这不是自己想要的生活，却又不愿意放弃这种生活方式。他有时自卑，有时又极端自信。他有时小心谨慎，有时却又雷厉风行。

以前的陈乃醒是个安稳平静的人。那是在十五年前，他还只有三十岁，在信河街一家国有银行当信贷科科长。也就是那一年，陈乃醒离开了银行。没有人知道他为什么离开银行，他对谁也没说。

刚从银行出来，陈乃醒做了一段时间的股票，他在银行时就关注股票，开了户头，放点小钱在里面，偶尔炒一下。没人知道他在股市中是赚还是亏，一年后，他离开了股市，去山西投资矿产，大约有四年时间，他基本在山西和内蒙古一带活动，据社会上传言，这四年里，他赚了大钱。四年后，陈乃醒把矿产交给别人管理，回到信河街，并且，认识了王无限。

王无限那时是一家信用社的会计，有拉存款的任务，他通过熟人的介绍，想拉陈乃醒的存款。他没有想到，自己反而被陈乃醒从信用社拉出来，做了壹加壹担保公司的老总。

对于担保公司的未来，陈乃醒有非常清醒的认识。壹加壹担保公司开业之前，他就对王无限说，担保公司如果只做中介服务，只是微利的行业，只有开设吸贷和放贷的业务，才能成为暴利的行业，同时，也是高危的行业。一个高危的行业肯定不会长久。他交代王无限，既然不会长久，做事情就不能瞻前顾后，患得患失，看准了时机就大胆出手，看不准坚决不做。

在陈乃醒眼中，王无限是一个无根的人，也是一个无心的人。第一次跟他见面，王无限就拿自己的身体开玩笑，陈乃醒认为，一个可以随便拿自己身体开玩笑的人，肯定不是一个爱惜自己的人。陈乃醒就是要找这样的人。他在一开始就跟王无限谈好，王无限是他的挡箭牌，担保公司如果出现问题，王无限必须离开信河街。王无限一口就答应了他的要求，同时，王无限也提出了条件，他要两百万的年薪和壹加壹担保公司百分之五的股份。陈乃醒也一口答应他。

从某种程度说，陈乃醒跟王无限是同一种类型的人。他们有很多相同点。譬如，王无限独身，陈乃醒也是独身。

不过，陈乃醒的独身跟王无限又有很大的不同。王无限是性取向不明，而陈乃醒在这方面是清晰的，他只是没有结婚而已。

陈乃醒有过很多女人，他跟女人的交往有他特殊的方式和渠道。

他跟每一个女人交往，只有半年，在交往之前，他会跟每个女人达成一个口头合约，在这半年里，对方不能再有其他异性伴侣，她可以住在陈乃醒的别墅里，也可以不住在他的别墅里。如果住在别墅里，她可以出去活动，可以出去应酬，如果得到他的同意，也可以出去旅游，但有一点必须遵守，她不能告诉朋友住在什么地方，更不能带朋友到别墅来，连宠物也不行；如果她不住别墅也可以，要保证随叫随到。还有一点很重要，半年到期后，女人必须在他的生活中彻底消失，即使在路上遇到，也只能当作互不认识。而这半年里，陈乃醒会分两次付给她六十万，一次是他们达成口头合约的当天，另一次是合约到期的那一天。

在跟每一个女人交往半年后，陈乃醒会让自己空闲一个多月。在这一个多月里，他会接到很多女人的电话，她们都是要来跟陈乃醒签订合约的，从电话里的声音可以听出来，给他打电话的女人都很出色。这一点陈乃醒已经很放心，他跟这个公司已经打了十多年的交道，知道这里的女人都是经过严格挑选的，对皮肤，对五官，对身材，对声音，对她们对待客户的态度，包括对她们的学历都有严格要求。可这一个多月里，陈乃醒只想一个人过，想一个人安静安静。有些事情是一个人独处时才能面对的。他也需要利用这段时间整理思路，经过一段时间后，每个人的身体里都会积累一些杂七杂八的东西，需要找一个机会清理掉，如果积蓄起来，会严重影响身体，甚至是人生的。只有当他清理完身体里的各种垃圾后，思路才会清晰起来，才有重新投入战斗的激情，才能够接受一个新的女人。

无论确定好哪一个女人，陈乃醒都会真心真意地对她好，陈乃醒会对她说："在这半年里，你就是这里的女主人。"

他又说："对我如果有什么意见只管说，只要能改，我尽量改。"

他又又说："你如果不快活，我也不可能快活。"

陈乃醒是这么说的，也是这么做的，他对每一个来别墅的女人都是客客气气的，说话的声音都是压着喉咙，脸上总是挂着微笑，做一件事之前总会征求她的意见，如果女人在别墅里，他会尽量抽出时间陪她。但半年时间一到，陈乃醒的态度又是坚决的，也有女人提出来，可不可以再跟他续签半年合约，陈乃醒想也没想，说：不行。

但是，每一个女人离开别墅时，陈乃醒心里却会生出一种空落落的感觉。他看见女人的背影，觉得身体和灵魂都在往下坠，这一刻，他深刻地认识到自己是个有罪的人，是一个需要救赎的人。

陈乃醒早在十多年前就有这种认识，开了担保公司后，这种认识更深。他有时会深深地绝望起来，躺在别墅的沙发上，整座房子旋转起来，而他变得越来越小，小得使他喘不过气来。每次赚了一大笔的利息后，这种感觉就会来袭一次，一次比一次强烈。

有一次，他赚了一笔利息后，不敢呆在别墅里，甚至也不敢呆在信河街，便一个人开车上了高速，没有目的地乱开，一直开到舟山。他想既然到了舟山，不如上一趟普陀山。上了普陀山后，他跟着很多人到了观音院，观音院里烟火缭绕，熏得人眼睛睁不开，陈乃醒找了一个木椅，远远地坐在一边，看着很多人上了香后，跪下来不停地磕头。也不知坐了多久，见很多人慢慢散去了，陈乃醒才走到佛殿的门口，他抬头看了观世音菩萨一眼，发现她也正用眼睛看着他，他觉得脑子里一个激灵，好像被当头浇了一盆冰水，浑身打了一个颤，双腿不由得就跪在了蒲团上，纳头拜了下去。心里竟突然安宁了下来，好像打开一扇大门，把里面一切杂物倾倒出去，一片空旷的感觉。

陈乃醒进了大殿，看见大殿里有一小尊水晶雕成的观音像，也正用眼睛看着他，他脑子里又是一个激灵，马上找了寺院里的师父，希望能把这尊小的观音像请回去供养，师父居然答应了。陈乃醒问他说："需要多少钱？"

师父哈哈一笑，说："随缘随缘。"

陈乃醒打开手提包，里面有两万多现金，他拿出两万，放在香案上，然后，捧着观音像，踮着脚尖往回走。

回到信河街后，陈乃醒把观音像供在别墅的阁楼上，每天去给她上香。陈乃醒发现，只有在给观音菩萨上香时，他的心最安宁。从那以后，他心情一不平静就来阁楼，只要在阁楼呆一会儿，就会慢慢忘记外面的事情。

整座别墅，唯一上锁的是阁楼。来他别墅的女人，陈乃醒会警告她们不能去阁楼。女人问他，阁楼上有什么？陈乃醒只对她们说，不要去就是了。陈乃醒一进阁楼，就从里面把门反锁了。谁也进不去。

除了在阁楼上拜观音菩萨外，陈乃醒后来还做了一件事，就是每年资助十个贫困孩子上学，他私下跟当地教育局联系，让教育局把贫困学生的名单传来，他去实地察看，察看确认后，他对每个学生承诺，一直资助到他们大学毕业。

让王无限跑路后，陈乃醒跑进阁楼，给观音菩萨上香，然后跪在蒲团上，脑子里却总是出现胡卫东的影子，他担心胡卫东受不了打击，出现人生意外，如果那样的话，他的心灵将无法安宁。

这炷香，陈乃醒是为胡卫东上的。

姜立娜

胡卫东躲起来后，把振兴皮鞋公司的烂摊子交给老婆姜立娜。信河街有人骂胡卫东，说这个狗生的胚都没有，出了事情，却让老婆来堵枪眼。

其实，胡卫东躲起来的主意是姜立娜出的，姜立娜分析给胡卫东听："你现在的目标太大，是主要的火力攻击对象，如果你在公司里，所有目光都盯着你，你说的每一句话都会被放大一百倍，做的每一件事也会被放大一百倍。你现在的处境又不能不说话，不能不做事，不说不做别人肯定说你在逃避。可是，你现在能说什么话呢？又能做什么事呢？最应该做的一件事就是把钱拿出来还给银行，还给供货商。你现在什么也拿不出来。既然是这样，还不如暂时避一避风头。"

胡卫东听了之后也觉得有道理，可不放心，他问姜立娜："我走后，你怎么办？"

"我一个女流之辈，他们能把我怎么样？"

"实在不行，我们一起撤吧！"

姜立娜听得出来，胡卫东所谓的"撤"，就是跑路的意思，他也想跟信河街一些跑路的企业家一样，卷走公司的资产，去过另外一种生活。姜立娜知道，胡卫东说这句话不容易，他肯定是经过反复考虑，实在是没路可走了，才想放弃振兴皮鞋公司，如果还有一丝的可能，胡卫东是不会放手的。在胡卫东心里，振兴皮鞋公司永远排在第一的位置，他不会做任何有损振兴皮鞋公司的事，正因为这样，他面对王无限三番五次的游说迟迟没有行动，他是担心出现意外，会影响到皮鞋公司的正常运转。最后把钱投给王无限，还是姜立娜拿的主意，姜立娜说，他考虑的是事情悲观的一面，但事情肯定还有乐观的一面，如果能够通过放高利贷赚到钱，就可以扩展皮鞋公司的生产规模。当然，姜立娜也没有想到，王无限会跑路，他们的钱会泡汤。但姜立娜不同意胡卫东跑路的想法，在她的认识里，跑路等于承认失败，等于举手投降，等于自行了断。这不是姜立娜的性格。姜立娜给胡卫东算了一笔账：振兴皮鞋公司现在的债务大约是五亿，除了银行三亿，其他加起来约两亿，而她估算过振兴皮鞋公司的资产，包括一些还没收回来的货款，至少有七个亿。何况公司还有一笔应急资金。她对胡卫东说："对于振兴皮鞋公司来说，不存在资不抵债的问题，更不存在经营不下去的问题，只是暂时还不上银行的贷款，付不出供货商的货款，只要找到一笔款先把银行到期的贷款还掉，其他问题就都迎刃而解。既然这样，为什么要跑路？有这个必要吗？"

"我当然知道公司不存在资不抵债的问题，可现在去哪里找三亿的钱还银行呢？"

"去哪里找钱你不用管，这事交给我就行，你现在先找个地方躲起来，你在这里只会把事情越闹越大。当我把事情办妥后你再出来。"

胡卫东听了姜立娜的话后，就不再说什么，他知道姜立娜是个有主见有能力的女人，当初跟她谈恋爱就知道这一点，也喜欢她这一点。但他对姜立娜能够借到三亿的能力还是表示怀疑，如果皮鞋公司运营正常，借十亿都有可能，可现在是非常时期，人心惶惶，别人躲你都来不及，谁还会把钱借给你呢？可他见姜立娜一副很有信心的样子，最主要的是，他实在想不出办法来，只好当天晚上收拾几件换洗的衣裳，偷偷躲到乡下一个远房亲戚家里去了。这个亲戚是胡卫东母亲的堂哥，胡卫东叫他舅舅，年少时，胡卫东每年过年都会跟母亲去看望他，那个舅舅住在著名风景区楠溪江深处的一座大山里，方圆五公里只有他一户人家，绝对没人来打扰。母亲过世后，胡卫东依然每年过年去一趟，给他送一些日常用品和两千元钱。这个关系没有人知道，胡卫东住在他那里是安全的。

送走胡卫东后，姜立娜马上行动起来。不马上行动不行啊！银行给他们的还款期限已经到了，如果法院一介入，便再无办法可想，所以，姜立娜第一步就是找到银行行长，她把道理摆给银行行长听："如果你们银行申请进入法律程序，让法院来拍卖，即使能够拿回三亿的本金，对银行来说还是个损失，不仅利息没有了，更是失去了一个重要客户。"

银行行长问她说："你说说看，有什么打算？"

"你再给我半个月时间，我会把三亿的本金和利息一起奉上。"

"你拿什么保证半个月就能把钱还上。"

"我没办法给你百分之百的保证，但我有信心，而且，让我试一试，对我们企业和你们银行都有好处，如果我们企业获得了重生，你们银行也会赢得利润和名声。"

"半个月太长，我向上头没法交代，最多只能给你七天时间。"

姜立娜见他这么说，就说："七天也可以，但我有一个要求。"

"你有什么要求？"

"我把款还给你后，再申请贷款时，希望你能审批。你如果不审批，我最后还是死路一条。"

银行行长对姜立娜笑了一下，说："我早就听说你的厉害，今天一见，果然名不虚传。你既然这么说，我也给你透个实在话，如果你再申请贷款的话，我这里肯定批，但你也知道现在信河街的情况，你这个数额的贷款，我这个行长批了不算数，还要我们总行核准。"

"谢谢行长，有你这句话，我就放心了。"

争取到银行七天的还贷时间后，姜立娜并没有急着去找钱，而是先召开了公司中层干部大会，接着，召开了公司全体员工大会，把公司碰到的问题做了简单的通报。她告诉工人，公司现在确实碰到一点困难，胡卫东已经出去筹钱了，过几天就能回来，公司的运转很快就能正常起来，大家对公司要有信心。姜立娜还在会上宣布，从现在起，根据上个月的工资领取额度，给每个工人预发一个月的工资。

姜立娜一宣布完，下面的工人就哦哦哦地叫起来，一边叫一边不停地鼓掌。掌声连成一片，把会场淹没了。

姜立娜松了一口气，她心里非常清楚，当前最最紧急的事情是把公司的工人稳定住。她最担心的是工人的心态，工人不知道公司到底发生了什么事，别人说什么他们就信什么。工人最担心的是工资，辛辛苦苦做了一个月，如果老板跑了，公司垮了，他们找谁要钱去？在这种情况下，如果他们对公司没有信心，轻则怠工，重则搬走公司里的机器，只要有一个工人带头，所有的工人都会去仿效，只要工人一散，公司也就散了。所以，无论如何，工人一定要留住，只要他们还在正常上班，皮鞋就能正常生产出来，只要皮鞋正常生产出来，公司的基本运转就不会有问题，只要公司的基本运转没问题，其他的问题都是小问题。像供货商来围堵公司的事，他们只要看见工人在有序地上班，就会知趣地退回去，他们的担心跟工人差不多，现在好了，公司运转正常，货款跑不了，谁也不愿意跟公司撕破脸，公司如果垮了，对他们一点好处也没有，如果公司正常，他们以后还要公司多照顾生意呢。

处理完前面两件事后，姜立娜才回过头来考虑怎么还贷的问题。这笔钱从哪里来呢？姜立娜想到了陈乃醒。

姜立娜想到陈乃醒是有原因的。他们以前是同事，陈乃醒是信贷科科长，她是陈乃醒的部属，他对她很照顾。陈乃醒是个很仔细的人，什么话都放在心里，如果部属做错了事，他也不会指出来，而是亲自把事情重新做一遍。但姜立娜还是隐隐约约感觉到陈乃醒对她的关照相对要多一点，有重要的业务，会交代她来办。这让姜立娜对他产生了一种莫名的信赖感，一想起他，或者看见他，就会有一股暖暖的东西流过身体。在同事中，姜立娜并没有感觉自己的业务是最突出的，如果说有什么优点的话，也只是做事比别人主动一些，性格比别人爽朗一些，有话存不住。

说起来还要感谢陈乃醒，正是陈乃醒给她提供了这样的机会，她才跟前来办申请贷款的胡卫东认识了。那时，胡卫东的公司正处在扩展时期，到他们的银行来申请贷款，陈乃醒让她来办理胡卫东的业务。

是姜立娜利用业务上的便利主动约胡卫东吃饭的。胡卫东想申请到他们银行的钱，她定下的约会，胡卫东不敢不来。再说，胡卫东当时的见识不多，他从小只知道跟皮鞋打交道，接触的都是底层的人，对他来说，姜立娜是捧铁饭碗的人，模样生得干净，手指伸出来跟嫩葱似的，身上有股说不出来的香味，他连正视她眼睛的勇气也没有，单这一点，自己就矮了半截。姜立娜约他，他只道是找他谈贷款的事，根本不敢往其他方面想。姜立娜看出胡卫东的心思，这也是她喜欢胡卫东的原因之一，她喜欢胡卫东身上质朴的东西，哪怕质朴得有些卑微。正因为他身上有这份质朴，才让姜立娜感觉到他的可靠，从姜立娜这个角度说，这样的男人比较好掌控，不会做什么离谱的事。还有一点也相当重要，通过跟胡卫东的接触，包括到他的皮鞋公司考察，姜立娜看到了胡卫东美好的未来，他有制作皮鞋的技术，有管理员工的经验，有几十年来建立的口碑，姜立娜更看重的是胡卫东踏实的作风，做事扎实，一步一个脚印，如果再加上自己的帮助，相信胡卫东能做出一番事业来。这样的男人怎么能错过？所以，姜立娜采取主动出击的战术，她主动约了胡卫东吃饭。后来也是她主动拉了胡卫东的手，当她拉胡卫东的手时，感觉到胡卫东的手很僵硬，第一个反应是想把手缩回去。姜立娜心里又是一喜，她仔细看过胡卫东的手，那是一双粗壮厚实的手，也是一双布满老茧的手，那是他长期做皮鞋的结果，是劳动的体现，让姜立娜欣慰的是，胡卫东的手很干净，手指甲修剪得很平整，指甲缝里没有污垢，这说明他是个整洁的人，姜立娜去过他工作的地方，那是一个充斥着黑色污垢和刺鼻气味的地方，可胡卫东身上看不到黑色的污垢，更闻不到刺鼻的异味，姜立娜闻到他身上有一股特殊的味道，她说不出来是什么味道，她喜欢闻，闻到之后身体发酥，似乎骨头都软了，人一阵一阵地发困。确定恋爱关系也是姜立娜提出来的，也无所谓提出来，姜立娜什么话也没有说，胡卫东更没有说，是姜立娜主动让胡卫东亲了嘴，胡卫东亲了嘴后，就紧紧地把她抱在怀里，不停地问，这是真的吗？这是真的吗？姜立娜告诉他，这当然是真的。姜立娜是在家里把第一次给了胡卫东的，也是姜立娜主动说要给他的，胡卫东一直问她说，可以吗？可以吗？第二天，胡卫东家就到姜立娜家下聘礼了。

结婚后，姜立娜还在银行里上了一段时间的班。有她在银行里，胡卫东的贷款就好办多了。

胡卫东希望她继续留在银行里，这里面有他的虚荣心，老婆在银行工作，每天穿着制服上下班，怎么说都是一件叫人骄傲的事。胡卫东也希望结婚以后的姜立娜依然独立，她在银行上班，有一份可观的工资，有自己的生活，她的空间就大了。更主要的是，姜立娜如果从银行辞职来公司上班，有点大材小用，胡卫东的公司已配备了专门的财务人员，姜立娜只要利用空闲时间，帮胡卫东把一下关就可以了。

姜立娜是在结婚五年后才从银行辞职的。经过五年的发展，胡卫东的振兴皮鞋公司已经成为信河街一颗冉冉升起的新星，公司搬进了新厂房，工人也从一百来号人发展到一千多人，胡卫东的缺点这时凸显出来了，他做技术出身，文化程度不高，管理一百来号人没有问题，凭他的技术就能服众，到了一千多工人的规模，人员就复杂了，对管理要求更高，单凭一身的技术已经不够。另外，公司扩大后，财务的来往也繁杂起来，都是巨额数字，而胡卫东还是把目光盯在技术上面，时间一久，公司的运作就容易失衡。姜立娜看到了这一点，毅然从银行辞职——她这时已是信贷科科长，但她知道胡卫东现在更需要她的帮助。她知道孰轻孰重。她到振兴皮鞋公司上班后，真正负起内当家的责任，把管理、财务、销售都抓起来，胡卫东可以专心地钻研技术，开发新产品。此外，姜立娜也尽量安排机会让胡卫东去参加各类学习，在提高修养的同时，结交各类朋友，这些朋友对他企业以后的发展可能会起到促进作用。

胡卫东对姜立娜的安排言听计从，对她从银行辞职更没有异议。公司五年的发展，也开阔了胡卫东的眼界，他不再觉得有一个在银行上班的老婆是多么荣耀的事。他也不用再主动去银行申请贷款了，银行会主动来找他，希望他能够多贷一些。当然，银行也会做他的思想工作，希望他把基本账户开在他们那里，把公司的钱存在他们那里。胡卫东把这些事交给姜立娜处理。名义上胡卫东是公司的董事长，实际上把握着公司命脉的人是姜立娜。

在姜立娜的印象中，陈乃醒是在她结婚后从银行辞职的，她订婚后，给陈乃醒送过人情糖，陈乃醒也参加了他们的婚礼，当她度完婚假回去上班，就没有再见到陈乃醒，听同事说，陈乃醒在她婚礼后的第二个星期就走了。

姜立娜知道消息后有很深的失落感，回想起来，陈乃醒的样子还是很清晰地出现在脑子里。他还是她和胡卫东的媒人呢！都没有来得及道一声谢谢。姜立娜隐隐感觉到，陈乃醒的突然辞职，跟她可能有一点关系，具体是什么关系她说不出来。

陈乃醒辞职之后，姜立娜一直关注着他的消息。她听到很多有关陈乃醒的传说，说他做了很多投资，却又没人能说得出具体是什么投资。说他是个隐形富豪，却没人知道他有多少钱。总之，他是信河街最神秘的人，没有人能说得清他是什么样的人。每次一有人说起陈乃醒，姜立娜脑子里就会跳出他的样子，姜立娜发现，自己对他的信赖感没有变，一想起他，身体里似乎就有一股暖暖的东西流过。所以，胡卫东高利贷的事情发生后，她第一时间就想到了陈乃醒，想向他求助。她很肯定地相信，只要力所能及，陈乃醒一定会伸手拉她一把。她也相信，陈乃醒肯定有这个能力。

这十多年来，姜立娜虽然没有跟陈乃醒联系过，但她一直保存着陈乃醒的手机号。如果胡卫东的公司没有闹出高利贷的事，她可能这辈子都不会给陈乃醒打电话，现在也算是走投无路，她能想到的只有陈乃醒，觉得也只有陈乃醒有这个能力。

姜立娜从手机里调出陈乃醒的号码，长长地呼了一口气，拨了出去，那边传来"嘟——"的声音，居然通了，可对方没有接。姜立娜停了一下，她不敢肯定这个手机号还是不是陈乃醒在用，不过，十多年过去了，这个号码还能打通，也算一个奇迹了。过了一会儿，姜立娜又拨了一次，还是通的，还是没接。又停了大约十五分钟，这是漫长的十五分钟，姜立娜似乎能听见秒针转动的声音，每走一下，中间仿佛都有一个巨大的停顿。直到姜立娜第三次拨通了电话，电话那头终于传来了"喂"的声音，姜立娜一听就知道，那是陈乃醒的声音，他的声音一点没变，姜立娜心里一热，对电话那头说："我是姜立娜。"

"你好。"

"我的皮鞋公司资金周转出问题了，需要你的帮助。"

"好的。"

"我想跟你见一面。"

"我人不在信河街，你先在电话里说吧。怎么帮？"

"我想向你借钱。"

"要多少？"

"四亿。"

"是因为高利贷吗？"

"是的。"

陈乃醒沉吟了一下，说："数目有点高，明天给你回信行吗？"

"当然行。"

通完电话后，姜立娜愣了好一会儿，心里凉凉的。她听得出来，陈乃醒没有说实话，她从手机的声音听出来，陈乃醒没有离开信河街。而且，他拒绝了她见面的请求，这里面包含着丰富的信息，她感觉到陈乃醒在推托，选择了回避。至于他说明天给她回信，大概也是一个借口吧！但是，姜立娜又不能完全肯定这个猜想，凭她对陈乃醒的了解，他不是这样的人。他平时不说话，可只要开了口，必定是心里有数。他从不说模棱两可的话，也从不对人开空头支票。

姜立娜猜不透陈乃醒心里的想法。以前跟陈乃醒同事时，她没有刻意去注意这一方面的事，遇到什么事，张口就跟陈乃醒说了，说完后就忘记，也不在意他有什么反应。听同事说陈乃醒是个猜不透的人，是个城府很深的人，她并没有直接的感觉，觉得这事跟她无关。后来听多了社会传说，她也不以为然，心里想：可能是你们想多了吧。这一次，算是有切身体会了。可她确实想不出其他办法，在这个时候，还能到哪里去借四亿的钱？只能等陈乃醒明天的回信了，她希望自己的直觉没错，陈乃醒还是以前的陈乃醒，是她信赖的陈乃醒。她心里想，如果能帮她渡过难关，即使陈乃醒开出一些苛刻的条件，她也可以接受，毕竟四亿是个大数目。

第二天中午，陈乃醒果然给她打来了电话，答应给她三亿。虽然离姜立娜需要的四亿还有距离，但这已让她感动不已。患难之时见真情啊！自从胡卫东出事后，原来跟胡卫东拜过盟兄弟的十个朋友都躲着他们，这些人大多是做皮鞋的，都是上亿身家的大老板，事情出来后，姜立娜曾经跟胡卫东排过一个拯救公司的方案，希望通过胡卫东这十个盟兄弟，每个急借一笔钱，先把银行的贷款还清。可是，胡卫东走了一圈，他们不是躲着不见，就是说自己的钱也被担保公司卷走了。弄得胡卫东很灰心。姜立娜倒没有埋怨胡卫东盟兄弟的意思，他们也受到担保公司的影响，也都有银行贷款，银行肯定会催他们还款。他们的日子也不好过。正是有了这样的前提和比较，陈乃醒的行为才显得更为珍贵，听了他的答复，姜立娜感觉到有一股暖暖的东西从身体里流过，有一种想哭的感觉，她捧着电话说："我一定尽快把钱还给你。"

不过，陈乃醒这时却说了一句让姜立娜意想不到的话，他说："我不要你还，这钱借给你有一个附加条件。"

"什么条件？你说吧！"

"我要你们皮鞋公司百分之四十九的股份。"

姜立娜一听就愣住了。她没想到陈乃醒会提出这样的要求，他是不是在落井下石？为什么要皮鞋公司百分之四十九的股份呢？姜立娜想不明白。她捧着电话，停了一会儿，说："这事我一个人做不了主，要跟胡卫东商量一下。"

"没问题，我给你们两天时间，你们商量好后再答复我。"

"我一定尽快答复你。"

"还有一件事必须说在前面，如果我拥有振兴皮鞋公司百分之四十九的股份，会派一个人到公司里去任财务总监。这点你们必须考虑清楚。"

姜立娜现在知道陈乃醒的厉害了，一出手就能够抓住公司运作的关键部位，只要财务总监是他的人，他不用再派一兵一卒便能掌握公司一切情况，姜立娜点了点头，说："好的，我们马上商量。一定尽快给你答复。"

挂完电话后，姜立娜准备去楠溪江的大山里找胡卫东，山里没有手机信号，也没电话，好在胡卫东进山前，画了一张地图给她，她照着地图就可以找到胡卫东。陈乃醒提的要求她做不了主，如果答应他的要求，等于把公司卖掉，这事得由胡卫东拿主意。

就在姜立娜要出门时，胡卫东出现在她面前，她吃了一惊，以为看花了眼，她眨了眨眼，晃了晃头，再看，真是胡卫东，脱口说："你怎么回来了？"

胡卫东看着她说："我放心不下你。"

姜立娜一听，眼睛一阵发涩，故意把头转到别处去。

当她平静下来后，就把陈乃醒的事跟他说了，胡卫东听了之后，很长时间没说话，最后，他像是喃喃自语地说："都是我的错，都是我的错。"

姜立娜发现他的眼眶红了起来，嘴唇不由自主地抽搐。她知道胡卫东心里的感受，皮鞋公司是他一手建起来的，他们没有生育孩子，公司就是他们的孩子，现在，这个孩子却要分一半给别人，谁不心痛呢？这么想着，姜立娜伸出两只手，握住胡卫东的手，轻轻地说："无论怎么说，公司总是保住了，以后有的是机会。再说，我们拥有公司百分之五十一的股份，是大股东。"

胡卫东的手反过来紧紧地握了她一下，点了点头。

艾萌芽

艾萌芽是陈乃醒派到振兴皮鞋公司的财务总监。

在这之前，艾萌芽是东方担保公司的老总，跟王无限一样，她也是陈乃醒花钱雇来的。不同的是，艾萌芽的东方担保公司主要做车保业务，不涉及高利贷。到现在为止，东方担保公司已经占有信河街百分之七十的车保市场，仅这一块，每年就创造两千来万的利润，包括其他业务，东方担保公司一年的纯利润在三千万左右。是陈乃醒最放心的一个投资。

艾萌芽也是陈乃醒的老部属。她比姜立娜晚两年到银行信贷科上班，她进来一年后，陈乃醒辞职离开。

艾萌芽大学读的是审计专业，毕业后进了银行。她是个细长个，瘦，连胸脯都看不大出来，眼睛、鼻子、嘴巴都细细的，说话也是细声细气，皮肤上有一层薄薄的金黄色绒毛——好像还没发育完全呢！信贷科的同事有点失望。

在工作上，艾萌芽只做她该做的事，凡是陈乃醒交代的事，她都认真做好，让他挑不出毛病，也看不出特别好的地方。如果一定要说有不同的地方，就是她说话的方式，每句话都很短，只有几个字，好像每句话都打好草稿。再就是办事比较利索，客户前来申请贷款，她会用最简单的话把客户需要递交的材料说清楚，把申请的程序说清楚，她经办的申请贷款，资料最整齐，填写也最规范，基本上不用客户跑第二趟。

在信贷科里，陈乃醒和艾萌芽是两个话少的人，如果没人跟他们打招呼，可以一整天不说一句话，只是两人的方式略有不同：陈乃醒嘴巴上不说话，脸上也没表情，沉默得让人看不出深浅，就像平静的湖面没有一丝涟漪，让人觉得冷；艾萌芽也不说话，脸上却始终挂着微笑，无论什么时候，她的嘴角都是微微上扬，有的客户是初次申请，对程序不了解，总是记住后面忘了前面，无论问多少遍，艾萌芽还是细声细气。

她当然是有脾气的。有一次，银行头头请信贷科的同事吃饭，头头叫艾萌芽喝酒，艾萌芽酒精过敏，一喝就全身通红，严重一点甚至会休克过去。但头头叫她喝也是好意，她就倒了一杯，喝一小口。头头不肯，一定要她喝光，艾萌芽把酒杯一放，什么话也不说，站起来就走了。把头头晾在那里。信贷科同事震惊了，原来艾萌芽挺厉害的嘛！

艾萌芽不认为这是厉害，她只按自己的想法做事，是对是错，要有自己的判断，认定不对的坚决不做，对的坚持到底。她不想喝的酒当然可以不喝，不想做的事，别人勉强也没用。这也是她处世的基本原则。在社会上，她有一些性格差不多的朋友，有的是税务官，有的是法官，有的是警察，有的是律师。她跟这些朋友私下常有聚会和联系，可从来不会对外说。

在银行信贷科呆了一年多，两个月后，也就是陈乃醒离开两个月后，艾萌芽申请调到了信河街审计事务所，这是她的专业，也是她想做的事。

她在审计事务所做了八年。这八年里，父母和大部分亲戚都移民去了加拿大，入了籍。她只办了居留证，每年去探望一次。父母希望她一起移民加拿大，生活上有照应，她没答应。问她为什么不移民？她也说不出原因，似乎在等待什么，可又不知道在等待什么。她不想离开审计事务所，准备在这里做到退休。

第九年，她接到陈乃醒的电话，希望她来做东方担保公司的老总。她一口就答应了。

她在东方担保公司做了两年多，她来之前，信河街的车保市场基本是空白，是她一手做出来的，所有的车行都是她去谈下来。但是，陈乃醒邀请她到振兴皮鞋公司做财务总监，她不太愿意去，说："东方担保公司怎么办？"

"两个地方你都兼着。"

"我担心做不好。"

"我相信你的能力。"

接着，陈乃醒又补充一句："别人去，我不放心。"

艾萌芽一听这话，什么也不说了。

艾萌芽不愿意到振兴皮鞋公司来是有原因的，她不想见到姜立娜。当年在银行信贷科上班时，姜立娜对她比较关照，艾萌芽平时不说话，显得不太合群，科室里有什么活动，包括中午出去改善一下生活，晚上出去聚餐，都是姜立娜主动招呼她。她一叫，艾萌芽总是笑笑，有时参加，有时不参加。可是，不知什么原因，艾萌芽心里对姜立娜有一种排斥感，她想不通这种排斥感从何而来。还有一个重要原因是，她这次的身份有点尴尬，从某种程度说，她这个财务总监是去做监督。这不是一个光彩的角色。再说，姜立娜他们公司正经历一场大劫难，虽然已挺过来，她的内心肯定是苦楚的，而她的到来并不是为了安慰她。这让艾萌芽感到为难。

艾萌芽的到来，对姜立娜是一个意外。看见艾萌芽时，是在她的总经理办公室，艾萌芽敲门进去，姜立娜抬头看了一下，没认出来，又把头低下去做手头的事，但她马上又把头抬起来，从办公椅里站起来，伸出右手的食指指着艾萌芽说："哎呀，你不是艾萌芽吗？"

艾萌芽说："是。"

姜立娜一边说，一边向她快步走来，说："你比以前胖了一些，风韵出来了，我认不出来了。"

说着，她一把拉住了艾萌芽的手，另一只手揽着她的肩膀，朝门外喊起来："胡卫东你快来。"

胡卫东不知道发生了什么事，小跑着来到姜立娜的办公室，姜立娜指着艾萌芽对他说："这就是我们公司新来的财务总监，叫艾萌芽，是以前信贷科的同事，大学的高材生。"

胡卫东点着头对艾萌芽说："你好，以后请多关照。"

艾萌芽也对胡卫东说："添麻烦了。"

胡卫东搓着手说："有什么需要只管说，我一定办好。"

虽然是第一次见面，艾萌芽感觉到姜立娜和胡卫东的心态还比较好，没有被击垮的迹象，公司的阵脚也没乱。

在接下来的工作中，艾萌芽也能够体会出这一点。

根据陈乃醒的要求，艾萌芽要对公司的账目做一次清查。这不单单是陈乃醒的要求，就是没有交代，作为一个曾经的审计师和现在的财务总监，艾萌芽也会这么做。姜立娜也是银行出身，当然知道新来的财务总监会做什么，早就安排人把艾萌芽要查的账目搬到她的办公室了。

艾萌芽先对银行账户和公司的账簿进行仔细核对，其次是将公司的收入与实物清单进行核对，其间她还去仓库进行了清单核对，再就是抽查原始凭证，查看上面的摘要，对费用的合理性进行核查。

在核查过程中，艾萌芽感叹，姜立娜不愧是银行出身，所有的账目做得清清爽爽，包括前期的成本核算和后期的利润核算，每一项都明明白白，原始凭证上的摘要也写得合情合理，表达完整。

她印象最深刻的还是胡卫东，每次碰到，他总是腼腆地笑笑。笑容里写满歉意。他几乎都呆在车间里，人很快地瘦下去，眼眶凸出来。艾萌芽每次看见他，都想说句安慰的话，却不知说什么好。

凭艾萌芽的专业眼光，从账目上就可以看出来，姜立娜和胡卫东是在认真做企业。艾萌芽到公司仓库去核对清单时，发现仓库也是干干净净，所有的原材料摆放得井井有条。只有真正做企业的人才能这样认真做事。

核查完毕后，艾萌芽把核查结果和自己的感想报告给陈乃醒。她是通过手机告诉陈乃醒的，艾萌芽很少跟他通手机，没特殊事情她不打，陈乃醒更是很少打给她，平均一个月也就一次吧。见面的次数更少，有时半年也见不到一次，艾萌芽根本不知道陈乃醒在哪里，更不知道他在做什么。

有一次，报告完毕，陈乃醒问她振兴皮鞋公司什么时候能盈利？艾萌芽犹豫了一下，说现在还很难说。他没再问。

姜立娜和胡卫东没有把艾萌芽当外人，公司所有的会议都邀请她参加。通过这些会议，艾萌芽发现，经过高利贷风波之后，胡卫东和姜立娜确实已把心收回来，一门心思要把振兴皮鞋公司做好，他们甚至做了一个百年计划，包括品牌建设，包括人才培养，包括市场营销，包括员工培训，等等等等。

但是，艾萌芽很快就发现，振兴皮鞋公司的现状很不乐观。她总结了一下，起码有五个方面的问题：

第一，订单越来越少。公司每次开会，负责销售的经理都会报出一连串的名字，这些人原来是振兴皮鞋公司的大客户，在这之前，他们每个月都会来公司下订单，现在已经好几个月没有踪影了。订单一少，机器只能停下来。机器一停下来，工人的心就慌起来。慌得更厉害的是姜立娜和胡卫东，订单一少，等于营业额少了，营业额少了，利润跟着下来，原本就很紧张的运作资金，显得更加紧张。

第二，拖欠货款收不回来。拖欠公司货款的客户有上百个，金额达到两亿，这些客户要么跑路，要么找地方躲起来，要么一副死猪不怕开水烫的样子。艾萌芽知道，他们也不是成心赖振兴皮鞋公司的货款，他们的钱也被其他单位拖欠着，或者被别人卷跑，当然没钱来还振兴皮鞋公司的货款。

第三，信誉缺失。跑路的客户太多，公司的运作变得小心翼翼，规定客户来拿货必须一手交钱一手交货。同样，公司向供货商要原材料时，供货商也要求公司必须钱到发货。为了这事，姜立娜亲自出马，找他们说情，希望能够每月一结。这些供货商都是十多年的老关系，他们一看见姜立娜，马上诉起苦来，说欠他们货款的客户都不见了，他们也被别人催款催得要跳楼，否则的话，无论如何也要给姜立娜面子。姜立娜已经听出来了，说白了，是他们对振兴皮鞋公司不信任，担心振兴皮鞋公司随时会跑路。

第四，银行把控住公司的钱。到期的贷款还清后，姜立娜去找那个银行行长续贷，银行行长也算言而有信，向上级申请，最后核准下来，批了一亿，附带一个条件，银行专门派一个人进驻振兴皮鞋公司，公司所有进出的账目都要经过银行审核，直接从利润里把每月的利息取走。也就是说，公司的财务命脉，是控制在银行手里，姜立娜和胡卫东做不了主，也插不了手，等于把他们的手脚绑起来了。

第五，陈乃醒承诺的三亿没有完全到位，付了一点八亿后，另外一点二亿迟迟没有兑现。姜立娜催过好几次，陈乃醒开始说在筹款，后来干脆不接电话。姜立娜来找艾萌芽。艾萌芽理解她的心情，就给陈乃醒打电话。陈乃醒告诉她，手头暂时没钱可以周转，他有两笔大的资金，放在两个做实业的朋友那里，他们把他的钱卷跑了。艾萌芽告诉陈乃醒，东方担保公司的户头里还有五百万的钱，可以拿来先用。陈乃醒说就是把五百万拿来，也凑不齐一点二亿，不如先留着，他另有急用。

形势超出了艾萌芽的想象。

她答应陈乃醒来当财务总监时，只知道很多人跑路了，很多企业关门了。并不知道跑路事件对信河街经济的影响有多大。东方担保公司客户是以年轻的工薪阶层为主，跑路事件发生后，对东方担保公司的直接影响只是业务量下降，几乎没有出现客户失踪的事。她感受不到跑路事件的影响到底有多厉害。可是，到了振兴皮鞋公司后，等于进了事件中心，在这个旋涡里，她才知道跑路事件的杀伤力，连陈乃醒都深陷其中。

艾萌芽不知道，陈乃醒真正的问题还不在这里。他真正的问题在王无限那里，王无限已被警察逮住，把所有事情都供出来了。

王无限不是去美国了吗？是的，他确实登上去美国的飞机，也确实到了美国。他在美国呆了两个月，偷偷回来了。他是个喜欢热闹的人，是个喜欢跟朋友扎堆的人，也是个喜欢跟小动物在一起的人，可他在美国没一个亲人，没一个朋友，更让他难受的是，在美国，居然连一只小动物都有专门的法律保护。最主要的是，王无限语言不通，一到美国，他成了一个哑巴。什么事情也干不成。但他答应过陈乃醒，一定要留在美国，这样陈乃醒才没有把柄落在别人手里，只要他王无限一消失，所有的证据都随风散去，怎么也找不到陈乃醒头上。王无限也确实想信守承诺，拿了陈乃醒的钱，就要付出代价。他咬着牙呆在美国。可是，陈乃醒没有信守诺言，陈乃醒答应一个月后再转两百万美元给他，一个月后，王无限给他打电话："你不是说一个月后再汇另一半给我吗？"

"我这边出了点问题。"

"什么问题？"

"我的钱也被别人卷跑了。"

"总不会连两百万都没有吧？"

"有一笔钱给了振兴皮鞋公司，等它运转起来后，我就把钱汇给你。"

"要多久？"

"很快的。"

"很快是多久？"

"半个月左右吧！"

"好吧！我再等半个月。"

"说好不能给我打电话的，你怎么不守信用？"

"是你先不守信用的嘛！"

半个月后，王无限再给他打电话："钱怎么还没汇过来？"

"出现了一个意外。"

"什么意外?"

"银行派人掌控了振兴皮鞋公司的财务,现在一分钱也拿不出来。"

"到底什么时候能给我钱?"

"再等等吧!我一定会尽快汇钱给你的。"

又过了十多天,王无限在电话里问陈乃醒:"你为什么不讲信用?"

"不是我不讲信用,实在是资金转不动了。"

"我们是有协议在先的。"

"我知道,如果可以的话,我这里还有五百万人民币应急资金,先转给你。"

"我不是乞丐,让你随便拿点钱打发。你要知道,我现在做的一切都是为了你。"

"我知道。但现在手头确实没钱。"

"你在美国不是有钱吗?"

"在美国有,可你知道美国的法律,支出这么大的数额,税务部门马上就会找上门来。一定要等我到美国后才行。"

"你什么时候来美国?"

"快了,我把手头的事处理好就去。"

挂断电话后,王无限明白再等下去已经没意义了。他知道陈乃醒不是有意拖欠这两百万。陈乃醒当然知道他的重要性,只要手头有余钱可以流转,肯定会以最快的速度把钱转给他。在美国这段时间,王无限每天关注信河街的动态,知道跑路的人越来越多,像台风一样扫过来,所到之处,倒下一片。他做担保公司出身，知道信河街现在的情况，他能断定，陈乃醒已经自身难保，已没能力兑现对他的承诺。至于陈乃醒说来美国后再给他钱，王无限知道那是一张空头支票，是一个缓兵之计，目的是稳住他。陈乃醒到了美国，是不会再给他钱的。到了美国，陈乃醒就安全了，谁也不会来查他在信河街做了什么事，王无限对他的威胁不存在了，他当然没必要再给王无限钱。另外，来美国后，王无限才知道，在美国，平白无故转两百万美元给他，几乎是不可能的事。

想明白这两点后，他买了机票，回国了。

王无限并没有回信河街，他知道，信河街现在正在风口浪尖上，如果回去，自己肯定会被淹没。他先坐飞机到了北京，然后改坐火车到上海，在静安寺边的一个小区租了一个套房，隐藏了下来。

到了上海后，王无限换上一个假身份证，名字叫王天来。这个假身份证是他离开信河街前就准备好的。王天来是他的堂弟，比他小一岁，模样也有点像，五年前在一次车祸中身亡，王无限在整理他的遗物时发现了身份证，当时多留了一个心眼，保留了起来，现在刚好用上。

王无限在上海居住下来后，过着低调的生活。他也不去找工作，清晨起来到公园锻炼一下身体，在外面吃完早餐，再去菜场或者超市买点日常用品，回家的路上带回一份晨报，回家后，从天气预报到讣告一字不漏地看完。吃完中饭后，午睡一个半小时，起床后开始上网，有时打游戏，有时看新闻。晚上一般会去酒吧坐坐，喝一杯红酒，跟陌生人聊聊天，午夜十二点之前回家。

在这种平静的生活中，他有时会在街头碰到流浪的小猫小狗，它们用无助的眼神看着王无限。王无限被它们一看，眼眶一酸，马上蹲下身子，抱起小家伙，用鼻音说："乖，跟爸爸回家噢！"

一个月后的一天下午，两个警察来敲王无限的门。警察向他出示了证件，说有人举报他家里有许多动物，夜里叫声扰民，他们来看看。

警察进来后，先叫他拿身份证。他就把王天来的身份证递给警察。另一个警察四下张望，数了数，一共有三只小狗和两只小猫。问他："办证了没有？"

"没有，都是流浪的小动物，不领回来，很可怜的。"

那个警察用警务通在身份证上照了照后，脸上的眉毛跳了跳。他的这个动作被王无限注意到了，王无限的心揪了一下。两个警察对视了一下，拿着身份证的警察对王无限说："你先把这些小动物送到我们所里去吧！"

"我不要了行不行？"

"不要也必须跟我们走一趟，做一个笔录。我们好交差。"

王无限只好拿个大纸板箱，把五只小动物装进去，跟随两个警察来到派出所。一进派出所的门，他刚把纸板箱放下，双手就被铐起来，王无限叫了一声："你妹的，你们凭什么铐我？"

他没有得到答复，而是马上被带进审讯室，一个警察给他拍了几张照片后出去，那个拿着身份证的警察说："你是谁？"

"我是王天来？"

"王天来已死亡，户籍都注销了。你到底是谁？为什么要假冒他的身份？有什么目的？"

"我真的是王天来。"

为他拍照的警察很快就进来了，对另一个警察说："查出来了，他叫王无限，是个色盲，以前在信河街走后门考了驾照，后来撞伤人被吊销了。"

王无限一听，脑袋马上垂下来了。但也没有太慌张，他知道，自己只是一个小兵，陈乃醒才是帅。如果要坐牢，首先是陈乃醒。

就在王无限被抓的当天晚上，陈乃醒决定飞美国，他不知道王无限已经回国，更不知他在上海被抓。只是预感不对头，王无限一个月没向他催款了，这不是他的性格。更重要的原因是，陈乃醒所有投资都卷进了高利贷风波，跟他有生意关系的人，跑了一小半，留下来的人，都在苦苦地撑着。他原来最大的希望是能够入主振兴皮鞋公司，现在目的达到了，却是一个僵局。这让他有点失望，有点进退两难。继续坚持下去的话，他又担心王无限回来，王无限像枚定时炸弹，如果出事，他想脱身就难了。思考再三，他决定先去美国避避风头再说。他都是隐蔽投资，离开不会有什么影响。过一段时间，如果情况好转，再回来就是。

走之前，陈乃醒给艾萌芽打了一个电话，说："我要去一趟美国。"

"什么时候走？"

"明天。振兴皮鞋公司和东方担保公司的事你多费心。"

"什么时候回来？"

"大概一个月吧！有事打我手机，我会一直开着。"

"好的。"

跟艾萌芽通完电话后，陈乃醒预订了第二天的机票。大约半个钟头后，有人敲他别墅的门，他出去一看，门口站着四个佩枪的警察，他们身后停着两辆警车，车顶上的警灯一闪一闪的，闪得陈乃醒的眼睛发疼。他闭上了眼睛，心里叹了一口气：一定是王无限这枚定时炸弹引爆了。

第二天早上，艾萌芽刚到办公室不久，接到一个警察朋友的电话："你以前在银行上班时，不是跟陈乃醒共过事吗？"

"是啊！"

"听说他是壹加壹担保公司的后台老板。"

"怎么会？"

"他和王无限都被警方抓住了，王无限供出来，是陈乃醒指示他拉胡卫东下水。据说整个过程都是陈乃醒设计的。"

艾萌芽什么话也说不出来，觉得脑子里轰的一声，有一个巨大的东西塌下来了，坐在办公室的椅子里，脑子一片空白。也不知过了多久，她慢慢站起来，简单地整理了一下属于自己的东西，离开了振兴皮鞋公司。

离开振兴皮鞋公司后，艾萌芽来到东方担保公司，坐在办公室里，想做点什么，却又不知道该做些什么。

已经是中午了，艾萌芽一点吃饭的念头也没有。她想出去走走。

也不知道要去什么地方，她在街头走走停停，居然走到原来上班的银行。地点没变，大楼是后来新盖的。走进一楼大厅，四处看看。想找信贷科，没找着。她也没问，在一楼大厅的椅子上静静地坐着，看大厅里人来人往，没有一个认识的人。

从银行大厅出来后，她又在街头上慢慢地走，走到了审计事务所。她没有进去，站在外面，出神地看了半天。然后转头看街上的行人，个个行色匆匆，也都心事重重，更没有人看她一眼。马路中央，车辆蚂蚁搬家一样排着队，偶尔响起刺耳的喇叭声。

回到家时，已是晚上，艾萌芽一进家门就瘫坐在地上，她也不想站起来，就这么歪坐着，四周很静，能够听见一下又一下的心跳声。慢慢地，身上有了一点力气，她用手掌捂住自己的脸，轻轻地叫出了一个人的名字，忍不住哭出声来。

第二天，她又去了一趟东方担保公司，把户头里的五百万转出去。

当天晚上，艾萌芽登上去加拿大的飞机。

孤岛

征兆

黄青了实现多年愿望，跟随孙有光在一个锅舀饭吃。孙有光指着别墅一楼一个房间说："房……间给你留着，住不住随你。"

黄青了笑着说："光爷，我怎么有种被包养的感觉？"

孙有光咧咧嘴，悠悠地说："爷……包养男人还是头一回呢。"

黄青了没住进孙府，住孙府私人问题解决不了，出了孙府，天地开阔，可以随便撒野，在孙府他只能夹着裤裆做人，时间一长，前列腺肯定出问题。光爷知他难处，也不勉强。黄青了每天早上八点半到孙府，有时跟随光爷到工地视察，监督工程进展，基本上是指手画脚地干活。有时，特别是下雨天，光爷什么地方也不去，窝在书房里看《红楼梦》。他有很多本《红楼梦》，有新有旧，新的塑料薄膜没拆开，旧的像过期的焙牛肉片，可以蘸酱油醋下酒。他看《红楼梦》时，随手扔一本给黄青了，说："你自……便。"

对黄青了来说，还是看手提电脑里的美剧来劲，美剧不但情节紧凑、人物个性鲜明，最主要是有很多美女，床戏很多，不存在打马赛克的问题，越看越有精神，身体里充满迷茫的力量。黄青了向他推荐过，他头也没抬起来，说："那东西有……毒。"

黄青了事后想想，他说得挺对，那东西会让人上瘾，会把人身上的精神一点一点地耗光。黄青了有时会听见身体像漏气的自行车胎，发出嗞嗞嗞的声响，有一种世界末日的颓败感。

光爷看书很仔细，拿2B铅笔在书上划出一条条记号，还在边上写评语。黄青了以为光爷会跟他探讨《红楼梦》，却没有。黄青了有时在一楼房间里待一整天，性欲不可抑制地旺盛起来。

光爷是个坐着能吃躺下便睡的人。身高一米八二，手长腿长，腰粗膀宽，长脸，垂耳，大嘴，宽鼻，眉骨凸出，双眼凹陷，小肚如山丘隆起，猛地一看，以为他祖上与狒狒有过交情。一句话，从外形看，他是一个魁梧之人，用勇猛来形容也未尝不可。他从不拜访医生，有点小病小痛，喝点酒就过去了。他对自己的身体有信心。

三个月后，光爷携黄青了北上。这是他的惯例，每隔一段时间远游一次，他说："人……不能在一个地方待太久，会沉下去的。"

由南而北，杭州、上海、北京。去杭州和北京是察看项目进度，去上海是汇报工作，这些都是幌子，对光爷来说，此行目的就是会友，会友的目的就是喝酒。一路上有朋友接待，中午一顿，晚上一顿，凌晨再唤黄青了出去宵夜，用他的话叫"补一枪"。早上九点，他们去住宿的宾馆外觅食，寻找兰州拉面，店面大小不管，环境越脏越好，辣子一定要香，汤要烫，拉面要二细，面来后，加一份牛肉，多放葱和香菜，辣子最少两调羹，碗面一片红，香气袅袅。一海碗下去，一头一脸的汗。哈，又想冰镇喜力了。

离开上海的前一天早上，他们出门吃拉面，时值酷暑，上午九点钟的太阳已能咬人，空气开始发烫发黏，黄青了把拉面店空调打到17℃，冷气从空调叶子里滚滚而出，稍有一点凉意，但喝第一口汤后，后背的汗已把衣服浸湿。黄青了早上第一眼就看出光爷面色发黑，吃完拉面后还没转红，这不像平常的孙有光啊，他问："光爷，你不舒服？"

"没……事。"他摇摇头。

那天中午依然是上海的朋友宴请，大家都喝红酒，唯他们喝冰镇喜力。晚上也是冰镇喜力。宵夜吃的是盱眙小龙虾，他点的都是最辣的，两个人又喝了二十听冰镇喜力。

次日上午，他们离开上海，黄青了见他脸色更黑，问道："光爷，你真没事？"

他举起手掌，往前一砍，指着北方说："挺……进。"

黄青了发现他走路比平时慢了许多。他平时走路手脚划龙舟一样，身体前倾，黄青了要小跑才跟得上，这时走路两脚叉开，缓慢移动，好像裆部夹着一个大气球。

下午抵京，早有人来接机，入住后，各自回房间洗面。黄青了刚洗完脸，光爷打电话叫他过去。

黄青了来到他房间，见他双手捧着肚子说："爷……便秘了。"

黄青了还没开口，他竖起三根指头说："三……天了，连屁也没放一个，肚子胀得像皮球。"

黄青了突然觉得他捧着肚子的样子很滑稽，走路更像狒狒了，想笑，硬忍着对他说："你等着，我去去就来。"

黄青了快步出了酒店，找了一家连锁药店。黄青了本来要买"泻得快"，店员小妹推荐"果导"，说效果好，没副作用，很多减肥的人都吃这种药，"果导"一到，肛门就像开了闸的水龙头，关都关不住，一星期能瘦十几斤。

赶回房间，见光爷一动不动躺在床上，双手依然捧着肚子，嘴巴死鱼一样张着，两只眼睛直直盯着天花板。黄青了把"果导"递给他，他嘴里挤出一个字。黄青了去冰箱拿了一罐听装啤酒，打开，递他。他抓了一把"果导"，一口吞了，然后，一听啤酒升到空中，咕噜咕噜倒进喉咙。

光爷解开皮带，岿然不动地躺在床上，一副如临大敌的样子。黄青了也雕塑一样坐在椅子上，共同等待一个重要时刻的到来。

大约过了半个钟头，黄青了听见光爷肚子里传来一阵阵闷雷声，声音由上而下，颇有排山倒海之势。他按兵不动，黄青了也不敢打草惊蛇。大约又过了十五分钟，光爷一跃而起，提着裤头，蹿进卫生间，里面立即传来"爆炸"之声，其间夹杂着光爷幸福的哼哼声。

那天傍晚，光爷连着跑了六趟卫生间，跑到最后，腿颤了，嘴巴歪了，提着裤子对黄青了说："屁……股辣辣地疼。"

黄青了捂嘴而笑，心想，这下您老人家总该老实了吧。

正这么想，光爷手机铃声《社会主义好》热烈响起来，是北京朋友来电，约他晚上去俏江南，他毫不犹豫地说："好。"

一坐到酒桌上，他焕然一新，啤酒都是满杯满杯往喉咙倒。朋友都知道他的性格，让他尽兴。那晚，他在俏江南喝了十瓶啤酒。结束后，拉黄青了去簋街胡大饭馆吃小龙虾，又灌了六瓶。

黄青了很有先见之明地知道，光爷的屁屁又要"辣辣地疼"了。

师娘

　　光爷出巡，纯属"漫游"，他说既然出来，就是要个自由自在，想走就走，兴尽而归，如果计划好一天走几个地方，还不如在书房看"红楼"来得惬意。他在上海和北京都有房产，但不住，住酒店多自由啊，想来就来，想走就走。

　　到京次日，光爷接到孙太电话："孙有光，我看上一个小白脸了。"

　　光爷一副宠辱不惊的样子，淡淡地应了一声："哦，好……啊。"

　　孙太见他这样，立即把电话挂了。

　　又过两天，孙太电话又到："孙有光，你再不回来我就跟别的野男人跑了。"

　　光爷还是半死不活的样子，淡淡地应了一声："哦，好……啊。"

　　第五天，孙太电话又来："孙有光，你等着给我收尸吧。"

　　"好的，好的，就回……了。"他这回口气婉转一些。

　　又过两天，孙太给黄青了来电："孙老师有病你知道吗？"

　　"没看出来。"黄青了还真不知道光爷有什么毛病。

　　"你这个学生是怎么当的？"孙太口气缓和了一些，但责备的味道还在，问黄青了说，"这几天孙老师有没有便秘？"

　　黄青了一惊，孙太果然妖孽，光爷便秘，她在千里之外也能嗅到。还没等他回复，孙太解释说："孙老师血糖高，生活又无节制，他的性格你是知道的，在家里我多少管着一点，出去之后，肯定一天三顿酒，时间一久，肯定便秘。"

　　原来如此。黄青了对电话那头的孙太说："早两天便秘了一下，已通了。"

"通了更危险，如果再便秘，身体会出大问题。"孙太说，"为了孙老师的身体着想，你劝孙老师早点回来。他听你的话。"

"一定劝，但他听不听我就不知道了。"黄青了对电话那头的孙太说。

黄青了知道劝也是白劝，就是孙太亲自跑北京来，也未必能把光爷捕回去。但黄青了还是把孙太的意思跟光爷说了。他当作没听见。大约过了半个钟头，他突然问黄青了："你说温艾芽会不会追到北京来？"

原来他还在想这个事。

温艾芽就是孙太。既然光爷主动提起，黄青了反问他："你觉得呢？"

"她不会。如……果她想来就不会打这么多电话，一张机票就解决了嘛。"光爷停了一会儿，又吐了一句，"但也不绝……对，说不定她哪条筋跳起来，就来了。"

黄青了捂着嘴笑，并不答话。

光爷跟孙太是半路夫妻。温艾芽美术学院毕业后留在上海，跟随光爷谋事，负责文案策划。光爷开始只觉得这个女孩年轻、漂亮，脑壳里经常会有稀奇古怪的想法。她性格比较活泼，工作之余，喜欢组织同事去爬山，或者，周末去江浙一带做短途旅游。每次出去活动，她都喊光爷"同去"。光爷笑笑。

这样的活动，光爷支持，但不参加。一堆青年男女，他一个中年老男人混在中间，是一件很生硬的事。最主要的是，光爷深知自己的性情，刻意跟单位里的年轻女员工保持一定距离，担心跟她们走得太近，做出意外之事。

光爷能感觉出来温艾芽对他的关注，她似乎没有太把他这个老板当老板看，一个具体表现是嬉皮笑脸地叫他"孙老师"，另一个表现是三更半夜敢打他手机，一般员工是不敢这样做的，当然，谈的是工作上的事。光爷知她已有同居男友，是大学同学，不正确的念头只在脑子里闪了几下。

　　那个周日晚上，光爷在家看《红楼梦》，正看到第五回"游幻境指迷十二钗， 饮仙醪曲演红楼梦"，温艾芽给他打来手机，她在单位加班，赶出一个新文案，想让他看下。光爷看了下时间，已经夜里十一点钟，如果在平时，肯定会叫她明天上午拿到办公室，但是，这个但是相当致命，光爷每次看到这一回，恍恍惚惚中，好像变成了贾宝玉。他让温艾芽把文案送过来。

　　话一出口，光爷就后悔了，他完全可以让温艾芽把文案传到电脑里，这个时间点让她来家里代表着什么？放下手机后，他一听又一听地往喉咙倒啤酒，甚至跑进卫生间，把一听啤酒从头顶冲下来，想让自己清醒一些，冷静一些。

　　温艾芽刚进门，光爷就对她说："你……现在转身回去还来得……及。"

　　她看了光爷一眼，径自往里走。光爷紧跟在她屁股后头，说："现……在也还来得……及。"

　　到了书房，她停住了，看着光爷说："我现在回去还来得及吗？"

　　"太……迟了。"叹了口气，光爷又说，"他妈的，爷……给你机会了。"

　　说时迟，那时快，光爷抱住她，在书房里做了宝玉在"太虚幻境"与兼美行的好事。

　　事毕，他们移师卧室再战。再毕。一鼓作气，再而衰，三而竭。光爷性趣仍然旺盛，但已逐渐冷静下来，靠在床头喝着一听啤酒，悠悠地对臂弯里的玉体说："如……果你愿意，以后就跟着爷，粗茶淡饭总是有得吃的，但只一条，不领证不生崽。"

玉体并不正面回答，把头抬成四十五度，挑衅地问："还能饭否？"

光爷又灌了一大口啤酒，说："爷正有此意。"

说着翻身便上，很是生龙活虎，一点不像年过半百的老汉。

那天晚上，光爷有了一个日本名字——一夜八次郎。

次日一早，温艾芽离开光爷住所，同一天，离开光爷单位，没了踪影。

这让光爷有种一脚踩空的感觉，感受相当复杂，总结起来，大致有这么几条：一，他很回味那夜的神勇，以及她和他呼应的默契，这在他的人生经历里殊为罕见。二，她的突然离开，让他像做了一个梦，一觉醒来，唯留惆怅。三，她的消失让他生出一种失败感，他是自信的人，特别是对女人，有足够自信。四，他居然对她产生愧疚，有种伤害了她的感觉。

第三天开始，光爷打她的手机，关机。再打，还是关机。过几天再打，依然关机。光爷长叹一声，这样的女子，他还是第一次遇见。

一个月后的又一个周日深夜，光爷的手机响了，是温艾芽，她问光爷在哪里？光爷问她在哪里？她说在门口。光爷打开门一看，果然见一拖着拉杆箱的狐狸精朝他露出勾引的笑容。

温艾芽告诉光爷，她那天早上回去，就把跟光爷发生的事跟男朋友说了。男朋友问她什么打算，她说还没打算。男朋友瞟了她一眼说，靠，你睡都跟人家睡了，还没打算？她问男朋友说，睡是睡了，难道我们这些年的感情都勾销了？男朋友说，都这个时代了，还说什么感情。温艾芽想这样也好，好聚好散，捡了几件细软，拖着一个拉杆箱离开了她和前男友的住处。她先去了云南，又去了成都，又去了内蒙古，又去了海南，花光所有储蓄，最后决定回来陪光爷吃粗茶淡饭。

光爷告诉她，不跟她领证，是因为他的岁数比她大一倍，她只要待腻了，随时可以选择离开。不生崽是他人生观导致的，他觉得自己是个失败者，不愿意再生出另一个失败者。她一听就笑了，说，孙老师，编这么多理由做什么，哄小孩呢？见她这么一说，光爷也就寡了味，闭嘴。

光爷后来告诉黄青了，他对孙太的爱更多出于肉体，他确实喜欢她年轻鲜嫩的身体。黄青了问他，肉体的爱能持续多久？光爷说，按照他的经验是三个月，三个月后，他就会对同一个女性的肉体失去爱欲，即使是再年轻漂亮的女性也想赶紧甩掉。但是，光爷说他对孙太的肉体之爱超出了三个月，孙太身上有一种罕见的本领，能让他不断燃起熄灭的火焰，特别是在做爱的过程中，他充满了对她年轻肉体的爱意。这不知道是不是一个老男人对青春的回忆，但有一点他很明白，对孙太的迷恋确实是出于肉体，其次才是责任。光爷接着说，最让他悲伤的不是他对孙太肉体的迷恋，而是在孙太能够充分满足他肉体欲求的同时，他却没能抑制住对其他女性的需求，他还是会隔三岔五出去打一下牙祭。可以肯定，在和他有过性爱经历的女性里，他最爱孙太的肉体，年轻、细腻、饱满、多汁，充满激情和渴望，又有细致入微的体贴，能对他的欲念做出及时反应，又能让他始终保持进攻念头。孙太的肉体是他接触过的最接近完美的肉体，而他却在这时失去了专注。或许他真是老了。

算起来，孙太比黄青了还小两岁，按年龄，可以叫她小温，按辈分，要尊称她师娘，黄青了每次都是嬉皮笑脸地叫她孙太，她倒没太在意。

黄青了刚入孙府时，孙太没把他当外人，吃饭时会用公筷给他夹菜，用略带勾引的笑容对他说，进了这个门，就是一家人，不用客气哈。她给光爷买T恤，会顺带买小一号的送他。孙太还很关心他的婚姻大事，说要给他介绍相亲对象，包他满意。黄青了当然心存感激，但也心存疑虑，首先，她对他好的理由不充分，她跟光爷原本是两人世界，他横插一脚，变成三人世界，她应该恨他。其次，她要介绍相亲对象给他，见都没见过，怎么包他满意？不过，黄青了还是感激她最终接纳了他，虽然接纳的原因是因为光爷，但从这个方面也可以看出她对光爷的爱——黄青了还能再说什么呢？黄青了嘴上对她说话虽是嬉皮笑脸，内心还是敬重的，毕竟是师娘嘛。有一次，孙太悄悄把他叫到一边，问他说："我对你怎么样？"

黄青了赶紧说："恩重如山。"

"别贫嘴。"她手掌举起来，做了个要削他的姿势，说，"到底好不好？"

"好。"黄青了说。

"那你该不该对我好？"她盯着黄青了说。

黄青了心里一惊，靠，这娘们儿不会动我心思吧？但他转念一想，不对，肯定是自己想歪了，那会是什么意思呢？黄青了犹豫了一下，说："应该。"

"既然这样，你以后每天把光爷的行踪和思想动态汇报给我。"

她停了一下，马上解释说，"我没别的意思，就是对光爷的身体不放心，不能由着他的性子来，我们一起管着他。"

孙太交代了一个不可能完成的任务。他怎么可能把光爷每天的行踪和思想动态汇报给她呢？他又不是光爷肚子里的蛔虫？再说，如果真把光爷所有的想法和做法都告诉她，光爷还不把他骗了？但听她这么说，黄青了心里还是轻松了一下，事情没有他想象的那么不堪，至少这是她爱光爷的表现，至于向不向她汇报，或者汇报多少，那是他的事。所以，黄青了很果断地点了点头，说："没问题。我一定按孙太的吩咐行事。"

"我知道你对光爷好。"孙太看了看黄青了，又交代说，"这事你不要告诉光爷，就我们两人知道。"

黄青了又点点头，指指天指指地，说："天知地知，你知我知。"

黄青了原本以为自己一转身就会把这事告诉光爷，没想到居然忍着没说。当然，孙太如果问他要情报，他还是会捡几件无关紧要的事情搪塞一下，孙太不甚满意，也无可奈何。

光爷和石爷

光爷在北京朋友无数，想必是他当年在北京谋职时结交的三教九流人物。众多朋友中，有一个叫石不沉，人称石爷，两人关系非同小可。如果说光爷模样像狒狒，石不沉就是一只猕猴，连走路的姿势都像。光爷在北京行程都由石不沉安排，光爷的北京朋友也都是他招呼，除了早餐，石不沉每餐奉陪。石不沉不喝酒，倒一杯白开水，一小口一小口，喝得呲溜响。一桌人，就黄青了辈分小，石不沉照顾黄青了，每次挨着他坐。有一次，黄青了问他："石爷从来不喝酒？"

他笑笑，看光爷一眼，对黄青了说："论喝酒，当年你师父还是我手下败将呢。"

"真有这事？"黄青了问。

"那时真是好日子啊。"他感叹了一下，接着说，"可惜后来我把胃喝烂了，吐了两脸盆的血，几乎把整个胃割了，落下一喝便吐血的毛病，就惜命了。"

黄青了见他脸色红润，一点不像做过大手术的人。

他指指光爷对黄青了说："但你师父床上功夫我甘拜下风，我们有一次去桑拿，他点了四个小妹。他最大的本事不在以一挑四，而是四个小妹事后心甘情愿免他的单，请他宵夜。"

黄青了之前听光爷说过，石不沉是一家文化产业集团公司老板，旗下有图书公司、动漫公司、影视公司、网络公司，等等等等，是京城文化产业界一位响当当的人物。当年光爷在京城一家机关里当差，帮过他的忙，他借此起家，记着光爷的情，所以，每次光爷进京，都是他来张罗。

石不沉是信河街走出去的名人。他原来是一个美术老师，整天捧读海德格尔，闲暇时喜欢指挥校长干这干那，有把学校改造成他家私塾的美好愿望。校长当然不会让他得逞，他后来反思，发现校长只听比他官大的人的话，他想这还不好办吗，遂自荐去教育局当领导，直接去找局长，大谈海德格尔，局长频频点头称善，他一高兴，结果忘了说正事。第二次再去，局长就不亲自接见他了。第三次去，不幸被门卫拦下。他觉得受到打击了，反而激发了更大勇气，决心离开教育系统，当更大的官，做更大的事。他参加了一年后的一次游行，信河街街头出现长长的队伍，前排四个人抬着一副棺材，他是其中之一。事情过后，警察要抓他，他逃到山西一个亲戚的煤矿待了两年，赚了些钱后，他想来想去还是想当官，而全中国最多的官在北京，他就选择进北京，进了北京城后，才发现根本没有可能，他没单位，没编制，连户口也没有，像他这种情况，想当官根本没戏，就只好投靠到一家行业报当美编，混了半年，他痛定思痛，决定转型，重新设计人生，辞职出来开了一家广告公司，正式从商。

现在看来，石不沉是成功的，虽然没有当上官，但他现在是商界大鳄，每次回信河街，市长都会请他吃饭，底下跟着一堆局长，欢迎他回乡投资，建设美丽家乡。他曾经想再跟以前那个局长聊聊海德格尔，有人告诉他，对方已经脑中风，连老婆都不认得了。他相当扼腕。

光爷回信河街后，石不沉有次衣锦还乡前来探望，光爷在府上设宴招待，孙太亲自下厨，石不沉第一次见孙太，惊为天人，夸张地说："怪不得光爷愿意待在这个小地方，有美女有美食。"

光爷笑着问："我们换一下位置？"

他马上说："我怎么敢跟光爷换。"

他对孙太做的菜赞不绝口。孙太又得意又谦虚，看了一眼光爷，又扭身看着石不沉说："真有你说的那么好吗？"

"绝对有，绝对有。"石不沉一边说一边频频点头，"要让我评价，只四个字：人美菜香。"

孙太转头问光爷："孙老师，你说呢？"

光爷笑笑说："石爷这是逗你玩呢。"

"你坏死了。"孙太笑着白了光爷一眼，转头对石不沉说，"只要石爷觉得好，以后每次回来我都给你做。"

"一定一定。"石不沉搓着手说,"你去北京,我带你去最好的餐馆。"

到京第四天,在石不沉一手安排下,光爷便秘复发了,黄青了故伎重演,让他吃"果导",吃了好几把,肚子依然坚硬如鼓。黄青了劝光爷改喝葡萄酒,他喝了一瓶,还是改回来喝冰镇喜力,他说,喝葡萄酒没有啤酒爽。黄青了想想也对,喝酒不就是要个爽吗,不爽喝什么酒。可是,又过了两天,光爷的肚子一天天见长,滴水没出,黄青了慌起来,再下去非爆炸不可,黄青了想起孙太的话,劝光爷说:"我们出来时间也不短了,家里工程经理每天催好几个电话,问什么时候回去。"

光爷挥挥手说:"出……来就不管那些鸟事了。"

黄青了说:"既然这样,咱们好歹去一趟医院。"

"不……去。"光爷毫不犹豫地说,接着认真地看着黄青了说,"爷……正式交代你一件事,如果我哪天喝死在外头,你就地烧了,把骨灰带回桃花……岛。"

黄青了故意开玩笑地问他:"这是遗嘱?"

"算是吧。"他叹了口气。

黄青了觉得情况有点不对,偷偷给孙太打电话,孙太反倒安慰他,说辛苦了,让他时刻留神,有问题及时向她报告。

黄青了想象不出三天不拉屎不拉尿的痛苦,那肯定是一种坚硬无比的负担,黄青了一天不拉屎就觉得肚子堵得慌,拉尿起码多三趟,如果换做黄青了,早就主动要求躺到医院手术台上挨刀了。但光爷还是每天早上一大海碗加肉拉面,吃得满头大汗,一副性欲得到满足的样子。中午十二点准时开喝,他在北京朋友庞杂,有的约他去胡同平房里吃东北小炒,有的请他去钓鱼台山庄国际会所，他都快活。中午酒后带黄青了去桑拿，他专挑小规模的桑拿房，用他的话说是"有野趣"。他喜欢干蒸，脱得赤条条靠在干蒸房里，身上爬满汗珠，手拿一杯冰水，也不喝进去，含嘴里，等到烫了，噗一口吐在木板上，嗞的一声，化成一股白烟。蒸到浑身通红，去冲了澡，换上衣服，一荡一荡地去休息区，早有妈咪笑脸迎上前来，光爷搓着手说，好酒好菜只管端上来。麻将开和前的心情。晚上的酒席一般在六点半开菜，他一上来就是打通关，然后是"散打"，见谁跟谁喝。他喝起酒来像下坡的汽车，而且是坏了刹车的，速度越来越快，一路到底，车毁人不亡。大概喝到十二瓶喜力，他的状态出来了，眼睛发光，声调升高，手上动作幅度增大，习惯性动作是一手端着酒杯，一手拍人肩膀，一下比一下重，被拍的人往往全身酥麻。他很享受这样的环境和状态，希望能长久保持，希望大家都不要离开。黄青了有时想不通，他的性格到底是孤僻还是开朗，说他孤僻吧，有那么多朋友，在朋友中间谈笑风生，如鱼得水，哪有孤僻的影子？说他开朗吧，当宴席散去，朋友散尽，他一个人坐在角落里，眼睛盯着地面，一两个钟头没有一句话，如果再开口，必定是叫黄青了去宵夜。

"出巡"第八天凌晨，黄青了被手机铃声叫醒，是光爷打来的，他马上赶过去，见光爷罩着被子，身体蜷缩在一起，呻吟着说："冷……冷。"

不是口吃，是上下牙打架所致。

黄青了伸手摸摸他额头，烫，还摸出他浑身发抖。他又呻吟着说："冷……冷。"

黄青了烧一壶开水，半抱着他喝了一杯，他还是喊冷。

他拿来一条备用的被子给光爷盖上，他依然喊冷。

黄青了把自己的身体压在两床被子上，抱着他，他还是喊冷。黄青了也感到冷，他不停颤抖，黄青了也跟着颤抖。黄青了看了看微亮的窗外，拨通了120急救电话。

病

送到协和医院急诊室不久，石不沉随后赶到，安慰说："小黄你放心，这医院我有朋友。"

黄青了心里想，有朋友有毛用啊，光爷在救护车上就晕过去了。

医师初步诊断是急性阑尾炎。这让黄青了松了一口气，阑尾炎啊，那东西可有可无的，实在不行割掉喂狗也不可惜。

医师开了方子，先挂点滴，再做进一步检查。

一瓶点滴下去，光爷回过神来，对黄青了招了招手说："走，吃兰州拉面……去。"

他没能从病床里坐起来，焦急地说："中午跟晚上都约了人呢。"

黄青了说："不会误事，上午检查一下，咱们中午继续喝。"

光爷见黄青了这么说，心下稍安。他也是无奈，爬不起来嘛，只能躺着。

黄青了抽空给孙太打了电话，她说马上飞过来。黄青了斟酌着说，应该没什么大事，她说没事也来，一定要把他揪回来，不能再由着他在外头胡来。黄青了把孙太要来北京的消息告诉石不沉，他说亲自去接机。

上午十点半，孙太赶到协和医院，光爷正在X光室里拍片。黄青了看见孙太嘴唇起了一个大泡，看来是真急了。孙太一来就问进去多久了，黄青了说刚进去。石不沉安慰她说，"小毛病，检查一下讨个放心"。孙太一听就哭了，说："你们不用瞒我了，孙老师的性格我比谁都清楚，只有被人抬着，才肯来医院。"

石不沉连忙说："是急性的，来得快，去得也快，你不用担心。"

孙太这么一说，黄青了倒觉得光爷的病真没那么简单，既然是急性，早几天的便秘怎么解释？

不久，光爷躺在推床上被推出来，孙太藏獒一样扑上去，见光爷领导似的对她挥挥手，她哭得更凶，似乎光爷已撒手而去，握着光爷的手说："我说的话你一句不听，一句也不听。"

光爷一世英雄，现在躺在推床上动弹不得，见孙太这样说，只能闭了眼睛。

医师确诊光爷得的是阑尾炎，从片里看，阑尾烂了一大截，化脓了，必须手术，当然是个小手术，一个礼拜即可出院。

这事不能征求光爷意见，他肯定不会同意做手术，孙太擅自拍板，说："整条切掉，免得留下后患。"

然后就是办住院手续。住进去后，是各种检查、体温、尿液、血液，甚至做了脑电图和心电图。光爷躺在床上被推来推去，显得沉默寡言，有时看看黄青了，眼神相当无辜。黄青了知道他想什么，医师已经停止他进食，每天挂点滴消毒，黄青了乘夜深人静偷偷从袋子里摸出一听冰镇啤酒，打开给他，他眼睛放光，一把抢过去，连口气也没换就吸光了。

次日，各项检查结果出来，医师把孙太和黄青了喊到办公室，说检查的结果比预想的严重得多，除了阑尾炎，还有糖尿病，已接近临床上尿毒症阶段，排水排毒、新陈代谢功能衰退，再往下走就危险了。孙太一听，说话的声音就颤抖了，问医师，危险是什么意思？医师说，危险就是要换肾的意思。可是，因为这个尿毒症，使原本阑尾炎小手术变得复杂起来，病人的恢复功能差，容易感染发炎，大大增加了手术风险。但在做手术这件事上，孙太表现很坚决，她对医师说，无论有多大风险，手术都要做，她相信医师的技术，手术一定能成功。

定下手术日期后，接下来就是等待。黄青了负责跑上跑下办手续，抽空去医院边上一家叫"好再来"的羊蝎子馆坐一坐，叫两个凉菜，来两瓶冰镇啤酒，不敢多喝，怕被光爷嗅出酒味。孙太负责陪光爷聊天，光爷态度端正，眼睛含情脉脉地看着孙太，频频点头。第二天，乘孙太不在病房，光爷对前来看望的石不沉说："你……不是承诺带我老婆去北京最好的餐厅吗？现在考验你人品的时候到了。"

石不沉说："你处在水深火热之中，我带她出去喝酒合适吗？"

"你……这是救我呢，她如果再跟我这么聊下去，手术还没做，我这条小命就没了。"光爷用哀求的眼神看着他，"你赶紧安排……吧。"

"行。"石不沉很仗义地答应了，但他对光爷说，"这事得你对孙太说，如果我邀请，在这种情况下，她一定一口回绝。"

光爷说："没……问题。"

孙太回来后，光爷就说了石不沉晚上请她吃饭的事，她说："这都什么时候了，哪有心思吃饭。"

光爷劝她说："去……吧去吧，你都辛苦两天了。"

黄青了赶紧说："我来陪光爷吧。"

孙太还在犹豫，光爷故意板起脸说："你……不去，手术我不做了。"

孙太知道光爷的脾气，只好装出愉快的样子，说："好，我去我去。"

临走之前，孙太像交代后事一样吩咐黄青了，注意挂点滴时间，及时呼叫护士，有事打她手机。光爷躺在床上假寐。

他们前腿刚跨出病房，光爷就"醒"了，故意压抑着声音说："走，咱们喝酒……去。"

黄青了听出他声音里的欢快来了，这是饥渴的声音，也是跃跃欲试的声音，更是向往自由的声音。通过这两天的点滴，光爷已能自如起床，如果不是孙太监守着，他早出院了。黄青了走到窗户边，看见石不沉的车子驶出医院大门，转身对光爷招招手，光爷已换下病服，套上 T 恤和短裤，一副忍耐不住的表情。

他们来到"好再来"，叫了一盆羊蝎子，店小，没喜力，先要了半打冰镇燕京。光爷禁食，只喝啤酒，羊蝎子还没端上来，桌上已多出两个空啤酒瓶。喝完半打，光爷又叫半打，黄青了担心被孙太嗅出酒气，他摆摆手说："没……事，撒三泡尿，什么气也没了。"

从馆子出来后，光爷摸摸肚皮，唠叨了一句："妈……的，这酒喝得跟做贼似的。"

黄青了只能偷偷地笑。

手术做得很成功（这种手术对协和医院来说是小菜），做到一半，手术室门开了，医师端着一盆血淋淋的东西出来，有五厘米长，说，这是从病人身上割下来的，他还用镊子拨弄了一下，说，你们看，全烂了。孙太呕了一声，赶紧伸手捂住嘴巴，黄青了本想开一句玩笑——让医师把这段阑尾留着，以后炒了给光爷下酒——见孙太生理反应如此强烈，只好咽了下去。手术期间，孙太显得很不淡定，坐也不是，站也不是，不停地问黄青了"怎么还没出来"。黄青了也等得心焦，溜出医院，去"好再来"坐了一个钟头，喝了三瓶冰镇燕京。

三个钟头后，光爷被推出来，他打了麻醉，神智不是很清晰，眼睛睁着，灰白色的，眼神涣散，孙太一直叫"有光有光"，光爷眼珠朝她转转，又转向别处，孙太马上就哭了。黄青了发现从手术室出来的光爷跟进去时大不一样，虽然只割了一小截阑尾，看起来倒像身体被削掉一大圈，他本来身型庞大，躺得满满一床，现在推床显得空旷许多。

爱情

手术后，光爷又在协和医院住了十二天，一天比一天孩子气，每天嚷着要出院，他质问孙太："妈……的，你……不是说只要一个礼拜吗？"

孙太小心地说："医师说你有糖尿病，恢复得慢一点。"

"我……不管，要出院。"光爷对孙太下命令，"你……马上去办出院手续，马……上。"

"好的好的，我这就去找医师。"孙太只好哄着他。

黄青了理解光爷要出院的心情，他是自由自在惯了的人，心已经野了，不能适应这种画地为牢的生活。但是，现实情况比他预料的要糟糕，没做手术前，从外表看，他与常人无异，能走能跑，还能跟黄青了偷偷溜出去喝冰啤，手术后，他成了真正的病人，起不了床。还有一点，光爷是个要强的人，不能允许自己躺在床上拉屎拉尿，一定要上卫生间解决。在这个问题上，孙太寸步不让，说医师交代了，刚做完手术不能动，一动伤口就裂开，拿着便器让他在床上解决。光爷觉得受到侮辱，让她滚回信河街，说这里有黄青了照顾就行。孙太知道他是病人，情绪不好，从头到尾都表现出极好的修养，真正做到骂不还口，但她态度很坚决，坚持让光爷在床上拉屎拉尿。

手术以后，光爷病房访客不绝，有一小部分黄青了在酒桌上见过，大部分陌生，来客中有商人，也有政府官员。他们一来，光爷谈笑风生，他们一走，光爷就开始骂孙太，说她草菅人命，让医师在他身上动刀，他要回家。无论光爷怎么说怎么骂，孙太都是笑脸相迎。黄青了从这点看出孙太善解人意之处，她知道光爷现在是病人，身上不舒服，精神苦恼，只能拿最亲近的人出气，不亲近的人他还不骂呢。

其实，光爷真正的苦日子是从回家后开始的。回到信河街后，孙太对他采取了禁酒措施，孙太对他说，如果一定要喝，一次只能喝一杯葡萄酒，严禁啤酒和白酒。光爷一开始没当回事，以为孙太只是嘴上说说，可很快发现家里找不到啤酒，他偷偷买回来放在书房里，一转身，啤酒不翼而飞了。光爷生气了，有一天晚上，叫人送了两箱过来，当着孙太的面喝，孙太表情很平静，光爷打开一听啤酒，她也伸手拿起一听，咕噜咕噜咕噜，喝得比光爷还快，光爷知道她使的是苦肉计，不管，继续喝。他一箱喝完，孙太也喝完了，刚喝完，哇的一声就吐了，不是吐一下，而是整整吐了一个晚上，把胆汁都吐出来了。除了呕吐，孙太什么话也没说，光爷有顾虑了，喝酒的兴致没有了。除了酒，孙太也控制了光爷的饮食，光爷跟黄青了一样，口味重，喜欢生醉，生醉虾蛄、生醉河虾、生醉江蟹、生醉海参，喜欢口味虾、水煮鱼、夫妻肺片、泡菜，也喜欢东坡肉、卤猪手、卤鸭掌、牛杂。从北京回来后，孙府餐桌上再也见不到这些人间至味了，孙府每天的菜单都由孙太亲自审定，蔬菜是主流，每餐最多一个肉类或者海鲜，然后交给刚聘请来的小霞采购。小霞是光爷远房表侄女，但孙太是她直接领导，她很有职业道德，只对孙太忠诚，对光爷和黄青了则保持必要的距离和尊重，也就是说，在这个地盘，能使唤她的只有孙太，如果黄青了和光爷叫她办什么事，她永远是一句回话"表婶正叫我做事呢"。小霞菜做得不错，她原来在一个食堂打过工，有基础，油放得很少，更不会放辣椒，她说是表婶交代的。除了饮食，孙太还给光爷制订了作息表，晚上九点必须上床，早上五点起来，先喝碗小米粥，然后出去散步一个钟头，晚饭一个钟头后，再散步一个钟头。

　　刚开始，光爷没把孙太的"严打"放在心上，"严打"嘛，当然是一阵风就过去了，他还安慰黄青了说，没事，家里不能喝我们出去喝。没想到，孙太早有防备，黄青了和光爷白天去工地，她让小霞跟来监督，小霞很负责，除了上卫生间，几乎寸步不离他们，她是"奉旨行事"，一副公事公办的样子。她这样跟了他们十五天，主要是盯着光爷，黄青了整天啤酒瓶不离手她也不看一眼，如果光爷想从黄青了手里拿一下酒瓶，她马上就喊"表叔，表婶说你不能喝酒"。光爷辈分比她大，不能跟她计较，让黄青了想办法摆平。黄青了心里想，一个黄毛丫头，没见过什么世面，搞定她还不是抬抬手的事。黄青了走到她身边，摸出五百元塞她手里，让她在工地等一下，他和光爷去去就来，她连一句客气话也没说就把钱放口袋里。黄青了转身，伸出手掌对光爷做个胜利姿势，两个人直扑城区，找个酒家，每人喝了十瓶冰镇喜力，点的菜都是大鱼大肉，酸辣皆有。光爷一边吃一边喊"爽……死了，爽……死了"。

那晚回去后，小霞立即把五百元交给孙太，黄青了心想这下坏了，孙太非削他一顿不可。吃过晚饭后，孙太果然叫住黄青了，把五百元还给他，出乎意料，她什么话也没说。

黄青了看了光爷一眼，他假装什么也没有看见。

正是孙太什么话也没说，比骂一顿甚至打一顿更让黄青了难受，他这时才理解什么叫"沉默的力量"。黄青了知道喝酒对光爷的身体不好，可黄青了更看出他不喝酒的难受。这些年来，跟他最亲的就是酒了，酒已成了他身体一部分，也成了他灵魂一部分，最主要的是，如果不喝酒，他的眼神便黯淡下来，觉得生活没有盼头。从这个角度说，黄青了希望他喝点酒，只要一喝酒，他眼睛就亮起来，有说有笑有动作，幅度还挺大，可以感受到他内心的放松和快活。这比什么都好。可是，黄青了也知道，孙太这么做，是为了保护光爷，是为光爷好，她是真心爱光爷的，这点光爷心里应该清楚，否则，他也不可能这么顺着孙太，他是一个很自我的人，不愿受别人左右，但对孙太，黄青了感觉到他内心的纠结。

光爷对黄青了说过，温艾芽重新回到他身边时，他是真心想对她好的，这里面一个重要原因是因为性。光爷在性方面阅历丰富，虽然他们只过了一夜，光爷已发觉温艾芽在这方面的独特之处，她一躺在床上，身体里就会散发出一股淡淡的菊花香，光爷跟她做爱越久，那股味道越浓烈。这在光爷的人生经历里还是头一次，在他的常识里，做爱之后的男女，会散发出身体里的污垢之味，说白了就是屎尿味。而温艾芽身上散发出的香味激起了他征服她的欲望，他很享受那种菊花香味弥漫一床的感受，这种感受前所未有。另一个重要原因是她的主动。在男女关系上，光爷一直属于主动型，他看上的女人，必定全力出击，不计成本，得而后快，但在和温艾芽的关系上，他一直被动。温艾芽的主动让他有一种全新的体验，有一种被关照的幸福，同时，也让他有一种危机感，总觉得温艾芽随时会在他生活里消失——她已经消失过一次了，谁能确保她不会消失第二次第三次。光爷说，有这种感觉也可能是他年纪大了，想保有，更怕失去。他以前不是这样的，他的人生目标明确，步伐坚定，绝对不会在男女私情上流连，没想到老来却是英雄气短，真是愁煞人也。

光爷知道自己和温艾芽的关系是那天晚上在床上建立起来的，是性关系，性这东西，来得快，去得更快。光爷想，要解决这个问题，只有离开性，把感情建立起来，有感情的男女关系才有可能保持长久，只有感情才可以催生责任，而责任才是维持男女关系的坚实基石。所以，光爷想找所大学让她去进修。做出这个决定，光爷经过再三犹豫，把温艾芽送去读书，她就有更大的平台和更多选择，这对光爷来说是危险的，没有男人愿意放飞自己心仪的女人。但这也正是光爷想要的，他毕竟是经历过风雨的人，想问题想得开阔，如果把危险隐藏起来，迟早会出事，还不如将危险公之于众，多少还能保持住一名老将应有的风度。光爷问她想学什么专业，她想了想，选择了服装设计。光爷问她为什么选择这个专业，温艾芽说她是个没有理想追求的人，是个物质女人，喜欢玩，爱打扮，学了服装设计，可以把自己打扮得更漂亮。

其实，温艾芽只进修了半年就回到光爷身边，光爷问她为什么不读了？她说不放心光爷，担心让别的女人抢走，要回来盯着。

光爷心里暗爽，嘴上却说我这样一个老男人有什么好担心的。她说光爷老是老了点，但身上有一种特别的气质。光爷问她是什么气质，她说她也说不好，反正跟一般人不同，对有些重要的事情很无所谓，而对一些无关紧要的事情却又很有所谓。光爷没有再说什么，其实他知道温艾芽不进修的原因，他能够把温艾芽安排进大学读书，大学里肯定有他的耳目，他知道美术系有个年轻教师疯狂地追求温艾芽。这也好，光爷知道要来的迟早会来，他虽心有不舍，可只能静观其变。光爷没有说穿她离开学校的原因，温艾芽主动回来投入他的怀抱，就是他的胜利，这种胜利既是肉体的也是精神的，因为光爷发现，他愿意跟温艾芽生活在一起，除了性的诱惑外，他居然产生了爱意。光爷不奇怪自己对温艾芽产生爱意，他对所有交往过的女人都产生过爱意，即使是桑拿室里的小妹，他从来都以平等姿态对待，从不强迫她们做不愿意做的事，更多的是从她们的角度考虑和处理问题，只有她们觉得好玩了，他觉得这件事情才好玩起来。但他发现自己对温艾芽的爱意是不一样的，他在温艾芽身上寄托了一种东西，是一种即将从他身上消失的东西。这个发现让光爷悲伤。

桃花岛

从北京回来后，黄青了几乎每天跟光爷上工地。孙太知道禁酒令对黄青了无效，让他监督光爷不饮酒是把大米交给老鼠保管，她对黄青了唯一要求是不能让光爷累着，具体指标是光爷"出门时神清气爽回来时光彩照人"，否则就是失职，她要"办"黄青了。服侍光爷本来是黄青了分内事，不存在让她"办不办"的问题。

光爷这个项目叫"桃花岛计划"。桃花岛是地名，距离信河街市中心十公里，原来有五十户农家，这些年大多搬进城里，转行做了工人或者商人。时间一长，这里便成了一个野草荒长的地方，景况凄凉。后来，这里被一群收购废品的人据为己有，成了一个垃圾场和污染源，民怨甚炽，政府多次取缔，无奈对方游击功夫了得，进退有度，生命力比野草还旺盛。再后来，信河街政府把桃花岛列为一个项目，派人去上海招商引资。光爷在这里出生，上学后才随家人搬进城市，在他的记忆里，这里山清水秀，安静又安闲，仿佛世外桃源。随后来桃花岛考察，光爷看到的是一片废墟，这倒也在他意料之中，这些年他见多了这样的村庄，不以为怪了。

　　光爷对黄青了说，他当初决定拿下桃花岛，完全是为了实现个人梦想，与生意无关，如果一定说有什么私心的话，大概是想找一个人生最后的归宿。

　　那是怎样一个梦想呢？光爷说他在考察桃花岛时已年过半百，经历了很多事情，有成功有失败，对社会的本质也有认识，但他依然相信，依靠自己的力量，能够部分改变社会。所以，当他看到遍地垃圾的桃花岛时，在心痛的同时，内心的热情也被激发，产生了改造桃花岛的念头，他要根据脑子里的蓝图，将这个垃圾场建设成一个现代版桃花源。当时，他还没有清晰的概念，还不清楚要把桃花岛建设成什么模样，但有一点很清楚，他知道所有人都不满意现在的居住环境，包括他自己，那么好吧，他就把桃花岛建设成一个他能够想象出来的最美好的居住地。

　　回上海后，他思路已清晰。桃花岛是雁荡山余脉，四面环水，原来水面上有一座石桥和一座水泥桥，如果把这两座桥拆掉，桃花岛便成了一座孤岛，而他的进出可以通过游艇来实现，这样既阻止了外人随意进入，也解决了自己的进出问题。更妙的是，还可以确保岛上听不到汽车的声音，更闻不到汽车尾气。他的计划是在岛上建十座别墅，他住一幢，另外九幢卖给他的朋友，还要在岛上种上楠木、花梨木和桃林，楠木和花梨木能够产生经济价值，只是需要较长时间，至于种植桃林，桃花岛嘛，哪能没有桃林，不但能观赏，几年以后还有经济收益。他把设想跟做企业的朋友一说，有一部分朋友觉得他的想法过于理想化，因为开发桃花岛看不到直接经济利益，也有一部分朋友认为他在做一件有意义的事，包括石不沉。

光爷跟信河街政府签了协议，他投资开发桃花岛，拥有桃花岛五十年的开发权和使用权，五十年后把整个桃花岛归还给政府。

彼时，光爷已跟孙太生活在一起，孙太对桃花岛计划很感兴趣，认为是一次美丽的冒险，结局也堪期待，她愿意做光爷的尾巴。光爷这种行为符合她的想象，他就应该做一些不太靠谱的事，不合常规，带有情绪化和理想化，这些都是她身上缺少的，也是她爱光爷的一个原因。

孙太跟随光爷南下，先是在信河街大酒店住了一年多，然后搬进桃花岛的孙府。此时，桃花岛的建设已初具规模，十幢别墅拔地而起，各有其主。一年前种下去的楠木和花梨木已泛绿，桃林虽未开花，但已长至一米有余。一个理想的家园即将诞生。

光爷自从回信河街后，几乎每晚应酬到凌晨。孙太知道，光爷每次应酬都与桃花岛建设有关。光爷爱酒，孙太从没反对，她甚至希望光爷多喝些酒，因为没喝酒的光爷安静沉默，像一条生病的老狗，有气无力，耷拉着眼皮，连做爱的兴趣也提不起来。

一杯酒下肚，他像战士听到了冲锋号，昂首挺胸，两眼放光，身上充满力量，好像整个世界都掌控在手中。孙太爱的正是这种状态中的光爷，他蔑视一切又包容一切，无所不能又一无所能，身上散发着迷茫而又坚定的金黄色光芒。

光爷的身体状况，孙太应该早有察觉，却没引起重视。她先是发现光爷不断喊渴，光爷习惯以冰镇喜力解渴，有时做爱中途也会灌一大口冰镇喜力，正是这个习惯麻痹了孙太。其次是光爷撒尿次数增加，这也没引起孙太关注，孙太深知喝了啤酒尿多的道理，光爷频繁跑卫生间属于正常行为。再就是光爷食量猛增，他以前从不喊饿，但孙太理解反了，认为光爷喊饿是个好现象，能吃说明他身体好嘛。最后就是光爷突然胖了起来，体重从九十公斤飙升到一百公斤，方脸变成了圆脸。即使这样，孙太还是没有觉得光爷有什么不对，他体型庞大，多几斤肉不明显，再说，他能吃能睡能做爱，没感觉哪里不对劲。可是，当孙太发现光爷体重突然从一百公斤下降到八十公斤时，觉得问题严重了，她赶紧上百度查，这不正是传说中的糖尿病症状嘛。

孙太要带光爷去医院做检查，光爷说："妈……的，老子好端端的，去医院干什么，不……去。"

孙太说："就是去检查一下，又不会死人，你怕什么？"

"只……要老子眼睛没闭上就不会上医院。"光爷拍了拍胸脯说。

大概一个月后的一天，光爷早上起床尿尿，突然晕倒在卫生间。孙太这次就不跟他商量，叫了120，直奔信河街第一人民医院，一查，果然是糖尿病，空腹时血糖12毫摩尔/升，饭后22毫摩尔/升。

在医院住了两天，光爷就逃出来了。从那以后，孙太加强对他管制，一是监督他每天吃药，二是限制喝酒。医师原来建议光爷注射胰岛素治疗，效果比吃药好，孙太知道光爷不配合，在征得光爷同意后，选择吃药。其实，光爷有一种特殊的本领孙太不知道，他可以把药含在嘴里，照样吃东西，照样说话，乘孙太不注意，原封不动吐掉。孙太深知不可能一下子让光爷戒酒，但医师有交代，光爷这个情况最好滴酒不沾，她知光爷爱酒，采取积极手段，主动给光爷买啤酒，但每天限量供应五听。光爷在外面偷喝，只要不是很过量，也就睁一只眼闭一只眼，光爷身体和行为异于常人，酒量又好，不能按照平常人的标准来要求。最主要的是，看着桃花岛的建设一天天从设计图纸变成现实，孙太心里的桃花也开得灿烂。而且，她对光爷的身体抱有信心，他一夜还能做三次呢，一点看不出衰败迹象。

爱与不爱

差不多有半年时间，光爷日常作息至少在表面看来都在孙太的掌控之中。喝酒明显减少，主要是因为小霞，那姑娘一根筋，每天尾巴一样跟着光爷，身边多了一个监视器，光爷兴趣大减。他有一次微笑着问小霞："你到底是我的亲戚还是她的亲……戚？"

小霞毫不犹豫地说："当然是你的亲戚。"

光爷说："那……你为什么只听她的话。"

小霞认真地说："表姊说你不能再喝酒了，这是为你好。"

光爷看了她一会儿，噗地笑起来。

小霞没有笑，她说："我知道这样做表叔不喜欢，可这事我听表姊的。"

光爷笑着摸摸脑袋说："好……孩子，你做得对。"

桑拿房还是要去的，光爷还是叫两个以上小妹，到差不多时间，他打黄青了手机，悠悠地说："此……地再好，终究不宜久留啊。"孙太倒是没有让小霞监视桑拿房，她知道光爷有这方面喜好。这一点，光爷之前就告诉她，他对性方面的需求比较旺盛，他也知道这样不好，显得很饥渴，很病态，但他内心确实有这种需求，身体也是。因为这个原因，他也不会要求她只守着他一个人，也就是说，他不会阻止她去找男人。孙太异于常人之处是她欣然接受了光爷这种生活态度和作风，接受的原因是她觉得这正是光爷与他人不同之处，也正是吸引她的地方。她只对光爷提了一个要求，在外面必须戴套，不能把病带回来。有一次，孙太很认真地跟光爷商量，让他找一个或者两个甚至三个相对固定的女朋友，桑拿房太乱太脏，万一被警察抓住传出去不好听。

光爷后来问黄青了："对……此事你有何高见？"

黄青了笑着说："你现在不是一个固定女朋友也没有吗？"

光爷摸摸脑袋说："固……定就不自由了，也就不好玩了。"过了一会儿，他又说了一句："男……女关系，一定要处于非常态才好玩，譬如恋爱，譬如偷情，譬如找小妹，一旦进入固定程序，就死了。"

黄青了觉得，这才是光爷真正吸引人的地方。从认识光爷的第一天起，光爷就把"好玩"当成人生准则。他看一件事和一个人，首先看好玩不好玩，如果好玩，他就百分之百投入，如果不好玩，他转身就走，一百条牛也拉不住。黄青了知道，光爷在"好玩"准则的背后，埋藏着另一层意思，那就是"自由"，光爷一直对黄青了说，好玩只是表现形式，自由才是灵魂，如果没有自由，怎么好玩得起来呢？就拿他去桑拿房叫小妹的例子来说，如果他只叫了一个，那便是一对一交易，双方没有选择，办完事，付钱，走人。如果他叫了两个或者更多，选择余地出来了，双方有了自由空间，即使什么事情也不做，也是很好玩的。

黄青了因为对光爷的了解，虽然有时看不明白光爷的真实想法，但多少能理解他的所作所为。黄青了从来没跟孙太有过思想方面的沟通（他也不知道怎么沟通，他们这种关系也没法沟通），他一点也不了解这个比他小两岁的同代人，就拿她跟光爷这件事来说，就有许多黄青了想不明白的地方。刚开始，黄青了以为她是看上光爷的钱。黄青了不知道光爷有多少钱，在钱方面，光爷从来不说，黄青了也没问。在桃花岛建设的这两年里，每年投入十五亿以上，他从来没为资金到不了位发过愁，可见他是有些家底的。黄青了发现孙太从来没问过钱的事，黄青了见过很多信河街老板娘，把丈夫公司的财务抓在手里，孙太没有，她也没有向光爷要过车，现在开的红色迷你宝马还是刚回信河街时光爷主动买给她的，她开得挺欢乐。光爷也对黄青了说过，孙太从来没向他要过钱，但光爷给她钱她也都不客气地笑纳了，一副"既然你给我也就不客气了"的神态。黄青了也怀疑过她与光爷之间的爱情，光爷说过，他对孙太的爱是建立在肉体之上，那么孙太呢？黄青了当然感受得出来她对光爷的爱，可他又不能理解她的爱，在黄青了看来，她的爱充满矛盾，她一方面表现出对光爷身体极端的关心，她知道光爷每晚饮酒，次早胃口不佳，唯爱兰州拉面。孙太跟他吃过几次兰州拉面，她对拉面说不上喜欢，也说不上不喜欢，但她认为那个环境不卫生，为了让光爷能吃上卫生的兰州拉面，她下苦功跟一个厨师学做拉面，她是零基础，面在她手里一拉就断，练了一天，第二天手臂举不起来，她还是咬着牙拉，前后学了三个月，她终于拉出了第一碗拉面，光爷尝了之后，觉得味道是对的，又觉得不对，因为拉面的味道只有在那种不太卫生的环境里才能吃出来，不过这拉面是孙太用心做出来的，另有一种滋味，光爷吃出很欢快的声响。从那以后，只要光爷在家，孙太每天早上下厨给光爷做拉面。如果没爱，很难会有这种坚持，她也没必要这么做，去街上的兰州拉面馆吃就是了嘛。然而，黄青了不能理解孙太对光爷在外头找小妹的宽容，她允许光爷这么做，只有两种可能：一，她确实是个与众不同的女人，对人生有不同理解，并且，她拥有一个宽广的胸怀，包容万物；二，她内心根本没光爷。在黄青了的经验里，爱一个人，首先是爱他（她）的肉体，是占有，只有不爱，才会对对方的身体无所谓。

总之，从黄青了的角度，没看明白他们的关系。黄青了不知道，他们两个当事人是不是明白。

确诊

光爷这一次病得毫无征兆。他这段时间偶有头疼，但忍一忍就过去了。那天晚上还跟孙太做了半个多小时爱，次日早上起床，在穿衣服时，突然哎哟一声晕倒在地。孙太吓得光着身子从床上跳起来，见光爷死了一样躺在地板上，叫他没反应，摇也没反应。她喊小霞上来，小霞呀了一声，说表叔怎么躺在地上？伸手要扶。孙太叫她别扶，让她给黄青了打手机，自己拨了120。黄青了赶到时，120还没到，他和孙太都不敢动光爷，万一动不好了怎么办，正在焦急，听见远处传来120的鸣笛声。孙太让小霞守在家里，她和黄青了跟随120去医院。

到了信河街第一人民医院急诊室，光爷突然醒过来了，看了看孙太，又看了看黄青了，喝道："这……是什么地方？把我送这里来干什么？"

孙太说："这是医院，你刚才晕倒了。"

光爷动了动身体，黄青了知道他想坐起来，可没成功，他对孙太说："我……没事，你让他们送我回去。"

孙太见他这么说，一下哭了起来："既然来了，你就做一个检查吧，刚才差点把我吓死了。"

光爷又看看黄青了，黄青了把眼睛转到别处去。光爷叹了口气，把眼睛闭上。

检查结果当天下午就明朗了。尿毒症。这个结果基本在黄青了意料之中，他看了看孙太，看不出她面上表情，黄青了估计她也不至于太意外。医师开了住院单，孙太看着光爷，黄青了去办住院手续。

入院后，医师给出光爷两个治疗方案：一、透析，可以选择血液透析或者腹膜透析；二、等待肾源，做肾移植手术。光爷对医师说，这两个治疗方案老子都不要，老子要回家。光爷这么一说，孙太又哭起来了，说："你不为自己着想，也应该为我着想啊。"

光爷轻轻地把眼睛闭上。

孙太又哭着说："你为什么这样作践自己的身体呢？"

光爷的眼睛没有睁开，黄青了听见他似乎叹了一口气。

光爷虽然没说，黄青了觉得他这次得病应该跟围绕桃花岛的那条河有关。那条河叫安澜塘河，有信河街母亲河之称，河网交错，贯穿和滋润整个信河街，最后流向东海。问题是现在这条母亲河只有贯穿没有滋润，不但没有滋润，而且每天在放毒气。这毒气当然不是塘河本来就有的，而是河边各种企业乱排工业垃圾导致的，也是生活在塘河两岸居民长期乱倒生活垃圾导致的，时间一长，塘河就脏了黑了，后来就臭了，再后来就放毒了。桃花岛处在塘河最末段，靠近东海，光爷原来设想引进东海海水，在桃花岛四周做循环，也就是说，把桃花岛从塘河分离出来，变成东海一部分。光爷本来以为这是一个大胆而天才的设想，但政府和附近的居民不同意，他们的理由是：把海水引进塘河，不但改变河的水质，更会改变土质，破坏信河街整个生态。其实，光爷知道他们说的有道理，是科学的，可是，塘河水治理不好，桃花岛就是一座臭岛。光爷想不出新的办法。

光爷在医院住了一个礼拜，这次他住得很安静，看着谁都笑。医院伙食不好，孙太让小霞每天做好菜饭送来，小霞每次来，光爷都是"光盘行动"。在医院这个礼拜也没提喝酒的事，也不看《红楼梦》，没事时，一个人对着天花板发呆，有人来了，马上满脸笑容。特别是对孙太，笑得脸上花开一样。光爷越是这样，孙太心里越不安，她心里隐约知道，光爷又是有了什么新的想法，她猜不透。

出院之前，光爷交给黄青了几张医院的便笺，说这几天夜里睡不着，随便涂的，黄青了打开来一看，是一篇随笔。

喝酒的故事

我二十岁以前没尝过酒味。

二十岁那年考上师范中文系，虽然注定以后是教书匠，好歹算个公家人，几个亲戚约起来到我们家道喜。那天父亲身体有恙，上吐下泻，不能陪客人喝酒，而我是主角，在一班亲戚的鼓励声中，用白酒打了一个通关。我没觉得白酒有多好喝，也没觉得难喝，刚入口，有点扎，有点辣，入喉后，甜甜暖暖，身体慢慢烫起来，有飞翔的感觉，似乎离开地面，脱离了坚硬的现实，内心有一种说不出的欢喜。亲戚见我打了一个通关没事，有意灌我，开始一个个轮番敬酒，我当时还没学会推辞，主要是心里豪气已经上来，不就是酒嘛，喝就喝，谁怕谁呀，来者不拒，并且主动出击，最后，把我那批亲戚全喝醉了，有三个滑到桌子下面。

那是我成名之战，从一个无名小辈，一跃成为酒场英雄，所有亲戚都知道我酒量大，互相提醒下次跟我喝酒要小心，好像我一下子成了他们共同的敌人。当然，那也是我认识自己的开始，我知道自己能喝酒，还不是一般能喝。这就让我对自己的酒量产生了好奇：我到底有多能喝？喝醉了酒是什么状态？有没有人比我更能喝？哪种喝酒方式最痛快？

大学四年，我基本泡在酒里，经常喝完八两白酒去上晚自修，身上没酒气，也无酒态，没人觉得我喝了酒。下课后约人再喝一场，基本上同喝的人逃的逃，醉的醉，我却越喝越清醒，拿着酒瓶，有点拔剑四顾心茫然的感觉。

参加工作后，我终于醉了一次。有了大学四年的经历，我对自己的酒量充满自信，这种自信跟性格有关，跟年轻有关，不懂得掩饰，凡事要争个输赢，所有问题都要说清楚，把人简单地划分为好人或坏人、朋友或非朋友，粗暴地把事物判断为对或错。我因为自信，在喝酒上对自己要求高，对别人要求也高，有一段时间，甚至把不能喝酒的人统统划分为非朋友，不跟他们交往，而对交往的朋友，要求他们必须跟自己一样，我喝多少，他们必须喝多少，我喝多快，他们就要喝多快，如果他们不喝，马上以绝交相威胁，或者摔杯子走人。我喝醉那一次，是中午，四个朋友约我喝酒，其实就是斗酒，一定要见个输赢，老实说，四个人都是手下败将，我根本没把他们放在眼里，所以，我轻松赴约。我们去的是一个小酒馆，老板是一个朋友的老熟人，落座后，五个人每人发一瓶一斤装的仙堂酒，当地特产，四十八的酒精度。很快每人一瓶喝光，接着来第二瓶。喝完第二瓶，我有感觉了，但脑子还是清醒的，觉得今天这四个人有点奇怪，要在平时，他们喝下两斤白酒，早就逃的逃吐的吐，不吐的人也早就胡言乱语。好，既然这样，再喝，又开了第三瓶。我记得那天一共喝了四瓶，出了酒馆，我清醒地步行到两百米外朋友的家，坐在一楼的竹椅上休息，这一坐下去，就什么也不晓得了。醒来已是第二天凌晨三点，地点是朋友四楼的卧室，据说是被抬上去的。事后我才知道，那天五个人里，只有我喝的是酒，他们四个喝的都是早就跟老板串通好的白开水。

那次喝酒经历让我警醒：首先是知道自己有多少酒量；其次是知道胜与败都是相对的，是界线模糊的；最主要的是，通过这件事，让我对人性阴暗面有了深刻的思考。

从那以后，我在酒桌上不会那么顶真，喝与不喝，喝得快还是慢，喝多还是少，都没关系，唯一的标准就是大家在一起快乐，喝完后，各自散去。有兴趣的人，转个场子再喝，把快乐延续下去。如果找不到合适的人喝酒，我也乐意一个人坐在书房里，一边喝酒看书，一边思考人与事，这种喝法有一个好处，可以完全沉浸在个人世界里，这个世界是混沌的，只有自己，看不清前行的路，也看不见走过的地方。但那个世界也是寂静的，只属于一个人，很舒展，很放松，让我不愿出来，往往一喝就是一整天。

独饮是一种乐趣，但不好玩，还是一堆人喝酒有意思。人多，气氛好，能激发喝酒的激情。也因为人多，喝酒的节奏变化多端，我一直认为，能喝酒不算本事，能长时间喝酒也不算本事，真正能喝酒的人是遇强则强，遇弱则弱，遇快则快，遇慢则慢，任你风吹浪打，我自岿然不动，这才是酒中豪杰。一桌人喝酒，能看出每个人的秉性，坐下来立即端起酒杯冲锋陷阵的人，性格相对直爽。一开始不喝，后面跳起来捉人拼酒的人，心思相对缜密。每次碰杯后，酒杯都要留点酒的人，提防之心相对强烈。酒桌上不认输的人，内心往往比较自卑。酒桌上老是认输的人，一般酒量都很大。这些年的喝酒经验积累下来，只要跟我喝一次酒，我能大概判断出一个人的性格。但是，这种判断有时也不牢靠，有时情况恰恰相反，这正说明人的复杂性，呈现出来的只是冰山

当代中国最具实力中青年作家书系

一角，内心的丰富有时连他本人也无法把握。

在喝酒的过程中，我慢慢地体会到，酒与人的关系是非常微妙的，这种关系既是外部的，也是内部的。那次酒醉后，有很长一段时间，我不能闻仙堂酒的气味，一闻胃里阵阵翻滚，喉咙里似有虫子在爬。我知道，仙堂酒把我打败了，我把他视为敌人，恨他，不愿意再接纳他。他成了我内心疼痛的一部分。但我不愿意让自己的内心矗立着这么一个敌人，我能感觉到他会时不时猛兽一样跳出来咬我一口，动摇我的信心。我不能让他这么干，如果连信心都没有，我在这个世界上还能做点什么呢？为了解决这个问题，有一天早上九点，我提了一埕仙堂酒进书房，从早上开始，慢慢地喝，一直喝到那天晚上十二点，把八斤仙堂酒喝光了，我没醉，这时，我听见身体里有一个声音对我说，好了朋友，这次你把我打败了，我们和解吧。是的，我跟他和解了，他变成我身体的一部分，这些年来，我们一直和睦相处。

喝酒如此，做人大抵也是如此。

看完文章后，黄青了抬头看看光爷，光爷笑笑，说："我……知道喝酒的时间不多了，就当给自己写一首挽歌……吧。"

黄青了眼眶突然发热，转过头去，呼了一口长气，光爷的笑声又起："这……样也好，我跟我的朋友可以更好地相处了。"

别离

从医院回桃花岛后，孙太跟光爷谈了一次话。孙太说："你不透析也行，不移植我也同意，但生活要听我安排。"

光爷说："可……以，我就一个条件，你不能管我喝酒。"

孙太坚决地说："绝对不能再喝酒了。"

光爷说："不……能喝酒，你让我干什么呢？"

孙太说："养病，把身体养好。"

光爷说："病……养好了干什么呢？"

孙太没想到他会这样问，一时不知怎么回答。

光爷接过话，慢慢地说："养……好病去等死。"

"医师说你如果再喝酒就是找死。"孙太说。

"反……正是死。"光爷把目光转向窗外，悠悠地说，"为……什么不能活得痛快一些呢？"

"话是这么说，"孙太停了一下，说，"但你的身体……"

"身……体是我的。"光爷说。

"不对，"孙太看着光爷说，"你的身体也是我的。"

"如果不让我喝酒，身体就不是我的了。"光爷也看了孙太一眼，说，"给你又有什么用呢？"

孙太说不动光爷，她问黄青了怎么办。黄青了问她想听真话还是假话，孙太说当然是真话。黄青了问她："你现在跟光爷还做爱吗？"

"我们今天早上还做爱呢。"孙太声音突然提高，盯着黄青了，接着又补充一句，"这下你高兴了吧？"

当代中国最具实力中青年作家书系

"我高兴不高兴不重要，主要是你高兴不高兴。"黄青了嬉皮笑脸地说。

孙太问："这话怎么说？"

"那我再问你，"黄青了不依不饶地说，"你觉得光爷做爱的能力跟以前比怎么样？"

孙太说："跟以前一样好。"

"这就对了。"黄青了挥了一下手说，"做爱没问题，说明光爷身体没问题，如果哪天做不动了，你就要小心了。"

"可是，医师说他如果再喝酒，身体很快就败了。"孙太说。

"我知道，那天医师说这话时光爷和我都在场。"黄青了把脑袋凑近孙太，说，"但是，如果你断了光爷的酒，他精神上先败了，精神一败，身体肯定跟着垮下来。"

"你的意思，让他喝？"孙太问。

"我可什么也没说。"黄青了摆着手说。

"黄青了，你他妈的就是个滑头。"孙太骂了一句，她觉得不过瘾，又补充了一句，"孙老师怎么会看上你这样的人渣。"

黄青了笑笑，他知道这只是孙太的一种表达方式。

那次谈话后，黄青了发现孙太果然不阻止光爷喝酒了。倒是小霞，看见光爷在家里喝酒，像发现老鼠一样尖叫起来："表婶，表叔喝酒啦。"见孙太没反应，她提高了声调，又喊了一遍："表婶，表叔喝酒啦。"孙太还是没反应，小霞快步跑到孙太身边，压低声音说："表叔喝酒啦。"孙太头也没抬，幽幽地说了一句："让你表叔喝吧。"

小霞说："那怎么行？表叔不是不能喝酒的吗？"

孙太说："表叔要喝我也没办法。"

小霞突然哭起来，拉着孙太的手说："表婶，你一定要想想办法。"

孙太伸手拍拍小霞的手臂，对她笑了一下，说："没事的，表叔的身体没问题了。"

三个月后的一天，光爷把石不沉从北京叫到桃花岛。石不沉带来一个律师（光爷特意交代的）。就在孙府一楼客厅里，光爷把他在石不沉集团公司里的股份转移给孙太。办完手续后，光爷对石不沉说："从……今以后，孙太就不是孙太了，她叫温艾芽，是你集团公司的股东。"

石不沉摇摇头说："你这是何苦呢。"

光爷说："我……让她选择北京还是上海，她最后选择了北京。她跟了我这么多年，我怎么做都是应该的。至少让她在北京生活无……忧。"

石不沉点点头又摇摇头说："我是说，你的股份可以保留的。"

"你……的心意我心领了。"光爷摆摆手说，"既……然是兄弟，有一件事我说在前头。"

石不沉说："你说你说。"

光爷看看石不沉，又看一眼孙太，说："我看得出来你心里喜欢温艾芽，但这事你不能强求，首先要她同意才……行。"

石不沉脸红了一下，但马上恢复过来，挤出两声干笑，说："光爷，我们是什么关系，你对我还不放心吗？"

光爷没笑，说："正……因为太了解你，我对你别的都放心，就是在男女事情上不太放心。"

石不沉看了孙太一眼，又哈哈笑了两声。

黄青了坐在一边，一直观察孙太，没看出她任何表情，好像光爷和石不沉正在谈一桩跟她没有任何关系的生意。黄青了希望孙太这时有点反应，可以哭，可以骂，可以闹，甚至可以笑，至少能把她这时的内心表现出来。她没有。黄青了根本猜不透她心里在想什么，对这件事怎么想。一想到这一点，黄青了心里冒出一股寒意。他不知道，这之前，光爷与孙太是怎么谈这件事的。他知道光爷和孙太之间肯定是出了什么事。

光爷停一会儿，也笑着说："从……内心说，我希望你们能走在一起。"

石不沉又看了孙太一眼，笑眯眯地说："一切随缘，一切随缘。"

"有……你这句话就好。"光爷接着说，"你……我兄弟一场，也不要因为我而有所顾虑。"

"那当然，那当然。"石不沉马上点头说。顿了一下，他转头对温艾芽说，"我按照光爷的交代，已在北京看好房子，你去办一下手续就可入住。"

孙太并没去看石不沉，而是把脸转向光爷，问他说："我能不能把小霞带到北京去？"

孙太真是不说话则已一说话就是一鸣惊人。黄青了觉得大出意料，她提什么要求不好，为什么偏偏想把小霞带到北京去，这事太细微了，不值得在这样重大的场合提出来。光爷也没想到，但他知道孙太一直把小霞当亲戚对待，光爷和黄青了"出巡"，她让小霞跟她睡在一起。最主要的是，光爷知道小霞对她忠心耿耿，一直把她当长辈来尊敬，把她的话当圣旨，甚至连说话的声调和走路的姿势都模仿她，如果把小霞带到北京，至少在生活上两个人互相有个照应。小霞自小父母双亡，在信河街已无至亲，会很乐意跟随她去北京的。光爷看看孙太，又看看小霞，对小霞说：

"这……倒是个好主意。"

小霞一直拿眼睛在各人脸上扫来扫去，她有点好奇，又有点紧张，见光爷这么说，眼眶突然红起来，转头对孙太说："我们都走了，表叔怎么办？"

光爷笑了笑，指着黄青了说："不……是还有他嘛，你放心去吧。"

小霞看了黄青了一眼，撇了撇嘴说："他整天只知道喝酒，什么事也干不来。把表叔交给他我还真不放心呢。"

光爷笑笑说："你……放心，我们会找一个保姆的。"

"那我就更不放心了。"小霞转头对孙太说，"表婶，我觉得还是应该留下来照顾表叔。"

光爷眼睛突然红了一下，说："你……这孩子。"

温艾芽这时站起来说："这事就这么定了。"

说完，她独自回房去了。

第二天一早，温艾芽跟随石不沉飞北京。光爷叫黄青了开车送他们去机场，小霞什么话也没说就坐到车里。上路后，她一直问"表婶你什么时候回来"，孙太没有吭声。到了机场，办妥登机牌，小霞开始哭，先是小声嘤嘤地哭，接着是嗷嗷地哭。过安检前，抱着孙太不肯放，嘴里一直叫喊"表婶你不要走"。黄青了看见温艾芽眼眶红了红，在小霞耳边说了几句，小霞松开手，她走过来对黄青了说："孙老师以后就交给你了。"

黄青了点了点头。她眼眶又红了起来，转身极快地进了安检。

往回开的车里，黄青了有点好奇地问小霞："孙太刚才跟你说什么了？"

"表婶说她很快就会回来的。"

黄青了还没有接话，小霞只管自己说下去："表婶如果没跟我说这句话，我相信她很快就会回来，可她一说，我就知道她再也不会回来了。"

"为什么？"黄青了很惊奇一根筋的小霞会有这么深的心思。

"我也不知道，可能是表叔身体不行了，她大概不想要表叔了吧。"小霞看着车外出神。过了一会儿，又说一句："这个时候，表婶不应该离开表叔的。"

黄青了原来没把这姑娘放在眼里，这时突然刮目相看。当然，他觉得孙太离开光爷不会像小霞想得这么简单，这其中肯定另有隐情，只是光爷不说，他不想问。

孙太离开桃花岛后，日子过得还算平静，小霞每天进城采购，一天三顿，定时定量，不管光爷和黄青了回不回来吃。光爷跑了几趟市政府，找了市长，也找了书记，市里专门开了讨论会，还从上海请来专家论证，引海水入塘河的方案最终还是被否定了。

不喝酒的时候，光爷领着黄青了在桃花岛上随意散步。如果不是四周河水臭气难闻，桃花岛真是一个世外仙境。

一个月后的一天上午，小霞进城采购。光爷把黄青了叫到书房，他对黄青了笑了一下，开门见山地说："爷……阳痿了。"

黄青了虽然早有思想准备，还是愣了一下。

"身……体不行了，有心无力。"光爷苦笑了一下，说，"做不了了。"

"因为这个原因，你才让孙太去北京？"

"是……也不是。"光爷抚摸一下放在桌面的《红楼梦》，接着说，"作……为一个不行了的男人，已不是一个真正意义上的男人了，不能捆着一个女人不放，那是不人道的。但爷也看出来，她对爷的失望，她原本一躺在床上就能散发出满床的菊花香，我不行了以后，这种香味就消失了。"

"是你先提出来还是她先提出来的？"

"这……不重要了，重要的是爷完蛋了，不行了。"光爷摇摇头，笑笑说，"话……说回来，爷的人生酒色无度，就算现在死了也不亏。"

"好，喝酒。"黄青了喜欢的就是光爷这种性格，拿得起放得下。黄青了从冰箱里拿出四听冰镇喜力，打开了，递一听给他。

光爷猛喝一大口，喉咙一阵咕噜声，半听下去了。他出了一口气，抚摸了下那本《红楼梦》，说："我……希望死的时候能下场雪，那就干净了。"

黄青了眼睛突然一酸。光爷微微笑着，看着他说："爷……跟上海的朋友说好了，你去上海吧。"

"我不会离开你，也不会离开桃花岛。"黄青了说。

"可……是，爷现在不需要你了，你也应该有一个更大的去处。"光爷又喝了一口，一听就空了，他抓过另一听，喝一小口，说，"一个人，还是应该去大世界看看，经历一些大……事。"

"我不会离开你的。"黄青了摇着头说，眼里滚出泪水。

光爷还是笑笑："你……先出去，待个三年五年，觉得没意思再回桃花岛。"

师徒

黄青了读初一时开始在社会上混，那时信河街各种帮派横行，每个帮派占领一块地盘，往往因为一句话，或者一个人，引发一场打杀。

黄青了参加了十字帮，入会以后，拜过香堂，每人的左右手臂用刀子划开一个十字，泼上墨汁，伤口愈合后，留下两个赫然十字。黄青了五岁开始练功，是硬功夫，到十四岁，已有成绩，单手能提起一百来斤石鼓，能在三秒以内一拳击倒一个成年人。他年纪轻轻就长出胡须，一米六零的个头，身上肌肉一块一块鼓出来，从外表看，至少比实际年龄大四岁。

在十字帮里，黄青了以打架凶狠著称。他打架前不动声色，面含微笑，眼睛静静地看着对方，突然双肩耸起，一拳捣向对方脖子根部，对方应声倒地。或者上身不动，一个踢腿，踢向对方小腿，对方哇嗷一声，仆倒在地。最著名一次，他们帮派一个成员的马子被斧头帮成员钓走，他们得到消息，十个斧头帮成员在那人家里喝酒，他们调集六个兄弟，每人手里拿一根铁棍赶过去。黄青了一打仨，从一楼追打到四楼，又从四楼打到一楼，打得那三个人丢了斧头满地跑。把他们打散后，他们六人冲进楼里，从一楼扫到四楼，又从四楼扫到一楼，才大摇大摆离去。

从那以后，黄青了位列十字帮十大将军之一。所谓十大将军，就是最能打的十个人，每次斗殴都冲在最前面。

在学校里，黄青了是所有学生的偶像。其一，他几乎不怎么读书，但每次考试成绩都在班级二十名以内。其二，他保护了学校里所有的同学。他进这所学校之前，经常有社会上的帮派混混冲进来打学生，有的学生在半路上被敲诈勒索甚至殴打。黄青了进来后，社会上的小混混就不敢来了，如果有同学在外面被欺负，他会立即赶过去，打到对方求饶为止。他不打同学，就是有男同学欺负女同学，他也只是出手制止，不会动手打他。可是，他初一读了半年，把任课老师打了个遍，而且基本上是在教室里打，每次都是把老师放倒为止，没有让老师受伤。老师很伤面子，到校长那里告状，校长找他谈话，黄青了说，是他先动手的。校长一调查，果然是老师先动手的。校长知道他在社会上的名声，也听说他在保护同学，每次都是好言相劝，跟老师动手是不对的。黄青了说，他不动手我绝对不会先动手，他如果动手我必定还手，这是江湖规矩。校长不敢拿他怎么样，任课老师不敢上他们班的课。

初二开始，孙有光成了黄青了班主任。这之前，他刚与第一任老婆离婚。他们是恢复高考后第一届大学生，他在大学追了三年，毕业分配到同一所学校又追了两年，才跟她睡到一块。支持他追这五年的唯一理由是他老婆比同年龄的女同学发育得好，身材丰满，有一对饱满坚挺的奶子，满足了他当时的性幻想。睡了五年后，孙有光的性幻想破灭，原本丰满的老婆变成一个大胖子，奶子大得像磨盘，最主要的是，他的审美情趣发生了巨大变化，觉得骨感女人更能调动起他的性激情。当时社会环境单纯，正室之外养个偏室的事情不多，再说，他也没这个经济基础，只好选择离婚。倒也干脆，有家无产，一拍两散。为了彻底避开前妻，他申请调到黄青了就读的学校任教。太好了，来了个冤大头，这人不当黄青了的班主任还能是谁？

上任之前，孙有光打听过黄青了是何许人也，知道自己在武装斗争上不是对手。不是怕事，他有他的办法。对待江湖中人嘛，要用道上的办法来解决。

孙有光的策略是无视黄青了，不跟他讲话，更不跟他动手。把他晾起来。

一个月后，黄青了在走廊上拦住说话微微口吃的孙有光："孙老师，你是不是对我有什么意见？"

"没……有哇。"光爷笑嘻嘻地耸了耸肩。

"没有你为什么用这个态度对我？"黄青了看着他说，"你这是侮辱我，我要跟你单挑。"

"好……哇。"孙有光还是笑嘻嘻地说，"下午下课后去我宿……舍。"

黄青了找孙有光单挑的事很快在学校传开，学生和老师像过节一样高兴。校长听到这个消息，火速把孙有光叫到办公室，说，你不能跟他单挑。孙有光说我都答应人家了，不能食言。校长说，既然这样，打不过你就跑，没什么丢人的。孙有光笑着说，谁跑还不一定呢。校长说，看不出来你还深藏不露呢。孙有光压低声音，凑近校长耳朵说，我以前跟一个少林寺和尚练过功夫，一般不出手。校长一听，马上说，那你下手轻一点，教训一下就行，别把孩子打坏了。孙有光说，你放心，我会点到为止。

那天下课后，很多人想看热闹，跟着黄青了走向孙有光的单身宿舍。黄青了赤手空拳，昂首挺胸，身体里的骨头在咯咯叫，他觉得兴奋，每次打架前他都很快活，身后跟的人越多他越快活。到了孙有光的单身宿舍，门大开着，孙有光擦着双手，笑嘻嘻地从里面钻出来。黄青了停在门口，平静地看着孙有光。两个人都没有出声，跟来的人也不敢出声。还是孙有光先开口，对黄青了招了招手说："进……来，到我宿舍来。"

黄青了艺高人胆大，孙有光宿舍即使是龙潭虎穴，他也面不改色走了进去，孙有光马上把门关上。门外的人竖着耳朵，听里面的打斗声。

黄青了进了孙有光宿舍后，看见孙有光摆了一桌下酒菜，其中有他最喜欢的酱鸭舌和江蟹生。他看了看孙有光，"不是打架吗，摆一桌的菜搞什么名堂？"孙有光笑着请他坐下，问他："会……不会喝酒？"

　　"会。"黄青了应道。不会喝酒算什么江湖中人。他们帮会每次打架后都要聚餐，每次都有几个人滑到桌下。

　　"那……就好。"黄青了挥了一下手，说，"我们今天在酒上比个高低。"

　　孙有光那天给黄青了喝的是农家烧的黄酒，他准备了四个热水瓶，每个热水瓶能装四斤半，黄青了喝完一个热水瓶就从椅子滑到地上，第二天醒来发现躺在孙有光床上。

　　从那以后，黄青了每天下午放学后都去孙有光宿舍，每去必喝，有时孙有光也教他读《红楼梦》。他告诉黄青了，在《红楼梦》里，薛蟠才是黑社会，有朝廷背景，家里又有钱，打死人可以不偿命，如果换作别人，早咔嚓了。

　　孙有光说黄青了作文写得好，每次都把他的作文当范文在班级上读，还贴到学校的宣传栏上。

　　有半年时间，孙有光几乎每天跟黄青了在一起。半年下来，黄青了慢慢跟十字帮疏远了，他们打架也不叫他了。而这期间，十字帮十大将军中三人横尸街头，五人进了监牢，一个亡命天涯，黄青了不知道这半年如果没跟着孙有光会是什么结局。有了这个认识后，黄青了收心读书，再也没跟人动过手。从那以后，黄青了叫他光爷，孙有光欣然接受。

　　黄青了考上高中那年，信河街有一场游行活动，黄青了对此没什么感觉，光爷却深受震动，他不想再待在学校，决定出来做点事。那年下半年，他调到政府部门。黄青了考上师范大学那年，他又调到省城。黄青了大学还未毕业，他又调到北京，当上了一个官。无论他走到哪里，黄青了一直跟他保持联系，包括黄青了师范大学毕业回到信河街教书，也是他的主意，当时黄青了不想当老师，想去北京，他让黄青了回信河街等待机会。黄青了知道，在这期间，光爷又经历了第二段和第三段婚姻。第二段是在省城，他爱上了省城名媛，她比光爷大五岁，光爷不在乎年龄，他只在乎她张扬的时尚美，喜欢和她睡觉。可名媛性冷淡，他们的婚姻只维持了两年。光爷在北京经历了第三段婚姻，那时社会风气开放，男女同居变得平常，光爷跟一个古典美人结婚，古典美人开一家广告公司，最后睡到别的男人床上去了，这段婚姻也随之结束。

光爷在京城做了七年官，他发现达不到当初的理想。第八年，他辞了职，跟上海一个朋友合作，办了一个慈善基金投资公司，简单一点说，就是把生意做到慈善事业里去，既让社会上的弱势群体得到实惠，他们的公司又能赚到钱。这一做就是十年，光爷在北京和上海两地跑，生意越做越好。黄青了不安心当一个教书先生，不结婚，也不找女朋友，固定的性生活对象倒有几个，他还是想跟光爷去北京或者上海。光爷没有答应，一直到光爷回信河街开发桃花岛，才算正式把黄青了招到麾下。

梦想

又过了半年，岛上桃花开了，红色、白色、黄色，远看如一朵朵五彩祥云，走近了，一地锦绣。黄青了和光爷常在桃林漫步。有一次，他们谈起孙太，光爷告诉黄青了，她跟石不沉结婚了，只过了一个月，又离婚了。黄青了问什么原因，光爷笑笑，没说。

光爷请上海的合伙人来一趟桃花岛，当面把上海的业务委托给黄青了打理。黄青了一直拖着没去。他和光爷还会去桑拿，他每次给光爷叫两个小妹，自己也叫两个，三个人玩石头、剪子、布。他搬进孙府，住在一楼，每天跟光爷喝酒。孙太离开后，光爷喝酒时间大大拉长，基本上中午开始喝，喝到晚上睡觉，但量大大减下来，他原来一听啤酒两大口就没了，现在一听能喝半个钟头。黄青了跟他开玩笑说："当年我喝不过你，现在是你喝不过我了。"

"告……诉你一个秘密，第一次拼酒我喝的那热水瓶黄酒是兑了水的。"有一天，两人在光爷书房喝酒，光爷看着黄青了，笑了一下说，"我怕喝不过你，做了手脚。"

黄青了愣了一下，也笑起来，说："难道不担心我跟你换着喝？"

"我……知道你那时小，还没学会防……备。"

黄青了说："现在我学会防备了。"

"所……以你可以出去了，没必要再陪着我。"光爷说。

双方都没有开口，时间仿佛也停止了。不知过了多久，黄青了说："如果当年不是你每晚用黄酒把我灌醉，我早横尸街头了。"

"只是无意之……举。"光爷看了黄青了一眼，缓缓地说，"我……在你身上看到自己的影子。"

黄青了说："我不能跟你比。"

"我……们本质上是一类人。"喝了一口啤酒后，光爷继续说，"知道我为什么喜欢看《红楼梦》吗？"

"你说喜欢里面的女孩子。"黄青了以前问过他。

"对……也不对。"光爷摇了摇头说，"我……最喜欢的还是贾宝玉，因为他是个理想主义者，更是个失败者。"

"你如果是个失败者，我连臭狗屎也不是。"

"我……当然是个失败者，理想不能实现，等于白来这个世界一趟。"光爷说，"你不一样，你的人生刚开……始。"

黄青了说："我到现在也不知道自己想做什么呢？"

"所……以你要走出去，出去以后你就知道了。"光爷看着他说。

"要不我们一起去上海吧。"黄青了说。

"我……不会离开这里了。"光爷叹了口气说，"我不知道还能活多久，反正接下来所有时间我都交给这座岛和这条塘河。我希望这辈子能把这一件事情做……成。"

"我留下来跟你一起做。"

"这……是我的事。"光爷说。

"我不能把你一个人丢在这里。"

"不……是还有小霞么。"光爷笑着说。停了一下，又说，"你有你的路要……走。"